ちくま文庫

開高健ベスト・エッセイ

開高健
小玉武 編

筑摩書房

目次

開高健ベスト・エッセイ

1 わが天王寺——始まりの言葉

曲球と直球その他——大阪弁と東京弁

ぼくは大阪で生まれて、大阪で育った。学生生活もずっと大阪だった。東京にでてきて暮すようになったのはここ数年のことである。ちかごろは東京でも関西弁を使う人がたいへん多くなってきたので、ときどき無意識のうちに関西訛りがでても、それほど気にせずにすむのでありがたい。

ふつう、大阪弁と東京弁をくらべてみると、大阪弁は曲球で東京弁は直球だという人が多いようである。大宅壮一氏がいいはじめてから、とくにそういう感想をよく聞く。言葉のリズムやアクセントの襞などにこもっている精神的生理を見ると、たしかに大阪弁は屈曲が多くて、言外のニュアンスに意味をもたせたり、譲歩しながらそのくせあつかましく自己主張したり、おとぼけ、遁辞《とんじ》などに長《た》けていることは誰しも指摘するとおりの事実である。

ぼくの経験では、東京で暮しはじめたころ、女がこわくてしかたなかった。というのは、リエゾンの多い、アンコロ餅のようにくにゃくにゃした大阪弁で暮してきた耳には、東京弁がひどく甲ン高くて鋭角が多いように聞こえてならない。〝カキクケコ〟の音が耳についてならない。いつもなんだか叱られているような気がするのである。しかも彼女はぼくの大阪訛りを聞くと、ふっとどことなくバカにしたような表情を走らせる。たいへん情けない気がした。

しかし、東京弁が大阪弁にくらべていくらか行儀がよいといったところで、威張れるほどの論理性や立体性を骨格にしっかりもっているようには思えない。いわゆる東京弁というものと、ほんとの土着の東京弁というものと、この二つはあいまいにまじりあっているようでどこかこまかい点で分れあっているものだろうと思う。それがわかる人はすくないのではないかとも思う。が、ぼくなどの使っている、いわゆる東京弁というものは、たいへん脱色、脱臭されたものである。だいたい東京という町自体が、（こういういいかたがいいものかどうか、ちょっと疑問があるが——）、他国者のエネルギーでうごかされている町であるから、そこの言葉は最大公約数としての体臭しかもち得ない。全国各地の人間がよってたかってつくった言葉である。流通の価値があるだけでじゅうぶんだというわけである。なにかひとつの独立的な、閉鎖的な、または個性的な生理というものがもてないようにできているのではないか。つまり、平均値の言葉である。それ以上でも以下でもない。

大阪弁はアクがつよいといわれて、それを使う人間までがそのままアクがつよいように短絡されて考えられがちであるが、いまの大阪は東京とほとんどかわらなくて、従来、ひとびとが〝大阪〟というものについて抱いていたイメージは町からも人間からもどんどん崩れ去りつつある。ただ大阪弁だけに過去の〝大阪〟の影が濃淡さまざまに射しているばかりである。それを感じて、本質的には〝東京人〟である人間が大阪弁をカクレミノにして操っている人がたいへん多くなったような気がする。

ぼくは、ふつう、東京弁と大阪弁を二つ使って暮している。精神的な生理としては大阪弁のほうがなんといっても相手の心理を深く読んだうえに組みたてられているような気がするので好きだが、これはあまり使わない。使うのは窮地に追いこまれて打つ手がなくなったようなとき、たとえば書けない原稿を書けといわれて青息吐息をつきたくなったようなときだけである。そういうときはミもフタもなくうろたえ、トカゲがシッポを切って逃げだすようなぐあいに、

「……ああ、もう、そんな、殺生なことといわんといとくなはれ！」

などと編集者のまえで口走る。

ぼくとしては、東京弁で逃げるより大阪弁で逃げたほうがおなじ逃げても憎まれずに逃げられるはずであると深く思いこんでいることがあるものだから、必死のうちにウロウロと計算したつもりで口走るのだが、相手は、すると、いよいよ落着き払って、ニヤニヤ薄笑いしながら、

「いや、もう、こっちこそホンマに頼りにしてまんのや」

などと逆手をとって攻めてくる。

森繁先生などの映画で聞きかじってくるのである。たまったものではない。唯一の武器をとりあげられたようなものである。万策つきはてて泣き顔をしていると

「……〆切日は二十五日。ギリギリだっせ。よろしおまんな。へ、さようなら」

さっさと帰ってお行きになる。

どうにも手がつけられない。

大阪弁のドロップもこうなってはゴロ同然である。あとはひとり暗涙にむせぶばかりである。なにか妙手はないものかしら。

消えた〝私の大阪〟

私は昭和五年に大阪の上本町五丁目に生まれた。ずっとそこで暮らしていてから小学校の三年生のときに東住吉区へ引っ越し、大学生になってから女と駆け落ちして杉本町へいき、それから東京へ移って現在にいたる。

上本町五丁目あたりは〝寺町〟と呼ばれ、坂と寺がたくさんあり、高津神社に近く、

井原西鶴の墓のある寺も子供の足で遠くはなかった。その当時のこの界隈は、私の記憶では市内の中心地なのに台風の目のようにひっそりしたところだった。いくつものお寺には木がたくさん茂って、青みどろのういた池がよどみ、イチジクやビワの木の深い影のなかを夕方になるとオニヤンマがとびまわった。墓はどれも厚く苔がはえて、湿った、おごそかなにおいが流れ、子供たちはその墓石のかげでカクレンボをしてあそんだが、夕闇がたれこめてくると、お化けがでるというので、みんなさっさと家へ帰ったのである。

現在のこの界隈はたいへんな変貌ぶりである。高津神社にのぼって見わたすとよくわかるが、東西南北ことごとくつれこみホテル、御同伴旅館、モーテルなどで、白昼から湯気やら煙やらがもくもくとたちなびいている気配である。マイカーやダンプがブンブンと走り、お寺はガソリン・スタンドとなり、お化けもでられそうにない。盛大をきわめたお色気商売の繁栄ぶりをながめて昔の天皇のように、「民のかまどはにぎわいにけり」と一首もらしたいところであるが、ここで生まれたのだとうっかりだれかにいうと、たちまち誤解されそうでもある。

中学生のときには勤労動員に狩りだされ、大阪市内のあっちこっちに貯水池や防空壕を掘って歩いたので、戦争中の大阪の風景はよく知っているつもりであるが、空襲をうけてからは一変する。大阪は見わたすかぎりぼうぼうとした赤い原野と化した。阿倍野橋は小高い丘なのだとわかったが、そこにたって見わたすと、かなたに地平線があり、真紅の夕陽がじわじわと沈んでいくのが見えた。大阪市内で地平線と夕陽が見えたのはあの時期だけであろう。焼け跡は痛烈、苛酷であったが、同時にすさまじいまでに清浄な大自然なのでもあった。あちらこちらのターミナルに闇市があり、焚火がたかれ、人びとはそこでコサックの野営地のように飲み、食べ、倒れ、なぐりあい、刺しあった。私は中学三年生で、栄養失調だったので、地下鉄の暗がりに顔を水たまりに浸して死んでいる人を見ると、自分もいつああなるかしれないと思った。コッペパンをジャンジャン横丁で立ち売りしていた男がパンを半分にちぎって二個にして売ったが、一個ならなかなか売れないのに、値を半分にして二個で売ったらたちまち買い手がつく。それでも私にはその一個が買えそうにないのだから、これからさきどうしていいのか、わからなかった。

この焼け跡もいつのまにやらトントンぶきのマッチ箱みたいな家でおおわれて消えてしまう。原野は仕切られ、区切られ、名がつき、道がつけられ、大阪港周辺でしばらくぐずついてから、海へ追い落とされてしまった。地平線も夕陽も見えなくなった。そして、やがてふたたび、あるいは、三たび、四たびの大変貌が起こる。ハイウエーが空とビルのあいだをつらぬき、高層ビルがギッシリとたち、郊外では団地アパート、海岸ではコンビナートとなるのである。スモッグがたちこめて海岸の松は枯れてしまい、海はドブとなってしまうのである。

昨年（一九七〇年）の五月、思うところあって私は大阪へ帰った。大阪市内、郊外、和歌山、奈良、京都、神戸、少年時代から記憶がのこっている時代まで、自分が歩きまわったり、飲んだり、騒いだり、釣りをしたりした土地を思いだせるかぎりシラミつぶしにたずねて歩いたのである。それも釣りをした野や谷は昨日の足跡をたずねるようにして徹底的にくまなくしらべてみたのである。全部を見てまわるのに一日をフルに使ってかれこれ十日以上かかったが、それが終わってしまうと、茫然となってしまった。ハイマートロス。家なき児。いまさらのようにその思いが胸につきあげてきて、ついでそれは音たててどこかへころがり落ちていったのである。私の知っている大阪がことごとく消えてしまったことを徹底的にさとらされたのである。すべての風景は私にだけあり、遠くなり、小さくなり、薄明のなかにおぼろに光るものとなってしまった。正確さをたしかめるすべもなく、思いちがいを正す方法もない。小舟で海にでて沖からふりかえると、大阪はいがらっぽいスモッグにたれこめられていまにも雨が降りだしそうな暗さであった。私は硫酸を浴びたような気がした。これまで無数の国と町をよこぎってきたが、このようなものを見たことはかつてなかったと思う。

才覚の人　西鶴

　ある土地のある時代の住民の気質をそれより以前にあった歴史の性質からして判断しようとするのは、それだけだと誤ちが多すぎるけれど、それでも、ある程度までは、たとえば一つの事物を植物ですか、動物ですかと第一に規定する程度までは、正確であるように思われる。そこでこれを西鶴について考えてみようとすると、何よりもまず彼は大阪人だったということになる。

　現在の大阪人に〝大阪人〟の気風がどれだけ生きているかは別の問題になるが、西鶴の作風や生きかたなどに照らしてその特質をもし一語で答えろと無茶なことをいわれたら、私としては〝才覚〟だと答えておきたいことがある。それを現代風に〝独創性〟とか、または〝アイデア〟とか、いろいろ輻射した言葉を持ちだすことはできるが、彼自身が作品のなかでもっともしばしばたよりにしたのはこの言葉であった。大阪人は権力の影のしたで暮すことができなかったので徒手空拳、ひたすら自身の創意と知力を工夫し、凝らし、飛躍させるよりほかに生きるすべがなかった。だから大阪人のなかには自分でもその衝動の根源がどこにあるのかわからないくらい深い衝動に駆られる傾向がある。在野精神、反骨、批評精神、痛酷な冷徹、自身それに徹しなければならないので他人がそれに徹することを許す寛容、精力、好奇心、発明欲、探険精神、官能の開発と洞察……ふつう大阪人に見られるこうした要素を、西鶴の作品、作風、登場人物たちに読みとるのはやさしいことである。ごく卑近な例を一つとってみると、坂田三吉が初手に角頭の歩をついて敗北したということなどは、どうであろうか。そういう無謀をやれば負けると知りぬきながらあえてやってのけてしまったのだが、そこにも〝才覚〟精神の一端を読みとることができる。これを叛逆のための叛逆、異端のための異端と見ることはやさしいけれど、それは結果から見た見方であって、衝動が発生したときの恐怖、苦悩、それをおしきる気魄のことを考えれば、容易なことではすまなくなってくる。いかなる手段を尽しても勝とうとする男のことを〝勝負師〟というのならば坂田は勝負師ではなかった。勝てる実力が満々とあり、どうすれば勝てるかということがわかっていて、先の先まで読みぬいてながら、一挙にそれをひっくりかえしてしまい、あえて初心で未知に挑む行動に坂田はうってでたのである。恍惚と不安を背負ってたち、もろくも敗れて去っていった。〝大阪人〟にはいつもこのときの坂田三吉がどこかに棲みついて眼を光らしていると見るべきである。安住し満足することを自身にけっして許そうとしない、ある容赦ない衝動が巣食っているのである。一度それが発動されたらさいご、あとはひたすら波にのって走り、自身を蕩尽して打倒してしまうよりほかない、そういう衝動である。文壇用語でこれを〝破滅衝動〟と呼ぶが、〝破壊〟と〝創造〟は一枚の楯の裏表にすぎない。これは石器時代からの定則である。いまさらどうこういってもしようがない。だから、そういう眼で〝大阪人〟を用心して観察しないことには、がめつい奴、ちゃっかり屋、計算家、ケチンボ、美食家、新物食い、軽薄、おしゃべり、指紋でべとべとによごれたレッテルをいくら読んだってはじまらないのである。〝大阪人〟は新鮮の持つ不安を求めてたえまなく心がさまよっているので〝いらち〟と自身を呼ぶが、それもまた〝才覚〟のうちに入れることができるだろう。西鶴もいらちだったし、大塩平八郎もいらちだったし、坂田三吉もいらちであった。新手一生であった。

西鶴は元禄人だった。彼はこの時代の上下と左右をはしからはしまでくまなく書きとめ、描写し、記録した。布のかわりに紙を着て酒のかわりに湯をすするしかない極貧人からトリマルキオの饗宴と放蕩で昼も夜もない極富人にいたるまで〝何もかもある〟時代でそれはあり、さむらいは仇討ちと切腹、いかに死ぬかの工夫に心を砕き、町人は儲けては破産し、男色は昼、夜は女色とうたわれた時代であったが、一つの高原状態だった。歴史のなかではその前後から孤立した一つのなだらかな隆起であった。隆起をうながした大衝動は消え、強烈で不意な、社会の全体系を変えてしまうような異質の文明の打撃や接近はまったく予感されず、すべては経験されたと感じる飽満の国であり、成人期の社会であった。空間は充塡されつくしていた。光琳の花や鳥を見ると、静かな狂気かと思われるほどの細緻と技巧があってその華麗は飽満の仮死としかいいようがないが、いっぽう西鶴は一昼夜にすわりっぱなしで二万三千五百の句を吐きに吐きつづけるという破天荒をやってのけている。日本語が一個人の形を借りてこういう怪奇な奔出を遂げたのはこのとき一回きりで、その後試みるものがない。これは巨大な仮死であったと見るべきではあるまいか。このような遊びの背景にはかならず、ある過剰だが出口を知らない精神があり、かならずそれはパセティックな下降を進行させ、鋭いがあてどない憂愁の影をひろげることとなる。たとえば『好色一代女』は『好色一代男』から四年後に刊行されたが、はやくも歯ぎしりの音が聞えそうな冷めたい陰惨を漂よわせているではないか。

『好色一代男』を筆頭とする彼の〝好色〟シリーズの諸作品を読んでいると、この〝好色〟という用語をどうとったものかと迷いをおぼえる。現代語の〝エロティシズム〟と解していいのか、それとも古く〝華〟と解していいのかである。エロティシズムにもいろいろあって、素朴で澄んで柔らかいもの、熱い闇、冷めたい腐敗、腺液にまみれた臭骸、抽象の伽藍を築くための苦闘、男女の隔絶を証明したいもの、男女の一致を訴えたいためのもの、権力意志を樹立したいためのもの、それにおしひしがれたあげくの弱者の最後の逃避所であるもの、まことに広大多彩であるが、それらに沿って感じていこうとするなら、西鶴のはどれにも該当しないような気がしてくるのである。そういう気がしてくるのはもっぱら彼の文体からくる効果のせいであり、その文体にこめた精神の生理のためである。ひとことでいうと彼がその遊びの精神をゆだねた文体は節約されすぎ、結晶されすぎ、透明でありすぎるのである。おそらくそれは談林俳諧師——恐るべき師だが——として鍛えに鍛えぬいた彼の前半生のためである。いかに卑俗、滑稽、軽業を旨とした談林派であっても俳諧であるからには余剰の切り捨てにひたすら専念しなければならないのだから、その未曾有の達人であった彼は、あれほど豊饒な〝新手一生〟の放浪をつづけても、ついに自身の足に自身ではめた罠の歯から逃げることはできなかった。その文体は批評のためのものであり、熱いにせよ冷めたいにせよ耽溺のためのものではなかったから、奇妙なことに、悦楽を書けば書くだけ、かえって剛健が浮かんでくるという結果を生んでしまった。悦楽にはかならずどこか一点、剛健の気配があるものだし、なければならないものとも思われるが、彼は乾いた文体で濡れを書くしかなかったのである。男と女のあいだの菌糸のようにからみあったもだもだ、ウダウダと添い寝するには彼の文体はあまりに醒めすぎ、知性でありすぎた。だから玄人《くろうと》の文学読みが彼の好色物より武家物、町人物のほうを推選するのである。彼の文体は女の体温よりは小判や刀の冷めたさに適切であった。

吉田精一氏が『一代男』を評してその本質をロマン・ピカレスク（悪漢小説）だとしたのは、〝すこしヘンチキ論〟だという自戒の評語にもかかわらず抜群の鑑賞眼を示した批評だと思われる（河出書房版・国民の文学・西鶴名作集・解説）。

この説には賛成のほかないので、私なりに少し、書いてみたくなる。悪漢小説は全世界どこにでもある。ふつうヨーロッパ文学では十六世紀のスペインで開花と結晶を見たとされているが、それは文学辞典の解説であって、根源は石器時代の洞窟の炉辺談話からはじまるのである。英雄、美女、反逆者、何でもよろしいが、とにかくここに一人の、非日常的、非常識的な、上昇か下降かは何人も定めにくいが、どえらいエネルギーを持った猛烈男か、猛烈女がいたとする。それが社会と自然をよこぎっていく旅に出発する。下から上へか、上から下へか、または右から左へか、左から右へか、とにかく果敢法外な縦断か横断かを試みるのである。その航跡をたどっていくと、猛烈男の自伝を述べるという形式のもとに、その社会の諸相が、縦断図であるか、横断図であるかを問わず、述べられるという結果になるのである。その形式において述者は猛烈男か猛烈女を借りて、じつは自身の博識を展開したく、また生の混沌を、それについての観想を述べたいのである。そこで、初期においては、つまり社会が自身の体のなかにすっぽり入っているると述者が感じていられた時代には、述者は弁護士のように雄弁に外界と内界について英知やヨタをとばして平気だったのであり、強健の魅力でひきつけたのであったが、時代がさがって、社会そのものが厖大となるにつれて、述者は自信を失い、稀薄となり、誠実になり、作品を薄弱化させてしまうこととなった。この間の事情はA・ハクスリーが、現代の小説家が昔の小説家の役を継ごうとしたらエンサイクロペディア・ブリタニカ全巻をすみからすみまで読まねばならないということになるであろうと喝破した一言に尽きる。そこで、ロマン・ピカレスクは教養小説となり、私小説となり、アンチ・ロマンとなり、ついに白紙と化していくのである。外界の放浪者は一転して内界に向うこととなるが、ジェイムズ・ジョイスが皮膚のなかに密封された航海記を書きあげてからは、このジャンルは発展を失い、ただ、無気力な男根のぴくぴくの描写に終始するしかないかのようで、現在にいたり、今後どうなるのか、誰にもわからない。老子を読めばバカバカしくなって誰も零度の記述など書きたくなくなるのだが、老子を読むにはある年齢まで待たねばならず、作家はたとえ老子を読んだところで生は自分にとって一回しかないのだからそれにウダウダと執せずにはいられず、一言半句の〝新手〟もないまま新作を発表する。むしろ彼は老子がすべてを喝破していることを憎んで、そのこと自体を動機にしてある日、新しい、無気力な小説を書きだすことともなるであろう。

現代の若い作家とちがって西鶴は密封された高原の住民であったから、外国物を下敷にして書いたというウソ寒さを感じさせず、好きなままに意想奔出して筆をすすめていったものと読める。形式としてそれは『源氏物語』のパロディーである。ただし、中国の文人や詩人の詩句の引用がよくあることに注意すると、中国文学はこれまた古代からとめどないロマン・ピカレスクの天国であったから、西鶴もまたその何かを読んで踏襲しようと考える気になったのかもしれないということは、『源氏物語』とはべつにたっぷり考えておいてもいいことではあるまいかと思われる。ただし彼は、もしたとえそうしたとしても、徹底的な意識家であり、技巧家であったから、何に暗示をうけたかは、ことごとくさりげなく文体から消してしまったかのようである。これは比較文学の研究の領域に属することのようであるから、西鶴は口をぬぐってすませたが、いつか、誰か、博大な学識と、あたたかい膚と、冷めたい眼を持った篤志家があらわれたら、西鶴学は、俄然新しい展開を示すこととなるであろうが。

悪漢小説論にちょっと逸脱してしまったが、リアリズム小説の約束にしたがって世之介の自伝として『一代男』を読むと、ずいぶんいいかげんなものである。あちらこちらで女といっしょになって世帯を持ち、子供ができるとか、女に飽きるとかで、遁走したということになっているが、一行か二行そう書いてあるきりで、いくら談林派がおとぼけを旨とするといっても、あまりに過ぎるというものである。ほかにアラをさがせば、キリがない。リアリズム批評からすれば西鶴を粉砕するのはお茶の子で、あまりにたやすく、かえっておとなげない気がして、これはひょっとしたらスカされているのではないかしらと反省したくなるくらいのものである。日本全国の悪所めぐりの紀行文、岡場所や遊廓のミシュラン案内書かベデカー、そういう奇書の類として読むべきかとも思われるけれど、そうなると今度はまた妙にでたらめのはずのストーリー性がのさばりだしてきてはみだしてしまう。性と生についての洞察力、寸鉄的なえぐりだし、連想の飛躍のたのしみなどがつぎからつぎへと波うっておしかけてきてこちらを佇《たたず》ませ、沈澱させるということがない。一に押し、二に押し、押しに押しまくってくる。部分としては不備で強引で無茶なのに全体としては圧倒的な印象をのこす。小首をかしげながらも読後、タバコに火をつけ、やおら、やっぱり傑作かとつぶやきたくなる。ある猛烈な、沸騰する、小気味よい精神の航跡にふれた爽快さがある。『一代女』は歯ぎしりの冷めたい陰惨が皮裏の陽秋としてたちこめているが、それでも精神のリズム、気魄こそが文学の真髄かとさとらされることに変りはないのである。そして、性についての閃めき、えぐりたてるような認識力にまぎれもない冷徹家の眼を感じさせられる。エロティシズムはないい。しかし、性は彫りあげられている。そこで〝好色〟はエロティシズムではなくてむしろ〝華〟のことと解すべきかと、思わせられる。ひらいた生、その一代男、その一代女、その五人女の生涯なのだと、思わせられる。ひとつひとつの作品に〝好色〟とつける必要はまったくないのだとさとらされる。それがそうでなくてストリップ小屋の看板みたいな題をつけたのは著者の意向もさることながら当時の出版社のおっさんのコマーシャルかと思われるが、マ、どうでもいいことである。

西鶴は『一代男』よりまえに役者評判記を書いているらしいが、作家としては『一代男』で名を知られることとなった。四十一歳の秋である。五十一歳で彼は没するので、作家生活としてはわずかに十年間であった。この十年間に彼は

『好色一代男』『好色二代男』『西鶴諸国ばなし』『好色五人女』『好色一代女』『本朝二十不孝』『男色大鑑』『武道伝来記』『日本永代蔵』『武家義理物語』『新可笑記』『本朝桜陰比事』『一目玉鉾』『世間胸算用』『西鶴置土産』『西鶴織留』『西鶴俗つれづれ』『万の文反古』

などを書いている。

これらを書きつつ彼は住吉神社で二万三千五百句を一昼夜で吐いたり、自作の挿絵を描いたり、浄瑠璃を書いたりもしているのである。その執筆量、関心の範囲の広大さ、文体の放浪、才能の多彩さなどから彼がしばしばバルザックに比せられたことがあったのは安易すぎる連想だとしても、まず、避けられないところであった。《人生五十年》と観じられていた時代に晩年の十年間を彼はそれまでのどの十年よりも濃厚に生きたように思われる。その猛烈さにくらべて生涯の細部がほとんど伝えられていない事実を思いあわせると、雄弁と沈黙の、ネガとポジとがあまりにコントラストをつくりすぎている一つの男の生きかたであったかと、不思議な感想を夜ふけにおぼえさ

せられる。悦楽と放縦を書いているようでありながら彼の文体がじつは剛健、冷徹、簡潔に終始したことを思いあわせると、西鶴その人の気質が肉眼に映ってきそうなのである。同時代人の芭蕉が放浪と簡潔に生きぬいたように見えながら、じつは私生活、私感情の綿めんとした記述をのこして〝謎〟がさほどないことと思いあわせると、都会生まれの都会育ちの作家の含羞からくる自己抹殺と、田舎生まれの田舎育ちの秀才のぬきがたい自己顕現癖という、古いけれど現代でもなかなか知覚されることのない本質の対照をおぼえるほどである。両者のそれぞれの傑作を読みあわせてみると、一人は自身を虚しくすることに没頭し、一人は自身を書きぬくよりほかなかったかのようである。西鶴から見れば芭蕉は偽善者にすぎなかっただろうし、芭蕉から見れば西鶴はハッタリストにすぎなかっただろう。本来は両者とも、本質的には、一つの根から派生したもの。双生児だったかもしれないのに。シャム兄弟だったかもしれないのに。

西鶴は元禄人だったかもしれないが、より濃く〝大阪人〟だったように見られる。たえまなく発想と方角を変え、つねに新陳代謝し、けっして安住することができず、おなじことをつづけて二つ書くことをいさぎよしとせず、自身にも、自身の文体にも、取材にも、容赦なく新しくあることを要求する内心の声につきうごかされ、なぜそうであるのかをたずねるよりさきにそうであるしかないと観じて体をゆだねていくしか道はなくて、ひたすら自身を更新しつづけようと腐心した。〝好色物〟で自身も興じ、出版社のおっさんのお世辞を耳には甘く深夜には苦《にが》く聞いておいてしばらく書きふけりはしたもののの、やがて、突如として、〝ドルチェ・ヴィータ（甘い生活）〟のベスト・セラー作家が転向し、以後もどらなくなる。武士を書けば切腹、仇討ち、相討ち、一家流亡、ブルジョワを書けば放蕩、耽溺、流亡。男と男との交情を書けば爽快、忍耐、克苦の果ての純潔の一瞬に昇華すると見えながら、とどのつまりはやっぱり痛惨、流亡である。あぶらぎった中年男が才能と博識と放浪癖を持てあましてはじめは面白半分にたわむれているうち、やがて、まるで復仇の執念にとりつかれたかのように、真摯となってしまい、自他ともにあわれみつつ、〝忍〟と〝諦〟の名のもとに陰暗、苛酷の冷眼へとすべっていくのである。光琳、近松、芭蕉と、それぞれの種において完璧を得たこの時代は散文の種に西鶴を得て閉じてしまい、それぞれの異才は自身を成就させると同時に知らず知らず同時代に幕をおろしてしまう。彼らは同時代を完結させたが、そのため、匕首を刺してしまうということもやってしまったのである。

医者。牧師。弁護士。どんな時代でも作家にとって好ましい職業である。作家は人の影の部分についての証人であることを宿命としているから、人びとが影から光へぬけでようともがく現場を目撃できる職業ほど彼を作家にさせるものはないだろうと思われる。西鶴は医者でもなく、牧師でもなく、弁護士でもなかったが、半生をかけての放浪者ではあったと思われる。旅から旅へのその経験の広い蓄積が四十歳に入ってからふいに噴火し、以後じっとしていられずに噴火しつづけることとなるが、病床や法廷の声を聞かなかったかわり、彼は金の声を聞いた。晩年に発表された『世間胸算用』は主題の要求するものと、切り捨てる彼の文体とがみごとに一致した傑作短篇集であった。この時代の生活は経済から見ると年に一回の決算日である大晦日《おおみそか》を中心に回転しているようなものだったから、その日は七転八倒の悲劇、喜劇、どたばた騒ぎとなる。その横のちょっとはなれたところにすわって渋い、冷めたい観察の眼を光らせることを思いついた彼の着想は非凡であった。元禄を大晦日で切って眺め、とどのつまり、〝忍〟と〝諦〟しかないとにがい証明を彼はやってのけるのだが、その横顔はたった十年しかたっていないのにエクストラヴァガンツァの風流滑稽譚作者からはよほど遠いところにあった。これらの諸短篇は細部が全体をひきしめていて、みごとである。『一代男』も『一代女』も強引で無茶な飛躍、省略、なげやりがあって読者をただ精神のリズムだけでひっぱっていく作品だが、それでもいきいきとして痛烈な細部が配置されてあるためにひきしまっている。ところがこれらの短篇では隅の石が読者を笑わせたり、うなずかせたり、緩急が自在で、とうとう作家は自由を獲得したらしいと思えてくる。

西鶴は軽妙、華麗、豊饒から出発して冷暗、精緻を経由し、痛切、淡々へと帰っていった。一人の元禄人の典型を見るような気がするが、やはり日本人であり、大阪人の精神的軌跡を踏んで去っていった人であるように思えてならない。その諸作品を通読すると一時代の曼陀羅様の壁画を見せられる思いがする。一人の独立した性格を彫りあげることを彼はしなかった。彼が提出したのは群像であり、全体であり、事物であった。だから彼はつねに証人であった。元禄は彼を得て完成され、大きな円を閉じた。

大阪の〝アパッチ族〟

去年（一九五八年）の夏頃、ぼくはくたびれきっていたことがあって、その憂鬱《ゆううつ》から逃げるために、関西方面に旅行をした。たまたまその旅先で、このひとびとのことを耳にして、なんということなく調べはじめたのだが、その頃は、小説にするためというよりは、屈した気持を晴らすためといったほうが近かった。実際に書いてみようと思いだしたのはそれからずっと後になってからのことである。

彼らのことについて原則的な事実はだいたい『文學界』の連載小説に書いておいたとおりだし、今年になってからようやく東京でも二、三の週刊誌や新聞紙がとりあげたから、すでにごぞんじのかたも多いことと思う。が、彼らは外来者を極度に警戒するので、容易なことでは知りようがなかった。

担当の警察署の刑事や、二、三の新聞社の記者にも、会うだけは会ってみたが、おおざっぱな現象のほかにはなにもつかめなかった。刑事の調書を見せてもらうと、冒頭の書きだしが、〝内部ノ詳細ハホトンド確認ノ方法ナク〟となっている。新聞社にしても同様だった。

で、しかたなくぼくは、じかに現場におりてみるか、当事者自身に会うかするよりほかにないので、いくつかの工夫をした結果、どうやら、アパッチ族の〝青年行動隊長〟とでもいうべき人物に出会うことができた。この工夫そのものや、件《くだん》の人物そのものについては前後の事情から他聞を憚《はば》かることが多いので、伏せておくのが礼儀だと思う。

ぼくはその後、毎月、大阪へでかけて彼および彼らといっしょに飲んだり、食ったりして話を聞いたが、まったくサケッティの諸作品や、『リンコネーテとコルタディーリョ』などの頁を繰っているような気がした。乾いて、陽気で、放埒な活力があって、二言めにはなにをしゃべりだすのかまったく見当がつかないのである。

人物とその友人たちは手荒い悪食趣味をもっていて、少からず舌と胃に影響を蒙《こうむ》らせられたが、全体としてふりかえってみると、旅としてはこれほどおもしろい旅はなかった。

彼らはみんながみんな泥棒や殺人犯や金庫破り、スリ、空巣、かっぱらい、置引き、立ちん坊、川太郎……というわけではけっしてない。なかには善意無過失の市民もたくさんいて、それぞれの方向の暮しをたてようとして血眼の悪戦苦闘をやっているのだが、その力はまったく報われることがない。ここは最下層のレ・バ・フォン、ひたすらどん底である。

そこからなんとかして這いあがろうとして、やむを得ず三十五万坪の荒漠とした廃墟に放置されたままのスクラップにしがみつくわけであるが、これは法律によって〝国有財産〟と指定されているので、窃盗罪となる。その苦痛の逃げ道を彼らは無主物占有観念と〝廃品資源回復〟に求めるが、これは弁解としてうけつけてもらえない。

取締りは苛烈になるいっぽうである。ぼくが行った頃にはまだ〝精鋭〟が踏みとどまって敢闘をつづけていたが、その後しばらくして、件の人物から全滅と放散の知らせを手紙で聞かされた。過日、新聞を見ると、警官がついに発砲して一人死人がでたというニュースがでていたが、これは思うにさいごのあがきである。新聞にはいちいちでないが、ぼくが聞いたところでも、ずいぶん死傷者の話がでた。ここの生活はまったく惨澹《さんたん》たるもので、ひとびとの死にかたも、ほとんど正視できないくらいの悲惨さと愚かしさにまみれている。

社会集団として見ると彼らはなんの連帯組織ももたぬ、アナーキスティックな単独行動者であり、そのエネルギーは否定的媒介として描くしかないのだが、ぼくとしてはただの社会小説のリアリズムで作品に額縁をつくるよりは、むしろ思いつくままの手段を借りて、四方八方から額縁を破ることでなにがしかのリアリティーが定着できないものか、と思った。

だから、ときには記録体、ときには説話体、あるいはファルス、あるいはフィユトンなどと、さまざまな苦闘をした。連載の途中で病気で寝こんでしまったので、これらの操作はかならずしも計算どおりにはならなかった。もう一度、書きなおしてみようと思っている。が、ぼくとしては、いろいろな意味で、せいいっぱいの放浪がしたかったのである。いまは文学的になにもない時代である。あるいはすべてがありすぎるようにも見える。が、いずれにしても、手に入る道具はなんでも手にして飛躍を試み、自己破壊をおこなうことに一度、賭けてみたかったのだ。

東京に帰ってきて何カ月かたってから小説を書きはじめたので、件の人物に雑誌を送ってみたところ、「まだまだしゅぎょうが足りないようにおもいます。しょうせつなど、くだらん」という返事がもどってきたので、すっかり頭をかいてしまった。

故郷喪失者の故郷

一

所用があって関西へいく。

京都で一泊し、大阪で一泊してそれぞれの用件が片附き、新幹線に乗るまでに午前いっぱいがあいたので、朝早くホテルをでて、ぶらぶら歩きにでかける。ちょうど日曜日だったので町は静潔な仮死に陥《お》ちこみ、自動車も人も見えず、史後の都市にそっくりで、明るく空虚である。異常乾燥がつづくので空は冬なのに明晰《めいせき》に晴れわたり、澱《よど》みやうるみなど、どこにもない。ふと北欧の夏の朝を思いだすほどである。誰も歩いていないので、いつもはめったに人前では吸わないことにしているパイプをとりだして火をつけるが、吹きだしたひとかたまりの煙りのよこを通ると、まざまざとその香りが鼻につたわり、通りすぎたあとにいつまでも香ばしい綿菓子のようにのこりそうに思える。混濁と騒音の都市にもそんな真空の静謐《せいひつ》が、ふと、ある。

この市に私は生れて育ったのだが、去ってから二〇年とちょっとになる。そのあいだに市は顔が一変してしまった。ハイウェイと地下街と高層建築群とマンモス団地のために市内も市外も変ってしまったが、ことに市外についていえば郊外が消えた。生駒《いこま》、六甲、宝塚、和歌山、これらの山と市のあいだにあった緑と土の地帯がほとんど消えてしまったのである。〝郊外〟というコトバも死語に近くなってしまった。それとともに、いつごろからか、私から〝大阪へ帰る〟という感覚が消えて、それは〝大阪へいく〟となった。〝いく〟、〝いく〟とくちびるにのせているうちに、ほんのしばらくのあいだ新鮮さがあって、そのことに気がつき、おれも大阪も変ってしまったナと思わせられていたのだが、やがて、何でもなくなってしまった。それでは東京に棲《す》みついてあくせくの浮沈みを二〇年もくりかえしたのだから何か感ずるかというと、これまた空白なのである。地方から東京へもどってくるとき、東京駅に電車がすべりこんでも、何のトキメキもおぼえない。

外国から帰ったときは飛行機のタラップをおりるときに新鮮な声なき歓声が湧《わ》きあがってきて足が軽くなるけれど、空港の建物のなかに入るともう消えてしまって、かわりにおぼろな憂鬱《ゆううつ》が体内のあちらこちらに汚水のようにしみだしてくる。どうやらドイツ人のいう《ハイマートロス（故郷喪失）》か。

朝早くの市場を見るのは愉《たの》しいことなので黒門市場へいってみたが、あいにくと日曜日のせいか、ちらほらとしか店があいてない。そのうちの一軒でアナゴの素焼きを買う。

これはキスの素焼きとおなじく東京で買えないものの一つである。うどんスキに入れるといいダシがでるうえにその枯れた軽い肉からは香ばしさと上品な脂味がにじみだしてくる。段ボール箱をさげてぶらぶらと歩くうちにミナミの千日前《せんにちまえ》裏にきたのでそれとなく眼を凝らして歩くと、よごれたノレンと赤提灯《あかぢょうちん》をぶらさげたパイ一屋が熱い油とソースの匂《にお》いを洩《も》らしている。ズイと入ってみると、もう何人もの客が入り、串《くし》カツを揚げたり、ドテ焼きを煮たり、兄さんたちは寝不足らしいふくれッ面《つら》でいそがしくうごきまわっている。さっそく焼酎《しょうちゅう》とドテ焼きをたのむ。

東京ではモツの煮込みだが、大阪ではドテ焼きである。これは牛か豚かの腱《けん》を屑肉《くずにく》といっしょに串に刺して鉄の浅鍋《あさなべ》で味噌《みそ》でコトコトぐつぐつ煮たものである。名古屋ではお得意の赤の八丁味噌でやるが、大阪は白味噌である。大きな水さしに白味噌のといたのが入れてあって、それをドロドロと鍋につぐところは、ちょっと膿汁《のうじゅう》に似た色と質感があるが、そんなことを気にしていては求真できないナ。長時間煮込みはしたけれどまだ味噌焼けはしていないと思われる串を二、三本、皿にとってもらい、七味、またはサンショをかけて頬ばる。ざっかけな町角の味覚だが、こってりとしたところ、ネットリとしたところ、シコシコとした歯あたりもあり、唐辛子がピリピリしたりして、一本の串にしてはありがたく多角的な楽しみかたができる。

客たちは黙々と食べている。こういう店の客は十年前も二十年前も二十五年前もまったくおなじである。老いも若きもとことん貧しく、背骨にさびしさがしみつき、酔って叫ぶ気力ものこされていず、クドクドと他人にからんだり、愚痴をこぼしたりもできず、あと一歩で植物になってしまいそうな薄明の地点に佇《たたず》んでいる。顔にも猫背にも風雨に吹きさらされた気配がありありとでている。体をくっつけ、肘《ひじ》をふれあって水っぽい焼酎をすすっていると、垢《あか》やフケや汗の匂いといっしょに絶望、茫然《ぼうぜん》、朦朧《もうろう》がじわじわとこちらにうつってくる。店は吹きさらしだから風と寒気が容赦なくズボンの裾《すそ》にもぐりこんで脛《すね》をじわじわと這いのぼってくるが、この人たちが何人となく入口に目白押しにならんで楯《たて》になったところで風は防げないだろう。風はこの人たちの体内から吹いてくる。その風にふれると腸の襞々《ひだひだ》まで冷えこみがいきわたり、とらえようのない焦燥で、いてもたってもいられなくなるだろう。

十五歳か十六歳ぐらいだった私にはこういう場所と人が恐しかった。それでいて他のどこへいってよいかわからず、オトナの真似《まね》をしたい一心でもあったので、この千日前や、新世界のジャンジャン横丁や、大阪駅前の闇市《やみいち》のドブロク屋などに銭をにぎりしめて出没したものだった。銭はパン焼見習工や旋盤見習工など、そのときどきのアブクのような仕事でかせいだもので、家へ持って帰って母にわたしてやらなければならないのだが、オトナの真似をしてカストリを飲んでいたらそのあいだだけは潮のようにおしよせてくる孤独と不安がまぎらせそうなので、ついフラフラとノレンをくぐり、恐怖でわくわくしながらくさいコップを舐めたのだった。谷沢永一と知りあいになると、彼はおッ母さんからちょろまかした金で私をさそって大阪駅前の闇市へつれていき、便所わきの暗がりでしぼったドブを飲ませてくれたが、地下鉄の天王寺の駅で吐いて倒れてしまった。階段のすみでゲロや汚水やルンペンの体に顔をつっこんでうつらうつらしていると孤独や恐怖は消えて、かわりに奇怪な快感が分泌されてくるのだった。

「誰や、こんなガキに飲ませよって」

「戦争には負けとないなア」

そんなオトナたちの声が嘆きとも舌うちともつかず落ちてくるのだが、それがまた奇怪な快感になった。無化は甘美なのだ。

味噌が煮える。もくりポカッと脂っぽい泡がはじける。アウツたちは黙ってコップを眺めている。あれ。これ。なおあれ。なおこれ。無数の記憶がよみがえってきて私は茫然となる。故郷のない故郷に辿《たど》りついたということだろうか。

二

そのころのジャンジャン横丁あたりの串カツ屋は非凡の才を持っていた。串にほんのひときれ小さな肉片が縫い刺しにしてあり、それに衣をまぶして油で揚げると、プーッとふくれて五倍ぐらいの大きさになるのだ。見たところ盛大なもので、ちょっとトンカツといいたくなるくらいの大きさである。そいつをバットのソースにジャブンとつけてから頰ばると衣だけが口にのこって、肉は串にしがみついたままで、でてくるのである。どんな秘密とコツがほどこしてあるのか、いつも不思議でならなかった。

そして油が粗悪なので、食べたあとでひどい胸焼けがする。それをゴマかそうとしてか、オトナたちは生のキャベツのきざんだのをむやみに食べた。これはタダだから、いくらでも安心して食べていいのだった。みんな復員姿のままで、軍靴や半長靴をはき、飛行服を着たやつもいれば、軍隊毛布でつくった半外套《がいとう》を着たのもいた。私より一世代年長の世代の若者たちは酔えばきっと殴りあいをはじめるのだが、しばしば特攻隊帰りなんだぞとか、一度は死んだ体だなどと凄《すご》文句を口走る。あまりそれがしばしばなので、国軍はみんながみんな特攻隊だったように思えたりした。

酒はバクダンかドブ。後年になって〝粕取り《かすとり》〟という酒はまっとうにつくればうまい焼酎になるはずのものだと教えられたが、その頃のは粗製乱造のうえにアルコールやメチルなどがまぜてあり、ひどい悪臭がして、酔うとどういうものかあたりいちめんガラスの破片が充満したようにキラキラ輝やいた。まぶしいほどキラキラし、ただもうキラキラするだけで、何も見えなくなる。ドブロクは便所わきの暗がりでしぼったのをバケツではこんでいき、やがてデコボコの大薬缶《やかん》に氷塊といっしょに入れて持ってくるのだが、《カルピス》というのがアダ名であった。シポリタテノカルピスヨといってだされるのである。前項で書いた谷沢永一がよく連れていってくれた大阪駅前の闇市ではそのカルピスのサカナとしてキムチをだしたが、これだけは本物であった。白菜の葉と葉のあいだに生魚やら腸やらをつっこみ、ニンニクと唐辛子をめったやたらにきかせてあるので、これを食べて吐いて宿酔《ふつかよい》になって翌朝眼をさましたときの苦痛と穢感《わいかん》はちょっと類がなかった。

ジャンジャン横丁の串カツ屋で一軒ひどくにぎやかなのがあって、屋号をドンドン寅勝と申した。店さきに太鼓が一つぶらさげてあって、客が入ってくると、闇屋だろうと、カルピス屋だろうと、特攻隊だろうと、はたまた孤独と恐怖でわくわくしている私のような青餓鬼だろうと、おかまいなしに

「三〇万石様、お成りィ！」

とか

「一〇〇万石、加賀様、お成りィ！」

など、やにわに大音声《だいおんじょう》を発してとうとうたらり、太鼓を連打するのだった。声と音で思わずとびあがりそうになるのだが、そのはずみに孤独は一片ぐらい、ふりおとせた。

あるフランスの大作家はマドレェヌというお菓子を紅茶に浸して食べようとした一瞬にそれまでの生涯の全時間をすみずみまで一挙に喚起することができた、ということになっていて有名なのだがいまでも私はあの少年時代後半と青年時代前半を背中いちめん

にプリント・インされたままで暮らしている。ドテ焼き。雑巾《ぞうきん》の匂いのするドブロク。魚の腸の匂いのするキムチ。新聞紙のきれっぱしにのせてだされた血みどろの牛のレバー。生キャベツ。あくどい串カツ。ふかしイモ。コッペパン。脱脂大豆。ヨメナ。ノビル。そして映画でいえば『荒野の決闘』だの、『大いなる幻影』だの、『霧の波止場』だの、『サンセット大通り』など、など、など。名を聞いただけでおどんだ血がむっくり起きて沸きかかってくる。

その頃は映画を一つ見ると電車賃がなくなるので、ミナミから阿倍野、阿倍野から北田辺まで、テクテク歩いて帰らなければならなかったが、苦にも何もならなかった。腹がへると耳がたつので、スクリーンから聞こえる外国語が香りのように鋭く耳にからみついてはなれなかった。脱走捕虜のギャバンがリタ・パウロの百姓の戦争後家さんにドイツ語のカタコトを教えられ、《ロッテス・アウゲ・イスト・ブラウ（ロッテの眼は青い）》なんて、よたよたと繰りかえしつぶやくあたり、ミナミから北田辺まで歩き歩き繰りかえしてもまだ放射能が減退しなかったナ。ずっと後年、やっとまともな酒が飲めるようになると、シュトロハイムの真似をして背中全体をのばしたままグッと一挙動でウィスキーをあおってむせかえったものでしたヨ。エ。あなたもですか？　そうでしょう。そうでしょう。『第三の男』のチターが忘れられないばかりにこないだウィーンへパック旅行でいったときはアントン・カラスの店はどこだろうと一日さがしまわったのじゃございませんか?

あの映画ではジョセフ・コットンが西部劇の三文小説を書いているムッツリと生まじめな作家という役で登場するが、それが何かのまちがいで純文学の夕べの講師になり、眼光鋭いやせギスの老嬢からジェイムズ・ジョイスの意識の流れの手法をどうお考えですかとつっこまれて立往生するあたり、胃と背骨がくっつきそうな空きッ腹をかかえて、私、大笑いしたものでした。父がとっくに亡《な》くなって、食うや食わずで、栄養失調、ノミとシラミにたかられっぱなしの、家にいたくもなければ学校にもいきたくないどん底の少年ですが、アタマのブックの知識だけはむやみにあるものですから、そんなギャグは窒息的にコタエたんです。いまの灘高校や日比谷高校の諸君もあの映画のあのシーンを見せたらヒクヒク笑うことでしょう。飢餓線上にあろうとなかろうとシティー・ボーイはやっぱりシティー・ボーイだということなんだ。

闇市と、パイ一屋と、映画館があの頃の私のハイド・アウト(隠れ家)であった。それと、手を使う労働である。パンを焼いたり、旋盤で鋳物を削ったりする仕事は朝となく夜となく針一本立てる余地もないくらいに肉迫してくる孤独、不安、倦怠《けんたい》、自己凝視、恐怖の上げ潮から、かろうじて、私をひととき、守ってくれたように思う。映画を見るのは本を読むように孤独なことだったけれど、あの闇がなかったら私はとっくに自殺をしていたかもしれないし、狂っていたかもしれないなと思いかえすことが、じつに、しばしばある。

いつだったか、石川淳氏と対談をすると、バクチでもいいから手を使えと孔子がいってるよと紹介されて、謎《なぞ》でも何でもなく、まさにそのとおりだと直下《じきげ》に感じ入ったことがある。私の右手は私の左手がすることを、四十五年同棲《どうせい》しているはずなのに、やっぱり不知《しらず》不識《しらず》のままでいるが、それでも、手を使えば、おびただしいものが、こめられる。手は故郷である。

飲みたくなる映画

或る頃、職業上の必要に迫られて、映画にでてくる洋酒の場面を調べたことがあります。なかなか楽しいことでした。映画館でもらったプログラムの古い綴りこみを繰りつつパイプをくゆらせていると、いろいろと思いがけず記憶によみがえってくるようなシーンが多くあって、ひとしきりダンヒルが旨く思えました。

私の調べたのは外国映画だけ、それもかなり新しいところばかり。だから洋酒通の人に古い映画のことをもちだされると、てんで頭が上らなかった。明治屋の萩野さんの大通ぶりには完全にノック・アウトを食いました。それから、洋酒会社の宣伝課長さんたちも、さすがに、と思わせられるような博引傍証ぶりを発揮されて、こちらはタジタジの態たらくでした。

洋酒の場面、と云っても、外国映画のことですから、小道具の種類は邦画と比較にならぬ豊富さです。ウィスキー・ブランデー・ぶどう酒・シェリー酒・シャンパン・ジン・ラム・アブサント、それから、ビール。

しかし、もっともよく見かけるのはウィスキーでしょう。これは、でてこない映画をさがすのが、むずかしいくらいよくでてきます。近いところで、イヴ・モンタンとクルト・ユルゲンスが惚れぼれするような飲みっくらをした「英雄は疲れる」(日本題「悪の決算」は映画会社が大向うを狙いすぎたイヤ味が臭いのでわざと原名をあげます。為念)。ここにでてくるスコッチは、オールド・スマグラ、ヴァット69、ブラック・アンド・ホワイト、カナディアン・クラブ、それに、レミイ・マルタンらしいブランデーのそれをタンブラーで両雄がガブ飲みするのです。その上、イヴ・モンタンがギターの爪びきして、ジャン・セルヴェが古い民謡の「彼はちゃちな船乗りだった」を唸ったりしたんだからファンにはコタエられなかった。

少々古いのではレイ・ミランドがみごとなアル中作家を演じた「失われた週末」、これは皆さん先刻ご存知のもの。「荒野の決闘」ではヴィクター・マチュアが西部劇伝説のドク・ホリデイに扮し、グラス片手に、「永らうべきか、永らうべからざるか」と思い入れていました。ユーモラスなのではウィリアム・ホールデンの「第十七捕虜収容所」、ボブ・ホープの「腰抜け二挺拳銃」等々。又、抒情味を盛ったのにはマーロン・ブランドがエヴァ・マリイ・セイントに飲み方を教えてやっていた「波止場」がありまず。禁酒法時代の密醸者たちを扱った映画では、「唸る一九二〇年代」（日本題を失念）。これはジェイムズ・ギャグニイとハムフリイ・ボガードの棒組みで、ドラム缶のアルコールを浴槽にぶちこみ、エッセンスを入れて、かきまわすと、それを瓶に詰めただけで「ウィスキー」ができるところから、密醸者になろうと決心したギャグニイが、「俺の家にも風呂場はあるんだからナ」というセリフで見得を切る場面があったのを思いだします。

しかし、ウィスキーの飲みっぷりで一番印象が深かったのは、「大いなる幻影」のシュトロハイム。これはフランス映画としては珍しく正しい歴史観に支えられた名画で、第一次大戦前後の貴族と市民の階級交替をたくみに描いていました。フランス貴族の死を見とどけてから一気にグラスをあおり、ゼラニウムの花を雪の降る城の窓辺で切り落すシュトロハイムの後姿、そのデクデクとした禿頭と肩のいかつさが斜陽のドイツ貴族の白鳥の歌を表現してスバラしかった。とおぼえています。

その他、ブランデーでは「裏窓」、カルヴァドスでは「凱旋門」、アブサントでは「地の果てを行く」、シャンパンでは「パリ祭」をはじめとするもろもろのフランス映画、ラムでは「南北への道」、ジンでは「グレン・ミラー物語」等々。やくたいもないことをゴマンとおぼえ、思いだしてはダンヒル齧ってひとりニヤニヤ。病昂じてはバーにもたれる自分の姿勢、グラスの持ち方が、サテどの映画のどの場面、などとラチのあかぬナルシズムに耽ける侘びしさ、これはおよそ頂けたものではありません。とは言いながらも、チンザノの広告、映画になった「マリウス」のなかでエッチオ・ピンザがヴェルモットの注ぎ方を息子に教えてやっている写真がでているのを見ればやはり心慌しきをおぼえて、早く封切りにならないか、と又ぞろ首を長くしたくなる。自分でもヴェルモット・カシスをつくってみたくなる。こんな幼稚なファン気質は何ともしかたないものなのでしょう。おわかりになる方も、ならない方も、よしなにおわらい下さい。

2

青春の匂い——私生活の発見

私の青春前期

大学は法科に入ったけれど、ほとんど勉強しなかった。授業料滞納、出席日数不足、単位不足など、いろいろなイチャモンをつけられて、人なみに卒業させてもらえなかった。みんな三月に卒業したのに、私ひとりは九月頃学校にでかけてお情けの追試験をしてもらって、お金を納め、ようやくの思いで卒業した。新制大学ができてまもなくのことなので、規則が不備で、いくつもぬけ穴があったわけだ。私はその穴から穴を縫っていったわけである。御卒業は、と聞かれると、めんどうだから、「アホウ科です」と答えることにしている。

気質からいえば私は文学部へいくべきであったかも知れないが、当時の気持では、大学の文学部の存在理由が私にはのみこめなかった。経済学や法学などは〝学問〟の対象として扱ってもさしてむりはないように思うが、だいたい文学部で教えることは語学をのぞけば、小説や戯曲などの解説である。古典作品、現代作品の区別を問わず、いったいこうしたものは〝学問〟といえるものなのだろうか。いわゆる文学的感動なるものはしばしばゴロリとねころがって読んでいるときに訪れるではないか。〝文学〟とは本来

〝文楽〟と書かるべき性質のものではないか。教壇のうえから教えられたところでどうなるものでもあるまい。のみならず、たいていのものは教壇にのぼると、砂をかむようなものになってしまう。これがこわい。ほんとに文学を愛するものは文学部と無関係である。アホらしい。

だいたいそのように考えて法科に入ったのだが、これは頂けなかった。法科学生のキザさ、いやみさもさることながら、私の頭は法律の本にぶつかると、まったくうごかなくなってしまったのだ。そこで出会わした文章はことごとくハイボールからウィスキーをぬいたようなしろものばかりで、およそしらじらしきこと、これにすぎるものはなかった。法科学生たちが紙魚のようにそれにかじりついて塩原多助のようにガツガツ点をかせいでいる恰好を見ると、たちまち頭には霧のたちこめるような憂鬱が流れてきた。スタンダールは文体の簡潔明晰を期するため、原稿を書きにかかるまえにはかならずナポレオン法典を読んだという伝説がのこっているのだが、そんなありがたい文体には私はついぞ出会わさなかった。

法科学生としての私の無能はたちまち露呈されてしまった。私は教室から教室へノートや六法全書をかかえて走りまわる秀才たちを見て嫉妬と劣等感と理解不可能のまじりあった、だいたいにおいて憂鬱の重いふちをつけた憎悪の感情、つまりくやしまぎれに、金子光晴の詩の一節を呪文につかった。

巷には
鳥のごとき
学生の群れあふれ
世わたり
酒ぐせを
習いおぼえ……

ときには中原中也の〝でてくるわ、でてくるわ、ぞろぞろぞろぞろ、でてくるわ、でてくるわ〟という一節を大講堂から這いだしてくる黒い制服の隊伍にむかってつぶやくこともあった。あまりききめはなかったが、そうでもするよりしかたがなかった。

私は学校には月始めにしか登校しなかった。月始めには奨学金がでるのである。〝成績優秀、操行善良なる〟学生にあたえられるところの奨学金である。私はなにくわぬ顔で事務室へいくと、ハンコをおして金をもらい、額白く眼澄める秀才の仲間入りをしてから、脱兎のごとくかけだして薬局に走り、ドライ・ミルクを買った。虚栄心や傲慢や血のさわぎや不手際や気弱さなど、さまざまなもののまじりあった衝動から私は結婚し、駈落ちしたうえに子供までつくっていたのである。奨学金ばかりか、ひどいときには六法全書まで売ってドライ・ミルクにかえたことがある。その日その日を火のつくような思いで暮らしている貧乏のさなかにどうしてそういうやみくもな愚行を演じたのか、いまから思うと、ただただ肌寒い微苦笑がうかんでくるばかりである。春の肉体に秋の知慧の宿る理屈があるまい。説明しようたってできるものではない。私のおろかさをすくうものはかろうじて自分の行為の責任を遂行しようとした虚栄心だけである。

しかし、私はいわゆる文学青年ではなかった。ブンガクにふけっていられるほどゆとりのある時代ではなかった。日本じゅうの人間が眼をひからして、どうして人をだまして、ものをかすめて、どうしてその日その日を生きていこうかとそのことばかりを思いつめているような、なまぐさい時代であったから、熱い鉄板のうえで猫が踊るように私は貧乏と手をつないでジッタ・バッグを踊った。これもまた悲惨で間のぬけた愚行のかずかずだったが、紙数がないからひとつだけあげておこう。

さまざまな半端仕事をやったなかで英会話教師というのがあった。注意して頂きたい。英語教師ではない。英会話教師である。私の学歴は旧制中学校卒業、旧制高等学校一年修了、そこで学制がかわって新制大学、というコースである。中学校といっても戦争中は動員されてレール磨きばかりやっていたし、旧制高等学校は徹底的になまけぬいた。それが英語会話を教えようというのである。同僚の先生たちはいずれも外人、二世、元貿易商、外交官くずれなど、ペラペラ族ばかりである。この人たちとまじってハッタリをかましつづけるにはなみなみならぬ神経が必要だった。私は自分のハッタリ、演技、詐欺行為を見破られまいと二年間悩みぬいた。

生徒はオフィス・ガール、タイピスト、パンパンさん、中学生、会社重役など、老若男女さまざまである。私は授業の一時間まえに学校へいって、となりの教室で〝滞在十五年、マイアミ大学卒業、元三井物産サンフランシスコ支店長〟の肩書をもった老先生が教えている壮烈なヤンキー・イングリッシュを壁ごしに聞く。老先生は説くのである。

「……いいですか、会話は教科書じゃありません。行儀はわるいがピンピン生きて跳ねています。ここをのみこんでください。アメリカではTはLの音になります。手紙はレターじゃない。レラー。レラーです。手紙を書く。ライト・ア・レター。いけませんね。一気にやってください。ライラ・レラー。アイ・ライラ・レラー」

私はニヤリニヤリと笑いながら、しかし内心は藁にもすがるような切実さで老先生のつばの音まで聞きとっておき、自分の時間になると、やおらでていって教壇にたつのである。

「……いいですか、教科書英語は私たちをオシにしてしまいます。思いきってくずしてしまうんです。それがコツです。行儀はわるいが会話はピンピン跳ねて生きてます。ここですよ。この点ですよ。TはLの音をはじいたものですから感情が入って言葉が早くなるとついめんどうでTはLになってしまいます。手紙はレターじゃなくてレラーとなります。ラヴ・レラー。小さいはリトルじゃない。リル。断じて、リルです。私は恋人に手紙を書く。アイ・ライト・ア・ラヴ・レター。いけませんね。アイ・ライラ・ラヴ・レラー。これです。さァ、みんなでひとつ、大きな声でやりましょう。ライラ・レラー、ライラ・ラヴ・レラー、アイ・ライラ・ラヴ・レラー！……」

老若男女がいっせいに声をあわせ、ベニヤ板張りの教室の壁もふるえよとばかりにライラ・レラー、ライラ・レラーとさけぶのを見て、私は教壇のうえでなんとなく猫背になるような気分にしばしばおちたものだった。

この種のちっぽけなイカサマで私は何年間かをどうやら食いつなぐことができた。おそらく私と同世代の人たちはみんな似たような経験をもっているにちがいあるまい。このものがなしい必死の愚行はあげればキリがない。よくよく小説のタネに窮したら書くこととして、それまではよくあたためておこう。

私は学校にでないでつぎからつぎへと雑役で生活費をかせぎ、ひまさえあればねころんで小説に読みふけった。発心してフランス語を勉強しにいったこともある。それもひねくれた先生をさがしだし、授業時間中に日本語を一語もしゃべらずに電車のなかであいさつするのもフランス語、英語、ドイツ語、ロシア語、スペイン語、蒙古語、そのいずれかひとつで、というキザな、優秀な学者を見つけた。このひとはありあまる才能をもちながら反骨のために大学を追われ、貧乏もきわまったりという私からネズミの糞ほどの授業料をとって暮らしていた。私は私でその先生から教えられたばかりの語学を右から左へ移すようなやり方で生活に役立てようというのだからおそるべきものであった。私の語学はそのように胃袋のためと楽しみのためと、二つの目的をもっていたわけである。

そのうちにロマンチスト何人かといっしょになってガリ版刷りの同人雑誌をやりだし、当時、新進作家として有名であった島尾敏雄氏を知るようになった。そのころ島尾氏はまだ神戸にいて、ガリ版の〝ヴァイキング〟同人であった。私は氏の作品に体質的につよくひかれていたので、自分の習作にたいして氏が批評のハガキを送ってよこされることにたいへん喜びを感じた。氏は私の習作を『近代文学』にもちこみ、安部公房や真鍋呉夫氏等と組んでやりはじめた《現在の会》に私を入会させたりなど、いろいろと労を惜しまれなかった。その後、氏は狂疾の世界を歩いて南方に去られたが、私は氏の帰来を切実に待ちのぞんでいる。

身上話は私はあまり得意ではないし、なによりもそのころのことはいまの私の背中の皮みたいなもので、ふりかえって指摘して整序し、抒情のふちかざりをつけて提出するというようなことができない。おおむね生《なま》な告白ということがにが手である。背中の皮はむきだしで、あやふやで、ヒリヒリし、痛みがたえず移動する。過去が上手に語れるほど血がギシギシするのをやめたわけではないから、このあたりでペンをおくこととしよう。

焼跡闇市の唄

近頃はあまり歌わなくなった。

昔はバーで飲むとよく歌ったものだった。ことに安岡章太郎氏といっしょだとしょっちゅう古渡りしゃんそんの鳴きっくらをしたものだった。氏のしゃんそんは一種独特のしゃがれ声で、パリへいったときにダミア婆さんのまえで歌ったことがあるという挿話が光っているが、『枯葉』『三文オペラ』も、みんなサッチモ風にやってのけるのである。氏のレパートリーと私のレパートリーはダブっているのが多くて、戦前の東和映画が輸入した作品の主題歌が原点だから、『自由を我等に』などというマーチ風の調子のいいのになると、ついつい共鳴現象をひきおこさずにはいられなかった。氏の記憶がカスんでムニャムニャとなりだしたら私が助け、私がムニャムニャとなりだしたら氏が補うというぐあいであった。

氏と私とではちょうど十歳ぐらいの年齢のひらきがあり、つまり一世代違うわけだが、それがどうしておなじ歌をうたえるか。氏はその昔の若き日、あまりの感じやすさのゆえに落第また落第をつづけて喫茶店に入りびたりとなり、やがてはいつかくるにちがいない赤紙におびえつつコーヒーを飲んでしゃんそんをおぼえたにちがいない。私のほうはどうかというと、敗戦後しばらく新しい映画が輸入されないので昔の東和映画ばかりが上映された時期があり、やがてレコード会社がそれらの主題歌を集めて発売するようになったので、それでおぼえたのである。その頃の大阪は空襲で赤い荒野と化し、いたるところ闇市があり、パンパンさんがのし歩き、私はパン焼工をしたり、旋盤見習工をしたり、その日その日を何とかうっちゃってはいたものの、空腹と不安でいてもたってもいられなかった。安岡氏が赤紙におびえてしゃんそんをおぼえたとすると、私は餓死におびえてしゃんそんをおぼえたのである。谷沢永一がつぎからつぎへと買ってくるレコードを借りて不安をまぎらすためにひたすらおぼえた。とうとうレコードがスレートみたいにツルツルになってしまったといって叱《しか》られた。

その頃、耳だけはよかったし、どの闇市でもどの店でも『バッテンボー』のレコードを昼でも夜でもかけていたから、この歌だけは町を歩いているうちにおぼえてしまった。ただ耳に入るままにおぼえてしまったので、あとになってから英語の歌詞を知ることとなり、訂正しようと努力したが、どうにもダメである。何度訂正しようとしてもダメなのである。原語では〝Buttons and Bow! Buttons and Bow!〟となっているが、十七度聞いても二十三度聞いても〝バッテンボー！〟としか聞けないから、そのように歌った。

この歌は『マリネラ』のように最後の部分で息もつかず一気にまくしたてるようになっていて、たいていここで挫折してしまうのであるが、コッペパン（なつかしいナ！……）をかじりかじり、ひたすら修業にはげんだ結果、どうにかこうにか形をつけることができるようになった。こんなバカげたことに夢中になっていてはこれからさきどうなることだろうか。そう思うとたっていることもすわっていることもできなくなるのだが、しかし、だからといってほかに何もできることがあるわけではない。不安でワクワクしながらひたすらおぼえこんだ。

その頃におぼえた歌の一つに『会議は踊る』の主題歌『ウィーンとワイン』があった。ドイツ語だろうとフランス語だろうとかまうことなく私は棒暗記で頭から丸呑みすることにしていたから、これも丸呑みでおぼえた歌であった。そういう年頃におぼえたことはいつまでも消えずにのこっていくらしく、ずっとずっとあとになってウィーンへいったとき、その森のなかにあるグリンチングという居酒屋だけでできた村を歩いていると、通りがかりの一軒からヴァイオリンでこの歌を弾いているのを洩れ聞いた。思わずたちどまって耳を澄ましたが、何度聞いても、まぎれもなくこの歌であった。ドアをおして店に入ってみると、古風で頑健な樫材のテーブルをおいた好ましき居酒屋で、若者がアコーデオンをひき、老人がヴァイオリンをひいている。そこで白ぶどう酒を註文し、ヴァイオリンのそばにすわってちびちびとするうち、とうとうがまんできなくなって、口にだして歌いはじめた。よくもこんな古い歌をいまだに、と私は感動しているのだが、おじいさんはおじいさんで、どうして私のように若い日本人がこんな歌を知っているのだろうと思ったにちがいない。

ひき終ってからおじいさんが、

「どうしてこの歌を知っているのです？」

とたずねた。私は、

「日本人は何でも知っていますよ」

と答えたが、そう答えるのが精いっぱいで、ドイツ語のストックがそこで切れてしまったから、あとは何やらむやみに握手してごまかした。おじいさんはニコニコしながらだまって私の胸のポケットにさしてあった細巻葉巻をぬきとった。

近年私はとみに記憶力が減退し、昔はおぼえすぎて苦しんだのに、あべこべとなり、忘れすぎて困るようになってきた。歌をうたうことも少くなったが、たまたま何かのはずみにうたってみると、あちらこちらに空白ができて立往生してしまう。突如として空白に出会うと、どうにも思いだすことができず、埋めることができないので、何かしら容赦ないものが無言のうちにひたひたと迫ってくるような無気味さをおぼえて、だまりこんでしまうのである。姿も形も見えない敵と出会って太刀さきの見切りで一瞬にやられるというよりは、太刀に手をかけるすきもなく決定があって敗れてしまったような感触を味わわされるのである。

雪しろの時期に岩壁を走る水には淡くて小さな虹がかかっていたりするが、そういう水を飲むと、下界の水が飲めなくなる。山の湖でマスやイワナを擬餌鉤《ぎじばり》で釣ることを私はおぼえたものだから、バーにもいかなくなったし、パーティーにもほとんど顔をださなくなってしまった。去年は山の宿のルンペン・ストーブのよこでずいぶん焼酎を飲んで暮したが歌はついぞうたわなかった。今年は作品を書くのに沈頭していて、やっぱりうたわなかった。毎年歌をうたわない機会がふえていくようである。

わが青春記　第二の青春

理解できないコトバがいくつもある。たとえば《独身》というコトバである。どういう感覚の経験なのか。まさぐりようもない。知らないのだからどうしようもないのである。

結婚式をしなかったからいつを紀元節ときめてよいのか迷うことがときどきあり、しかしたちまちどうでもよくなってしまうのだが、事実としてのソレは十七歳か十八歳のときだった。大学生時代の某日某夜、大阪の某所にて挙行いたす。つづいて家出。同棲。

出産。とくる。

それから以後、たえて独身であったことがないし、ふつうの男が独身時代にちびちびと、またはたっぷりと味わうはずのことを、まったく、ほんとにまったく味わっていない。知らないのである。経験というものが人の理性と感性に及ぼす影響には恐るべきものがあるから、物心がついたとたんに結婚して子供を持っていた私にはひどい空白と欠落があり、だから現在の私の理性と感性もそのうえに漂うものであるかぎり、はなはだ歪んだものにちがいないと想像されるのである。無意識は法の対象外だから何をしてもよろしいか、ということにならないでもない。

独身をたのしんでいるように見える青年や紳士を見ると、うらやましさで、ムカムカしてくることがある。もし、いま、オレが独身だったら何をしようと考えはじめると、ワクワクしてきて、しばらく時間がたつのを忘れてしまう。また、過去をふりかえってみて、アレをするのじゃなかった、コレをするのじゃなかったと指折りかぞえ、それを独身にむすびつけて、アレをしよう、コレをしようと考えはじめると、恍惚となってくるのである。

お金と機会さえあればペンをおいて外国へでかける習慣がここ数年つづいていて、ときには一年に二度、帰ってきたかと思うとでかけていくというようなこともある。おそらくそれは、古くなってしまったコトバでいえば第二の青春というものである。昔やれなかったことをいまになって、体型も神経もことごとく不可抗力的に変形しはじめた年齢になって、ポチポチやろうとしているのである。トッチャン小僧というか。早熟の勉学というか。真冬の雪どけというか。

アジア男は小柄で肌理《きめ》のこまかい膚《はだ》をし、かつ髪もふさふさあり、助平皺があまりないので、同年齢の白人とくらべると、ひどく若く読まれる。三十代後半でも、ほとんど青年、またはほとんど少年と見られることが多いのである。ことに私は童顔なので、それにふさわしいよう演技をしていると、ときどき思いもかけないことが発生するのである。しかし血族は匂いに鋭敏であるから、東京ではその種の善意の詐欺はほとんど意味がない。眼のなかの焰を見れば白や黄にかかわらず何事かはわかるのだから、そして鋭敏はどの都でも大差はないのだから、もっぱら正直が最上の策と思いこんで行動することにしているが、祖国でオジサマとか、オジチャマなどと声をかけられると、いきなり膝をうしろからたたかれたような気がする。

第二の青春には第一の青春のようなとめどない狂気がない。ずうずうしいくせに臆病である。たくましいくせに衰えやすい。達者だが持続しない。挑みながらどこか避けている。手のつけられない無智、愚昧、低能の熱にかわって、真の意味でのオブシニティが沈降しつつある地盤の泡からたちのぼってくる。このオブシニティは厚く、たくましく、鈍感で、恥じることを知らず、根深いのであり、選択に凝り、時間と争うという最低の悪習に陥没してしまう。これらの束縛をことごとく切断してコンクリの壁からぬけだしてしまうのなら、南の島でハンセン氏病にかかってとろけてしまうか、北の荒野の雪のなかでのたれ死をするか、である。ほのめかし、激情を閃めかし、決意を思わせる人は多いけれど、誰も実践しようとはしない。憑かれていながら誰も本気ではない。

文学は身持ちのわるい女に似ている。年をとるほど尊敬される。といったのは、いつも鋭くて広かったサマセット・モームである。警句の真髄の工夫はいつも前提にあって、結論は凡庸である。凡庸でしかあり得ない結論をひきしめ、鞭うち、ピリリとさせるために、前提のコトバを、たたきだす、という口調ですえつけねばならない。そういう呼吸をわきまえつくしていたのがモームであった。

若いときは大いにめちゃくちゃをはげむがいい。年をとったらそれでちょうどよくなる。日本の昔の洞察家はそういったはずである。これもなかなかの洞察である。モームのコトバにぴたりと照応するであろう。そこでわれわれはここを先途とめちゃくちゃを志し、身持ちをわるくすることに没頭する。けれどいずれもそれがガラス箱のなかの唄であるようなのは、ほんとに肚にこたえるタブーを犯していないからである。または、タブーを発見していないからである。または、それを恐れているからである。これまで文学がよみがえった歴史をふりかえると、ことごとく同時代のタブーを犯してそのさきにあるまぎれもない現実と添寝する方法を新しく発見したときにだけ、文学はよみがえった。もし私が第二の過ちを犯すべき或る時期に没頭するのであるなら、タブーをいかに発見し、感じつづけるか。それしかない。

ナイター映画

徹夜でやっている映画館があると聞いて、いよいよ日本人の〝バカンス〟もせっぱつまってきたなと思わせられた。〝ナイト・ショー〟といったり、〝ナイター〟といったりしている。〝ナイト・ショー〟というと、なにかストリップを思わせて館の品がおちるので、〝ナイター〟と呼ぶのが流行になっているらしいが、いずれにしても徹夜にはかわりない。

たいてい土曜の夜にやるようである。翌日が日曜だから警察も大目に見てやっているようである。ふつう一日の興行が夜の十時か十一時頃に終るので、それから翌朝の六時か七時頃まで、つづけざまに上映するのである。つまり、翌朝の始発電車がでる頃まで、暑い夏の夜を涼しいところでうっちゃろうというわけだ。晩飯をどこかですましてきても、おなかがへるから、映画館では〝おにぎり〟や〝のり巻〟を用意している。川崎の映画館では〝おにぎり〟が八十エン、新宿の映画館では〝のり巻〟が百エンであった。

ためしに〝のり巻〟を買ってみたら、のり巻が六コとガリが少し入っていて、のり巻のぐはカンピョウである。食ってみたが、べつにどうという味ではなかった。

「お茶はないの、お茶は？」

「はァ。お茶はないんです」

「麦茶ぐらいサービスしろよ」

「でも、ジュースがありますが」

「ジュースでのり巻か?!……」

「近代的でいいんじゃないんですか。それに、健康にもよろしいし」

深夜の二時、三時に、のり巻やおにぎりをもそもそ食べつつ、オレンジ・ジュースでつかえたのどを流し、活劇や喜劇を見るわけだ。

涙の塩でもつけなければ食べられない〝夜食〟である。いや、わびしいな。フランス語でごまかすか。〝スーペー〟だ。スーペーをとりつつ冷房付の部屋で映画を鑑賞遊ばすのだ。ちょっとしたもんだゾ……


よし映画館へ寝にいこう！

どんな人が見にくるのかというと、夜はたらく人びとである。駅や、工場や、商店や、酒場や、キャバレーなどではたらく人たち、昼間映画が見られなくて夜でなければ映画の見られない人たち、海にも山にも涼みにゆけず、下宿やアパートに帰っても壁と乾いた皿と廊下からくる便所の匂いしか見つけられない人たち、もっぱらそういう人たちが、仕事を終ってから見にくるのである。

川崎の映画館では大森から横浜あたりまでの客が見にくるといっていた。京浜工業地帯だ。またそのまわりにある二流、三流のバーとキャバレーのバーテンダーやボーイやホステスたち。そういう人たちが深夜勤の労働者や工員とまじって見にくるわけだ。下宿へ帰るにしても、独身工員であってみれば、壁と乾いた皿と便所の匂いがあるばかりで、待つ人はいないし、夏の夜は暑くて寝苦しいだけだし、バスはもうなくなっているし、タクシーは高いし……いっそ涼しい映画館で映画を見つつ朝を待とうか、ということになってくるのだ。かりに映画を見ないで寝るだけだとしても、十二時から寝たとしたら朝の六時まで六時間。六時間を三百円ですごして体のやすまるところなんて、ほかにそうザラにはないよ。よし、きめた。映画館へ寝にいこう!……

川崎の映画街には〝川映〟と〝東映〟が向いあって建っているが、この二館は徹夜興行である。川映では『舞妓はん』と『あの橋の畔で』の二本立、東映では『浅草の俠客』と『ギャング同盟』の二本立であった。新宿のヒカリ座では『禁じられたセクシー』と『ハイ・ヌーン』の二本立であった。夜の二時頃に川崎の東映に入ってみると、ちょうど『ギャング同盟』をやっているところだったが、館内は満員の盛況で、はみだした人たちは壁にもたれたり、手すりによりかかったり、通路に腰をおろしたりして、見ていた。紙屑が散乱し、タバコの煙がもうもうとたちこめ、汗と人いきれの活気が暗がりいっぱいにみなぎっていた。

映画はおきまりのどんどんパチパチのたわいもないギャング映画である。川映で見た『舞妓はん』は倍賞千恵子と橋幸夫が演ずる京都もので、まるで大正末期か昭和初期を思わせるような、お古いとも、まだるっこいとも、バカバカしいとも、『愛染かつら』調のやりきれたものじゃない脳留守映画であった。ところが、見ている人たちは、『舞妓はん』も『ギャング同盟』も、みんな、ヤジもとばさなければ失笑もせず、シーンとして息をひそめて画面に見入っているのである。つつましい、礼儀正しい客たちであった。深夜の暗室にたちこめるこの緊張と静寂にはなにか異様なものがあった。

群衆にまじって暗がりで映画を見る私たちの心理は小さな部屋のなかで一人で小説に読みふけるのとほとんどおなじくらいに孤独なものである。その孤独さはすでに知られつくしているが、まったく共通なものである。笑い、吐息をつき、考え、圧倒され、舌うちし、俺ナラコウスルノニ、俺ナラアアスルノニとたえずいらいらしながら共感したり、失望したりする私たちの心の力のうごきは、映画館では、すべて私たちの薄いが不透明なかぎりの皮膚のうちに閉じこめられていて、となりの人との血を介した交渉というものはまったくなく、おたがいどうさぐりようもない。小説の読者とまったくおなじことである。

カビのはえた悲恋物語でも

映画は集団性において小説とはお話にならないくらい強力なのに、これほど幼稚でおぼつかないものもない。たどたどしい少年、少女スターが展開する舞妓と板前のカビのはえたみたいなおきまりのだらしない悲恋物語を深夜の若い人びとがどのように眺め、味わい、判断を下したことか、私には手さぐりのしようがないのである。おそらく彼ら、彼女らは、バカにしながらその物語を眺めつつも、心のどこかでは、いや案外、現実はこういうものかも知れないぞとつぶやきつつ、憂鬱に主題をうけ入れ、しかし、軽蔑しながら納得するということをしていたのではあるまいか。

料理と日本舞踊の名人になることをたがいに誓いあって若い二人の恋人同士ががまんして別れてゆくという、この、私にいわせればインポテ映画、〝ゲイジュツ〟で人生をたぶらかして耐えようという、悪臭く手の古い作品は、日本人の心にみなぎる湿気に、うまくとけこんでいたようにも見える。

けれど、その映画を、深夜に、じっと身じろぎもしないで、いっしんに見入っていた若者たちの生活にくたびれきった横顔は、侮蔑と忘我を同時にうかべたその横顔は、やはり私をうった。まじめにはたらいて苦しんでいるらしい少年、少女たちなので、そういう人たちがこういう低能映画にひきずられているのを盗み見るのは、あたりにみなぎる汗の匂いの重さとともに、私には、胸にタバコのヤニのつまったような気持のすることだった。

ココダトミンナイルモノネ

便所へいこうと思って廊下へでたら、ここで目を瞠らされた。綿やバネのとびだしたソファに若者たちが大の字なりにころがって眠りこけているのだ。目を薄くひらいたまま眠っているのもあれば、口をひらきっぱなしにして眠っているのもある。一人、二人という数じゃない。いたるところでゴロゴロと、まるで朝の魚河岸のマグロみたいにころがっているのだ。二階へあがってみたら、ここでもゴロゴロと眠りこけていた。ソファに寝られない連中は階段の踊り場のコンクリート床へ新聞をしいて眠っている。顔が寝汗とあぶらで光っている。蛍光灯に照らされた皮膚はカエルの腹みたいに青白い。じっとりとつめたく湿っている。夢にウナされているのか、蛍光灯がまぶしいのか、眠りながらもギュッと眉に皺よせたままのもいた。山本周五郎の世界だ。名作『青べか物語』の登場人物たちだ。

窓辺に青年が一人たたずんで、ぼんやりと、深夜の大都会の道路、ネオンの荒野を眺めていた。

「……くたびれるね」

「うん」

「映画は見ないの？」

「もう見た」

「家へ帰らないの？」

「帰ってもしようがないからね」

「そうだな」

「ここだとにぎやかだからな」

「うん」

「みんないるものね」

「………」

「ここだと……」

青年は、疲れきった、ぼんやりとした、優しい、うつろな声でそうつぶやき、窓から無人の道路を見おろしたまま、薬臭い焦げ臭い『新生』を深ぶかと吸った。化石がタバコを吸ったのかと思って、瞬間、おどろかされた。二十二歳。月給一万六千円。独身。町工場でカメラのレンジ・ファインダーを磨いている。会津若松からでてきた。下宿は映画館のすぐ近くにあるが、帰る気がしないといった。ただただ精力的だというだけの、容赦ない、ブリキの空缶を舐めたみたいな味しかしない大都会の、影だ。

　便所へ入ったら、となりへ来た若者が、つくづくたびれたという口調で、ボソリと、

「……ミカン水みてえな色してやがンな」

　うつむいて、ひとりごとをいっていた。

　ココダトミンナイルモノネとは、また、惨憺たる言葉ではないか。裏も表もない。どう解釈のしようもないし、どう逃げようもない。つぶやいた言葉そのままのことを青年は感じているのだろうと思う。したたかな孤独の酸を浴びた気配がある。コンクリート箱のすみにカニが追いつめられているかのようでもある。

　青白い、垢にまみれた、荒涼とした廊下、あちらこちらで寝くたれている若者たちの体をよけて歩いているうちに、いつか詩人の田村隆一が教えてくれた一句を思いだした。詩なのか、ジャズの一節なのか、よくわからない。作者の名もわからない。田村隆一は、どうしてだか頭にひっかかってはなれないものだし、うまく訳せないものだからおぼえているのだといって、そそくさと、乱酔のすきまを縫って紙きれに書いた。私も訳してみたが、あれこれ考えたあげく、結局、直訳することにした。

　べつにどうということもない二行きりの句だが、やっぱり私も忘れることができないでいるのである。ここにきて、ふたたび、とつぜん思いだした。

夜は若くて、酸っぱかった
おれも若くて、酸っぱかった
…………

ニイさんの〝きれいな遊び〟

暗がりへもどってみると、みんなはてんでんばらばらな恰好で座席に崩れこんで映画を見ている。ここでもイビキをかいて眠りこけているのがいる。壁に顎《あご》だしてもたれているのもあるし、通路にたまりかねて乞食みたいにしゃがんでいるのもある。鉄のパイプの手すりにもたれて、たったまま眠りこけているのもある。

器用な真似をすると思って見ていると、銀幕でどんどんパチパチの音がしたときだけひょいと顔をあげ、ギャングが乱射をやめて男の女のすったもんだの会話をはじめると、とたんにひょいと顔をさげる。そうやってひょい、ひょいと顔をあげたり、さげたりしながら、彼は、たったまま、眠りつつ、映画を見るという、〝ながら〟族の権化みたいな三位一体を猫背の疲労においてくりかえしていた。こういう見かたをしていたらギャング映画もいたって健全なもので、テレビでプロレスの格闘を見ているのと大差ないだろうと思う。

川崎は土地柄である。キャバレーが七軒あって、ホステスは千五百人見当。酒場のバーテンダーやらホステスは七百人から八百人いる。そこへかよう町工場や大工場や中小商店の兄さんとおっさんたちはちょっとでも女にモテたいものだと考える。最小《ミニマム》の消費で最大《マキシマム》の効果をあげたい。推計学でいう〝ミニ・マックス〟戦法を狙う。キャバレーがハネると六人、七人と女たちをつれだし、映画館のまえまでくると、ずらりと整列させて、

「番号ッ！……」

と叫ぶのである。

女たちがキャッ、キャッと笑いさざめきつつ、つぎつぎと、一ッ、二ッ、三ッ、四ッ、と叫ぶのを兄さんはハレムの土侯みたいな気分でうっとりと聞く。そして、入場料をまとめて気前よく払ってやり、自分はどうするかというと、映画館には入らないで、じゃ、アバヨ、といって帰るのである。兄さんはそれが気風《きっぷ》の見せどころだと思っている。〝きれいな遊び〟とはそういうものなのだとひとり合点している。このあたりではそういうのがきれいな遊びだということになっているらしいのである。そして、たしかに、それはそのとおり、きれいでシックな遊びだと私も思う。効果はどれだけあがるか、保証のかぎりではないとしても……

新宿ではいまのところヒカリ座だけが徹夜興行をしているが、ここの客は川崎とちがって工員は少なく、むしろ圧倒的に付近の酒場やキャバレーなどのバーテンダー、ボー

イ、ホステスたちである。どんな映画がいちばん人気があるかと聞いてみたら、最近では化猫映画強力三本立がいちばんウケたという例があるにはあるけれど、だいたいなにを上映しても客はよろこんでいるようだという答えだった。いましているのは『禁じられたセクシー』と『ハイ・ヌーン』。前者は題が思わせぶりで下品だけれど、世界各国のナイト・ショーをオムニバスにした観光映画、後者は故ゲーリー・クーパー老が孤軍奮闘する西部名作である。

これが川崎では、支配人がハッキリと、うちでは活劇か喜劇でないとダメだといいきっていた。たったままウトウト居眠りしてどの場面を見ても前後の脈絡なしにたのしめるどんどんパチパチか、ゲラゲラ笑いかどちらかである。それだけ酒場のバーテンダーと京浜工業地帯の労働者とでは体の疲労がちがうのだということなのかも知れない。

中野大映では七月に『人間の条件』をやった。一部から六部まで前編ぶっとおしで、翌朝の八時ごろになってやっと完了という荒業で、客のほうも座ぶとんかかえてくる人があった。三百六十の定席が前売りでたちまち売切れ、二百人ほどがハミだして入場できないほどだった。一カ月も前から予告していたのと、上映作品の性質によるせいもあって、そんな人気がでたのだろうといわれている。入場料も安かった。百五十エンである。映画館はすっかり悦に入り、この夏にもう一回『人間の条件』を徹夜でやろうと考えている。

一週間を八日分も九日分も

徹夜興行をする映画館の数は、毎年、ふえるいっぽうである。深夜しか遊べないという人の数がふえるいっぽうだというのと、もう一つは、そうやって、プロレスや野球や相撲やプールなど、すべての娯楽が終ってしまった深夜でなければ人をひきつけることができないまでに映画そのものが魅力を失ってしまったということがあるのではないかと思う。そういうふうに深夜興行をして、一週間を八日分も、九日分も回転しなければ映画館はやっていけなくなってきたのである。

なにしろ近ごろの映画館は、これはたれしも経験のあることだが、よほどのことがないかぎり、たいていいついってみても座席があいていて、たって見るという苦行をしなくてもよいようである。宣伝のどんちゃん騒ぎにもかかわらずこの産業はそんなにオットリしているのである。鉄砲やら、セックスやら、軍国主義やら、悲恋やら、皇室やら、残酷やら、観光やら、アレやら、コレやら、苦心工夫の知恵をひねりだすのに必死だが、それでも、もう、セルロイドの帝国はあちらこちらからクスブって火がついているのである。

それでいて愚作、駄作、凡作しかひねりだせず、『裸の島』のようなすばらしい作品は非力な独立プロでつくられるという状況である。大資本のなかには技術、才能、発想において卓抜な資質の持主がたくさんいるのに、どういうわけか、そういう人たちを腐らせてばかりいる。奇妙な、バカげた浪費である。

横浜。北九州。福岡。熊本。鹿児島。静岡。弘前。沼津。富山。新潟。長野。山形。仙台……といったような全国各都市で、定期的に、または、不定期的に、ナイト・ショーをやる映画館がふえてきている。これはごくごく大ざっぱにながめたデータであって、じっさいはもっとたくさんの映画館が、もっとたくさんの都市でやっているのではあるまいかと思う。

あちらこちら、日本全国、どこでも、酸っぱい、孤独な、深夜にどこへゆくこともできない若者たちが、ひそひそとつめかけている。そして、あるいはたったまま眠り、あるいはソファや踊り場の床で眠り、あるいはおにぎりをオレンジ・ジュースで呑みくだしながら、暗がりで、じっと息をひそめているのである。これほどたくさんの遊びと遊び場がありながら、ただ見ず知らずの群衆の一隅にたちまじるだけで心の渇きを癒すよりほかないという若者たちが、それほどたくさんいるのである。

秋風よ、心して吹け。

困る

北海道の東部には広漠とした手つかずの原野がひろがっていて、それは東ヨーロッパ、シベリア、アラスカの風景を私に思いださせてくれる。その荒野のことを、ふつうには、〝根釧原野〟と呼んでいる。しかし、根室の国ではそう聞いたが、釧路のあたりでは、これを、〝釧根原野〟と呼んでいるのを聞いたように思う。一つの共同の面積が自分の住んでいる場所によって呼びかたが変ってくるのである。

釧路の郊外には四万ヘクタールか五万ヘクタールかの原始の大湿原がひろがっている。ここには野生のタンチョウヅルやミンクやアオサギなどが棲みつき、川を小舟でおりていくと、アシの密林のなかをゆっくりとした足どりで、頭を高くかかげ、まるでダチョウかラクダのようにタンチョウヅルが歩いていくのを見かけたことがある。ツルの鳴声はカタカナにしいてなおすと

クァーン…ルルルルーン…

となるだろうか。

この大湿原は見わたすかぎりぼうぼうとしたアシの原野だが、苔とも草ともつかないツンドラの荒野であって、踏んでいくと、ふわふわポカポカと厚く柔らかいのだが、何となくしっかり踏みしめられない不安感が脛につたわってくる。ここに〝ヤチ〟とか、〝ヤチノメ〟とか、〝ヤチマナコ〟などと北海道人が呼び慣らわしている、恐るべき自然の罠がひそんでいる。苔にかくれていて見えないのだけれど、うっかり一歩踏みこむと、ズブズブと沈みかかり、たちまち全身を呑みこまれて、身うごきできなくなり、やがて埋没してしまうという曲者《くせもの》である。サケの密漁をしに札幌あたりからやってきたヤクザ連中がときどき姿を消してしまうということがあるらしい。私をイトウ釣りにここへ誘って下さった佐々木栄松画伯の教えるところでは、川岸をいくときは、雪山のぼりのときとおなじように私の踏んだ足跡を踏んで、そこからはずれないようにして一歩一歩ついてきなさいとのことであった。底なしの〝野地の目〟を避けるには、長い頑丈な棒を杖がわりに持っていくということをする。一歩ズブリッと踏みこんだと知ったらすかさずその棒をよこにして穴にかけわたすようにする。そして、ズブズブぬらぬらするばかりでシッカリした足場が何もないのだから、あとはひたすらその棒にすがって、体力のむだな浪費を避けつつ、じりじりと這いあがる工夫をしなければならない。あせってはならない。やたらにもがくのもよくない。何度かあやういところでぬけだした経験のある画伯から、釧路にもどってから、ヤチノメの恐しさをじっくり教えられたものだった。

東京にもどってしばらくしてから、私は親しい友人の一人の北海道出身者と、道東の原野でイトウ釣りをしてきたことを話しあい、生きたドジョウを鈎に刺すにはどうするか、イトウは鈎にかかるとどうあばれるか、野生のタンチョウヅルはどう鳴くか、などと、説明にふけった。そのときふいに私はヤチノメのことを思いだし、画伯の話をこまかく思いだした。そしてつぎの瞬間に、啓示があった。私はその友人にヤチノメのことをきいたままにつたえたうえで

「……ところで」

といった。

「女のあそこのことも北海道じゃ、ヤチとか、ヤチノメとか、ヤチマナコなどと呼んでいるのではないかナ。正確にそうではないとしても、それに類するコトバで」

友人はしばらくもじもじしたあとで

「そうです。図星です」

といって、ちょっと顔を赤くした。

「まさにそのとおりです」

「そうだろうね」

「どうしてわかりました？」

「いや、そう思ったまで」

私は瞬間の連想が的中したことをひそかによろこびつつも、むしろ、ボウボウと果てしないアシの大湿原のあちらこちらにさりげない顔つきのくせに底なしの性悪さで待ちかまえている罠のことを、その声なき貪婪のことを、うつらうつら思い浮かべていた。

つぎの挿話も北海道のことなので、ドサンコ諸氏にはちょっと申訳ないような気がする。いつか積丹半島の突端へ冬のさなかにいったことがあるのだが、ここは大雪があると〝陸の孤島〟と化してしまうところで——少くともいまから十年近い昔にはそうだった——山が背に迫り、海が腹に迫り、耕地はひとかけらもなく、しかもその海がとっくにニシンが群来《くき》なくなり、死んでしまって、ただ三角波がすさび、叫びたてるばかりという、手のつけようのない地の涯《はて》だった。トントンぶきのマッチ箱のような家がフジツボほどの堅牢さもなく磯にしがみつき、刃物じみた冬の波の狂うなかを岩から岩へ老婆やおかみさんが腰まで水につかってイワノリをひッ搔いてうごめいている光景が見られた。これはいわゆる〝海苔〟ほどの華麗な香ばしさを持たないけれど、淡泊、素朴、あえかな風味があって、おにぎりを巻いたりするときに使うと、ちょっといい味なのである。ただし、どれだけつらい思いをして採ってくるものかを目撃したら、ちょっと高い声で批評できなくなるし、不満も口にできなくなる。

吹雪まじりの疾風がくるたびに家がぐらぐらゆれ、窓から粉雪がザッ、ザッと吹きこんでくる『蛸寅《たことら》』旅館のあぶなっかしい二階で、キルティングを着こんだまま酒を飲んでいると、どこからともなく筋骨頑健、見るからに丈夫一式という姿の姉上があらわれた。彼女は昼の間は沖からもどってきた漁船をロクロで浜にひきあげるヨイトマケに従事し、夜ともなればポンと宙返りしてくちびるに紅をさしてあらわれるという、その道の達人のように思われた。彼女は膝をくずして酒をつぎつぎとあおり、もっぱら豪快・強健・爽快にふるまい、ここはソーラン節発祥の地だから、本物中の本物のを唄ってあげる、これこそが本物なのだ、あんたがたの知ってるのはテレビ用のウソ歌だといった。そしてつぎのような一節のあるソーラン節を音吐朗々、吹雪風と争いつつうたい、そのあとフッと消えた。

かがみまたいで
うがちゃんこながめ
うがちゃんこながめて
うがわらう
…………
……

姉上が消えたあとで私はキルティングのままふとんにもぐりこみ、翌朝、うそうそと寒くて眼をさますと、窓から吹きこんだ雪が枕もとに小さな長城を作っているのだった。非凡のナルシシズムを剛健な労働歌に托しておおらかなユーモアのうちにとかして茶にしてしまうという晴業《はれわざ》をやってのけたラブレェの末裔の姿はどこにも見えず、もそもそ身うごきする階下の足音や薬缶の音などにも気配が聞きとれなかった。私はふとんのなかで、〝ちゃんこ〟というコトバの航路を思った。明治初期の書物を読むと、現在標準語で××××と呼んでいるもの、あるいはことを、東京の下町では〝ちゃんこ〟と呼んでいたと、ハッキリでているのである。それが現在、東京では〝ちゃんこ鍋〟のほかには何事も感知されることがなく、ここ積丹半島ではいまだに語源のままに使われている。しかも流行のトップを気どっているはずの東京のアングラ・ソングにもないような繊鋭の観察眼をうたいのけている。

いったい日本語はたかだか百年のうちにこうも変ってしまっていいものなのか。『冬の夜はホカホカとあたたかいちゃんこ鍋で』などと看板に堂々と書かれているが、百年とはいわずもう五十年もすればこれが、『冬の夜はホカホカとあたたかい××××鍋で』となるのであろうか。

銀座をいく母と娘が、大きな声で

「冬の晩はやっぱり××××ねえ」

「何てったって××××よ」

「××××だと第一あたたまるし」

「そうよ。フランスのポ・ト・フだって、ブイヤベースだって、いってみれば××××鍋みたいなものじゃない。何しろ栄養があるし。ポウッとして気持いいじゃない。ねえ、ママ、早くお家へ帰って××××にしましょうよ」

こう書いてくると、きっとあなたはヒヒヒヒとよこを向いて笑ったり、イヤな感じになったりなさるが、それはあなたが無学であり、想像力がおありでないからなのである。コトバの恐るべき不死身ぶりにおびえたことがおありでないからなのである。


もう十年も昔のことになるが、その頃私は冬になるとスキーをかついで雪山にかけつけたものだった。人なみに志賀高原、蔵王、赤倉、関、燕と転戦してまわったものだったが、文藝春秋社のヒュッテが高天ヶ原にあるので志賀高原にはいちばん熱心にかよった。テクニックはさほど上昇しなかったけれど早朝の洗濯板のようなアイスバーンに頭をカチンとぶっつける快感や、夕暮れのヒュッテに帰ってからのホラ吹き合戦や、雪のなかで冷やした赤ぶどう酒の味などについては、いささかおぼえるところがあったように思う。その頃の私のテクニックでは〝滑る〟というよりは〝泳ぐ〟とか〝漕ぐ〟といったほうが正確だったが、丘やゲレンデや螺旋道などを一日じゅう上ったり下ったりして飽きるということがなかった。

へとへとにくたびれて夕方、発哺、熊ノ湯の宿にもどってくる。ここの炉ばたで一杯やってからよちよちと坂をのぼって上の高天ヶ原のヒュッテに帰るのがコースとなっていた。宿のおじさんに茶碗酒をもらい、ちびちびすすりながら、炉のまわりに集った少女たちの話を聞くともなしに聞いていると、しきりに〝アリノトワタリ〟、〝アリノトワタリ〟という声が耳に入る。ここから草津へこえるツアー・コースに竜王越えというのがあるが、その途中のどこかに〝アリノトワタリ〟というポイントがあるらしい。私はまだ試めしたことがないのだが、この頬の赤い、眼が痛烈にいきいきしている、生への興味がまぶたのふちまであふれだしてさざ波のように輝やく娘たちは、明朝、そこを突破しようとして作戦を練っているらしかった。しきりに〝アリノトワタリ〟、〝アリノトワタリ〟といって笑ったり、論じたりしている。何という大胆不敵！

「……その〝アリノトワタリ〟ってのは、狭くてつるつるしてるの？」

「そうよ。尾根ですからね。朝早くなら狭くてつるつるしてるわよ。ちょっと危いわね。スリルあるの」

「木がちょっと生えてるの？」

「うん、そう。ブッシュってのかナ。ボサってのかな。ポワポワ生えてるわね。そこを一列になっていくのよ。いい眺め。でもないか。でも、ちょっと」ジュースなど飲んだりしてわけもなくワッと笑いころげたりする。私は手帳を一枚やぶって、『蟻の門渡り』と書いてから娘の一人にわたし、東京へ帰ったらちょっと辞書をひいてみてごらん、忘れちゃいけないヨ、といって宿をでる。こういう放埒な無邪気、あっぱれな大胆に出会えるのも、スポーツの功徳というものであるか。

いまためしに三省堂版、金田一京助監修、『明解 国語辞典』をひいてみると、つぎのように説いてある。

ありのとわたり⑤〔蟻の《門渡り》〕（名）㈠ありの行列。㈡陰部とこうもん（肛門）との間。会陰（エイン）。

狭くてつるつるしていて、尾根で、ポワポワとボサが生えている、ちょっと危い、いい眺め、でもないか、でもちょっと、と感じられるらしいその地形を眺めて、そう命名したのは、一人なのだろうか。複数なのだろうか。それがそのまま語義を感知されたり、されなかったりでも世々代々ひきつがれてきたらしい強力さを考えるなら、そこはよくよく因果な風貌を帯びているのであろう。もしその命名者がこの貧しい山村の先祖であるのなら、その人物はよほどエレガンシャルムをわきまえていた。かの大湿原といい、積丹半島の『蛸寅』の姉上といい、この山村の粋人といい、じつにその観察眼の鋭さ、ユーモアの妙、類推想像力の飛躍、何よりもその不敵な率直さ、ただ私は虚をつかれて茫然となる。言語生活はあくまでも具体に執し、具体から出発すべきであると、教えられるようではないか……

こういうふうに事態を追ってくると、さいごに私自身が対象となってくる。私の姓は『開高』、名は『健』であるが、名は私の父母がつけたけれど、姓はいつ頃からとも知れない御先祖様の発想による。これは福井県である。現在、丸岡町と呼ばれているが、戦前は〝坂井郡高椋村〟と呼ばれていた村で、この村のことは中野重治氏の『村の家』や『梨の花』にくわしく書かれてある。おぼろに祖父や父から聞かされたところではわが御先祖様は柴田勢の落武者で、関ヶ原のあと、流れ流れて北陸にたどりつき、定着した。その後、分派現象が発生し、一族は〝中野〟姓と〝開高〟姓にわかれたが、中野派は雑草のごとくたくましく広大になったのに開高派は衰微の一途をたどり、いま全日本にこの姓を名のる家は、その稀少、佐渡のトキの数とくらべたいくらいなのである。この点から見れば私が何かモノを書くということは、瀕死のハクチョウの声に似ていると、いえるのである。

私の父は小学校教師で、ときどきこんな珍しい姓はないといっていばっていた。しかし私が中学校に入ってから江戸時代の洒落本や好色本をのぞいてみると、きっと×××のことが〝開〟とあり、妙なひらがなのルビがふってある。それも上と下があり、優良品は〝上開〟、ローズ物は〝下開〟としてある。これを私について検討してみると、『開高健』というのは、すなわち××××が高く張っていてしかもすこやかである、と大声でふれまわっているようなことではないか。まるで女郎屋のおやじの表札だと思いたい。さいわい〝ちゃんこ〟よりも時代がたち、現代は無学が美徳とさえされるありがたい時代なので、私はさりげなくふるまうことにしているが、こんな名を持って小松左京製のタイム・マシンに乗って江戸へいったとしたら、どんなスキャンダルになることだろうかと、日頃気になってしかたない。ときどきこのことを考えると、いったいこんな姓を思いついた御先祖様とはどんな人物であったのか。一日《ひとめ》会って意見を聞いてみたいものだと、思えてくる。何ともひどいハナシである。

「開いて、高くて、健やかだなんて、欲ばった名前ですね。本名だとすると、ちょっと考えたくなりますね。抽象語ばかりじゃありませんか。具象が一字も入ってない。これは日本では珍しいんじゃないかな。どこでとれたんです?」

ときどきそうたずねられることがあるが、私は返答をするのに何となく力が入らず、全的に正確になれないもどかしさ、はずかしさを、じっと噛み殺すことにしている。まちがっても私は『江戸文学研究会』などの会員にはならないつもりだ。

しかし、それにしても……

四十にして……

私は昭和五年に生まれたが、昨年の十二月三十日を以て満四十歳となった。こういう師走のギリギリを誕生日に持つと子供のときから思いだしてもらえたタメシがない。いつもドタバタ騒ぎのなかで部屋のすみっこにほっておかれた記憶しかないのである。バースデー・ケーキどころか、一日のばして大晦日に年越そばをあてがわれるぐらいがせいぜいのところである。

四十歳になったその朝に鏡を見て——毎日のことではあるが——タジタジとなる。これが十八歳の朝に紅葉のようなくちびるをしていたあの少年かと思いたくなる惨状である。昔はカラスの行水みたいに水で顔を一撫でしただけでたちまち形がよみがえり、眼も鼻もその位置によみがえったのに、いまはいくら洗っても、揉んでも、つねっても、もどってこない。頰の肉をよせ集め、こねてまとめ、それを何度も何度も冷たい水をかけて固め、やっと整形できたと思っても、ちょっと手をはなしたらたちまちほどけてしまいそうである。ダブダブダブと太り、酒と好色のために鼻の頭が丸くなり、よごれちまった悲しみがあちらこちらシミのようにこびりついたオッサンである。それがふいにニタリと薄笑いをしたりする。

名のない憂鬱が全身に汚水のようにひろがっていくのを感じながら鏡のまえをはなれ、私は心底深く決するところがあった。

『……再出発デアル！』

ゴリラでも憂鬱になることがあるらしいのだから、オッサンが憂鬱をおぼえたり、突如として意志めいたものをおぼえたりしても不思議ではなかった。近頃とみにオッサンは記憶力が減退し、地名、人名を忘れ、しょっちゅうあのォ、そのォと口ごもる。肉体が精神をむしばんでいるらしい気配はその鼻の頭を一瞥しただけで察しられるが、その肉体すら、くたびれやすくて根気がつづかず、酒にひどく弱くなり、よろず執着とか執念とかが稀薄になっている。昼寝が何よりの好物で、いつ見ても家にいるときは寝ている。仕事をしようと決心すると、すぐそのあとで、ちょっと寝て、とつぶやくのである。

しかし、その朝、一瞬があった。一瞬のうちにオッサンは十代、二十代、三十代、これまでに通過してきた全景を肩ごしに眺めたのであった。やけくそとも昂揚ともつかぬ感情がこみあげてきて、こみあげるままに、あてどないが一つの決意が抱かれた。オッサンは書斎にもどり、机のまえにすわったが、いつものようによこにはならなかった。

御期待あれ。

3 レトリックの魔——活字が立ってくる

アンダスン「冒険」についてのノート

シャウッド・アンダスンは一八七六年、オハイオ州キャムデンに生まれた。家族といっしょに諸方を転々としていたため十四歳以後は正規の学校教育を受けなかった。処女作『オハイオ州ワインズバーグ』はそれまで『ザ・マッセズ』や『ザ・セヴン・アーツ』などの諸雑誌に発表したものをまとめた短篇集で、作者四十三歳のときに出版され、作家としてのアンダスンの位置を確定する名声と成功を獲得した。以後、作家生活に入り、半自叙伝的な『物語作家の物語』や長篇『暗い笑い』、社会評論集『迷えるアメリカ』その他、多くの作品を発表、刊行、一九四一年、南米旅行中に死んだ。

ここに訳した「冒険」は処女短篇集『オハイオ州ワインズバーグ』におさめられた一篇である。

『オハイオ州ワインズバーグ』はそれぞれ独立した二十四の短篇が集って有機的な関係のもとに一つの世界と雰囲気を提示する、という方法がとられている。したがって、どの一つの短篇も全体の緊密なモザイクの一片として眺めねばならない。

二十四の短篇の二十四人の登場人物はすべてワインズバーグの住人で、田舎教師、牧師、貧農、医者、小作百姓、酒場のバーテン、挿絵画家、浮浪少年、老婆等々、何の特異性もない平凡な田舎町の住民ばかりである。ありきたりな人間がありきたりな環境でその日その日を厚い殻に包まれて暮しているにすぎない。

アンダスンは、しかし、これらの容易に脱皮も変貌もできず、しかも自我が薄暗く熱い半覚醒の状態にあってたえず外界の脱出口を手さぐりで求めている小市民たちに今世紀の不幸の一つの姿を読み、敏感に病部を嗅ぎつけた。彼は人物の内部に探針を入れた。どんな人間も何らかの意味で不具であり、グロテスクなものを持ち、抑圧され、歪み、不安定であることを彼の鋭いペンはぼくたちに教えてくれる。

たいていの彼の作品はストーリーの或る一点であざやかな展開を持ち、それまで薄明でネガティヴであった登場人物や主人公たちの内的な経過や行動の動機、因子のメカニズムなどが、とつぜん一切が理解され、動かし難いイメージとして定着される。抑鬱された人間のはげしい潜在力を何らかの行動の形で提示することにアンダスンは非凡な手腕を持ち、ぼくたちは、いわゆるヘミングウェイ・スタイル、あるいはハードボイルドの手法の最初の徴候と成功を彼に見るのである。

のちに長篇『暗い笑い』(Dark Laughter) などを書いて彼は自分の志向をもっとはっきりした形のものに発展させた。彼は黒人の肉体に注目した。原始的な生命力への郷愁と白人の衰弱した二十世紀文明への諷刺を彼は未整理で薄暗く、逞しい黒人や、あるいは黒人にひとしい、少数のめぐまれた白人の肉体力をとおして定着した。それはローレンスが性を通じて可能性をさぐろうとしたのと非常に似るところがあり、第一次大戦後のヨーロッパの知識人たちが抱いた志向と一致するものである。

彼はドライザーなどに倣った自然主義的な方法から次第に象徴的な方法に近づいて行った。彼の成功は否み難く、又、後につづくロスト・ジェネレーションの若いチャンピオン、ヘミングウェイやコールドウェル、フォークナーなどに与えた影響も巨大なものがあり、サロイアンには、「所詮われわれは彼の追随者であることからまぬがれ得ない」とまでの告白をさせるほどの広範なものであったが、しかし、ぼくたちは、アンダスンが非常に優秀な技術を持ち、又、社会的なものときわめて近接した位置にあり、いろいろな可能性をゆたかに内包していたにもかかわらず、ついに外延的発展を遂げなかったことに対して不満と、同時に自分たちの問題とをそこに感ずるのである。彼がヨーロッパ文学の植民地であったそれまでのアメリカ文学を独自の風土性と性格をそなえた世界文学の序列に加え得られるオリジナルなものへ発展させた幾つかの流れのうち、もっとも大きなものの一つであったことをぼくたちは再認識して、今後にそなえる一つの礎石としよう。

自戒の弁――「芥川賞」をもらって

カミのこっけい探偵小説『名探偵オルメス』にスペクトラという頭のいい泥棒がでてきて、いろいろふざけた悪事をはたらくのだがそのひとつにこんなのがある。スペクトラは巨大なインキビンをこしらえて作家をそのなかへ投げこみ、うえから、どんどんインキを注ぎ「書かなきゃおぼれるぜ」とおどかすのである。恐慌をきたした作家たちはちょっとでもインキをへらそうとして、あごまでつかりながら必死になって書く。書いて書いて書きまくる。それをスペクトラは売って売って売りまくり、たちまちパリを廉価本の洪水で埋め、大もうけするという筋である。コントだから、もちろんおわりにはスペクトラはオルメス先生につかまってインキびんのなかへ投げこまれるということになっているのだが……

二十日の夜、授賞の知らせが来たとき、私は一瞬、視界がまっ青にそまったような気がして胸苦しくなった。私にはとてもこれからさきインキの海を泳いでわたれるとは思えない。なにより私は遅筆だからマス・プロできないのである。せいぜい書いて一夜に五、六枚。それもおぼつかないというありさまなのだから、とうてい流行作家にはなれない。下手に泳ぎだすと六カ月だ。六カ月でおぼれ死ぬだろう。その末路はありありと見えている。作品のなかで今後、ちょっとでも若く見え、長く生きようと考えるなら、自重するよりほかに私には道がない。どんなにスペクトラに首をしめられてもあせらぬことだ。くれぐれもこの点、自戒までに確認しておく。

さて、アランの散文論にこういう一節がある。

「悪い散文は亡霊と幻にみちていて言葉がめいめい自分勝手に輝き、踊り、となりの言葉といっしょにたわむれたり、円舞をしたりしている。このことが物語の運びをさまたげ、読者をして判断せしめずに夢想せしむることとなる」

つまりこういう文体は読者を半睡状態に追いこみ、読者を酔わせるだけだ。〝正視すればたちまち消散する幻〟である。こういう文体、そのみせかけの魅力、一回かぎりのイメージ、私たちはこれを〝いつわりの詩美〟と呼んでいる。

私の文体はまだまだムダが多くて、この種のフォース・ポエジーからぬけることができない。それは私が精神的軟体動物であるからだ。言葉をささえるものが論理ではなく、イメージをささえるものが思想ではなく、いずれも感性的な、気分的なものであるからだ。そこに私は絶望的な日本人を感ずる。今後私はなんとかしてこうしたものからぬけだす方向に努力していきたい。〝感覚〟だけによりかかっていると、たちまち私は古びてしまう。至難の業であることはわかっているが、長い時間をかけてすこしずつ移動していきたい。

トレーニング時代

書いているときはわかったつもりで手をふり、足をふって、いい気なものだが、あとでふりかえってみると、冷汗がでてくる。ゾッとする。夜なかにめざめてなにげなく思いだしたら、もうさいご。ア、チ、チ、と何度目をつぶってもやりきれない、あの記憶。ちょうどこの作品はその段階に入ったところだった。

去月二十日の夜おそく、芥川賞受賞決定の知らせを聞いて狼狽してしまった。書きにかかるまえ、私は毒となって走るつもりだったのだが、書いているうちに狂いだし、できたときにはすっかりちがったものになっていた。いくらかの技巧でその落差を糊塗するのがせいぜいだった。

いつの場合でもこの後悔に苦しめられる。おそらく死にいたるまで作品は過程的な役割しか果してくれないのではないかという予感が極めて濃厚である。

やっとトレーニングをやりはじめたばかりだ。定型化をさけて、さまざまなことを、私は今後どしどしやってみたいとおもっている。

私の小説作法

小説を書くのにこれまではあまりメモをとらなかった。書きにかかるまえにラフ・スケッチがわりに記憶を整理はするが、日ごろからためこむということはしなかった。もっぱら記憶にたよっていた。

人物や光景のイメージが体のなかでピクピク胎動しつつ待機しているのを感ずるのはたのしい。旅をしていて、部屋をでた瞬間とか、ホテルの玄関から町のたそがれのなかへ一歩踏みだした瞬間など、よく言葉が閃く。

小説は頭のなかであれこれ空想しているときがいちばんたのしい。書きだしたらさいご幻滅がペンのまわりで踊りだす。幻滅、幻滅。それに、なんでもかんでもすかさず目を光らせてメモをとるのは、いかにも高利貸がガツガツと金をためこむのに似ていて、イヤらしく思えた。かけだしの探偵のやりそうなことでもある。

イメージは火花のようであり、とつぜんの風でひらく窓のようであり、じわじわとにじみひろがるインクのようでもある。その群れを私は流れるものは流れさせ、はびこるものはほびこらせる。消えるか。のこるか。いつか再生するか。苛酷な生の流れの少しはなれたところに体をおいてその動静に眺め入る時間が貴重である。たいへん好きだ。

　これらの群れは、いつも何か説明しにくい力である。たとえそれが、たそがれの町角にのこる口笛の一節でも、新聞の三面記事の六行でも、一帝国の興亡でも、私をとらえてはなさない力であることに変わりはない。だから私はライオンの真似をすればライオンの爪や牙からのがれられると思いこんでいた原始人に似ているのではないか。身ぶりをして憑きをおとそうと小説を書くのである。

　神経衰弱からのがれようとして小説を書いたこともある。「日本三文オペラ」という作品がそうだった。そのころ私はひどい衰弱におちこんで、字が書けなかった。生来の躁鬱症と厭人癖を持てあましていた。暗く、陰惨で、冷酷、無気力だった。局面展開を計って私は対症療法的な作品を書いた。関西落語の手法を詩で支えつつ、ひたすら哄笑、嘲罵、汚濁、猥雑、狡智、悲愁、活力の歌をうたうことに没頭した。題材との幸運な出会いがあったので救われた。まったく心斎橋筋のゆきずりの偶然から私は救われた。

　なにげない新聞記事がよく空想に火をつけるものである。私の処女作となった作品はほかに安部公房と北杜夫も目をつけたおなじ新聞記事だったと奥野健男に教えられてヒヤリとしたことがある。一年半ほど以前に私は新聞の短い外電記事にショックをうけたことがあった。このときはイメージがインキ型にひろがった例であったが、やがて私は物語を一つ暗がりの花のように育てた。

ところが、その南の国に旅して帰ってきてみたところ、アタマで考えた物語は粉ごなに砕けてしまったことがわかった。訂正、削除、破棄、一敗地にまみれた。ふりまわされ、たたきつけられ、魅せられた。あらがいようなく一つの力につかまれてしまった。新しい、困難な、手のつけようなく困難な、明るい日光のなかの悲惨を主題にした物語を書く準備に私はふけりだした。これは、野心はいいけれど、ちょっと冷静になって考えてみると、とほうもなくむずかしい試みである。うんざりして匙を投げたくなる。いつできあがるのかもわからない。けれど観客の一人もない舞台での身ぶり、手ぶりに私は夢中になっている。

記録・事実・真実

去年の夏頃から週刊誌に私はルポルタージュを書いている。もう一年以上つづいていて、約束では今年の秋、オリンピックがすむまでつづけることになっている。本にすると上・下二巻になって、これまでに私の書いた数少い創作のどれよりも長いものになる。毎週毎週どこかへでかけていく。新しい場所に顔をだし、新しい物を眺め、新しい人と話をする。雲古の処理場を覗いた翌週に丸の内の工業俱楽部を覗き、田園調布の犬医者に会った翌週に練馬の若い農夫に会うといったぐあいである。毎週二日から三日、取材でつぶれ、原稿を書くのに一日か二日つぶれる。

一年間この仕事をつづけたら首からしたがローラーにつぶされてノシイカみたいになってしまった。ときには締切日に間にあわなくて新聞社の編集室で書くこともある。へとへとになって一パイやろうと階段をおりてゆくと、輪転機の音が聞える。この一年に私の耳はさまざまな音を聞いたので、ハッキリと嘲笑の声を聞きわけるようになった。劇場にもいかず、音楽会にもいかず、古本屋歩きもせず、魚釣りにもいかず、避暑も知らず、温泉にも浸らない。文明社会にあるとも思えない蛮地暮しである。つくづくイヤになってきた。ほとほとクタびれてきた。字やペンを見ただけでジンマシンがでそうだ。

誰か読んでくれてる人がいるのだろうかと思っていたら、意外にたくさんの投書が新聞社やら家やらにきて、雑巾のようにくたびれた心にもそれらの字だけはジュウッとしみこむのである。右翼ともイタズラとも知れないドス声の脅迫電話がかかってくることもあり、ハガキにただ一行だけ「バカヤロ」と書いてくる人もある。去年の暮にハワイから未知の日本女性がクリスマス・カードを送ってきて、いろいろと感想を書いたあとで、あなたの文章の魅力はおおむねつぎのようでありますと番号入りで批評が書いてあった。

①新しい感覚の美文調。
②するどい批評とユーモアの精神。
③あふれるサービス精神。
④みなぎる清潔感。
⑤折目の正しさ。

アタっているところもあると思い、アタっていないところもあるが、全体としてクリーニング屋のキャッチ・フレーズみたいなのでそういう職業の人なのかしらと思ったが、どうやら本屋さんらしかった。クリーニング屋さんだろうと本屋さんだろうと、私は短い言葉と愛情に飢えているので、うれしかった。ぜひ一度ハワイへいってみたいものだと思いだした。

ずいぶんくたびれてきはしたけれど、私はこの形式の文章が好きになった。形式のないところが好きになったようでもある。この形式だと何でも織りこむことができる。短篇小説、批評、詩、諷刺、歴史、科学、何でも手あたり次第に持ちこんで煮こむことができる。料理でいえば寄せ鍋、ポ・ト・フ、カナッペ、ロシア式スープ、中国風おかゆとでもいうべきか。魯迅が自分の雑文集をフェイユトンだといいつつ創作とは別の位置と価値をあたえようとしている一節が文集にはあるけれど、私としてはこの形式の自由さと柔軟さと寛大さが何よりも好きなのである。創作には創作の内面律があって、しばしば作者はその〝必然の車輪〟とでもいうべきものに轢殺され、窒息してしまうが、この形式の文学は私をくつろがせ、解放してくれる。

ルポルタージュの独自性は作者の感性のなかにおける必然と偶然の操作、格闘、衝突にある。もちろん創作もそうである。けれどももし〝創作〟と〝ルポルタージュ〟をきびしく分類しようとしたら、現実に対して偶然性をどのように処理し、接するかということで二つは別れてくる。ルポルタージュの作者はおどろかなければならない。たとえ毎週ちがった対象に接して時間がトカゲの尾のように寸断されても、少くとも切られた部分の尾はいつもピンピンと跳ねなければいけない。人生のささやかな意外さ、大きな意外さ、偶然性の不意うちに対していつも皮膚をやわらかくし、神経をそよがせていなければならず、とりわけすべてを説明しつくそう、分析しつくそうとする態度を捨てなければならない。自分の教養と趣味と性癖と感性のすべてを動員して語りつつも、事実を蔽ってはならぬ。ルポルタージュ作者も文字をつないで表現する以上、彼の書くものはすべてが再構成された虚構であるから、まぎれもなく文学であるけれど、文体の洗練が事実の持つ渾沌に及んではならないはずである。

航海をしていて仲間が怪物の呼声に誘われて食われてしまう。乗組員一同は歎き、悲しみ、絶望におちこむ。けれどその夕方、乗組員たちは肉と酒を手に入れることができて、死者のことをそっちのけで歌い、舌と胃を楽しませることにふけった。ホメロスがそういう記述を書いたところ、二十世紀のイギリスの文学者はこのように強烈で鮮明な把握法はすでにわれらから遠ざかって久しいと嘆き、以後、今世紀の文学の衰弱を非難する言葉にしばしばその指摘があらわれることとなる。ルポルタージュ作者が持たなければならない眼、船のなかで彼がすわるべき場所、紙に向って言葉をまさぐるときの彼の見えない手もおそらくこうでなければならないのである。創作にもそれが必須のものとして求められていることはいうまでもない。じっさいのところ、すぐれたルポルタージュを読めば、創作とルポルタージュの国境がどこにあるのか私はよくわからなくなってくるのである。国境を設けなければならない理由についてはほとんどわからない。ただ結果的に見れば、ある歴史を説明しようとするときに人びとはルポルタージュを推論の根拠に引用しようとはするけれど、小説をそのように使うことはない。そこに両者の相違点の一つがあることはたしかである。しかし、それとて、本質的には疑わしいことなのである。

毎週毎週新しい人と事と物に出会う私は一年もつづけているうちに妙なニヒリズムにおちこんだ。毎週私の接する対象はただ現代日本にたまたま共存するという以外に何の関係もたがいに持ちあわさないで存在しているものが多いのである。つまり、モザイクなのである。私はモザイクの一片一片をとりあげて仔細に吟味することに熱中しなければならない。そこで奇妙な二律背反が生れる。現実に対して私が真摯誠実になろうとすればするだけ私はそれから背離してしまうのである。この背離を拡大することになるのか、どこへ私を導こうとするものなのかはまったくわからないが、しじゅう私は、毎週書くのをやめて取材だけはつづけ、一年か二年ぐらいためてから、それらの素材の原形を原形のままのこしつつ一つの長大な創作にまとめあげたらどうだろうかと思うのである。なにか鮮烈な、新しい文学がそういう実験から生れそうな気がするのである。

夫婦の対話「トルコ風呂」

私の妻は二十三歳のときにそれ以上年をとらないという決心をした。だから、いまでも二十三歳である。今年の二月に赤いバラがひらいて〝子供〟から〝娘〟になったという年頃の娘が一人あるけれど、妻はやっぱり二十三歳なのである。たまに聞いてみても、うるさいナ、二十三というたら二十三や、とはっきり答えるから、いよいよ二十三歳である。

だからなにも知らないでいる。文化はその国の主婦が一日のうちに子供のために浪費する時間が少なければ少ないほど高いのだという意見を持っているので、朝から晩まで子供のまわりをうろついて勉強勉強といったり、ピアノのレッスンをしなさいといったり、そうでなければ台所でゴキブリと競走するかPTAに出席して雄弁をふるうかというような暮らしかたはなにもしないのである。たまにハクキン懐炉をおなかに入れてスキーにでかけるほかはボーリングもしないし、ダンスにもいかない。つぎからつぎへとでる世界文学全集や美術全集を買いこんでせっせと読み、チェーホフに青い共感の嘆息をついたり、ルノアールの中間色の微妙さに酔ったり、アジャンタの洞窟の浮彫りの女体の異様なエロティシズムにうっとりしたりしながらクコ茶をすすっているのである。

彼女の夫は十九歳の朝以後年をとらなくなったと、かぼそい主張をしていて、いつ見ても、小説が書けない、小説が書けないとこぼしている小説家である。近頃妙な肥りかたをしてきた。小説が書けないくせに生まれつき好奇心だけが旺盛で、バルザックや西鶴やドス・パソスがそうだったのだと弁解しながら、せっせと大東京のあちらこちらに首をつっこんでまわり、なにやらかやらとチョンの間かいま見の見聞録を書きつづり、今週はトルコ風呂をめぐり歩いて海綿みたいにふやけてしまった。

妻は軽蔑し愛惜しながらその奇妙な特攻隊精神を眺めているうちに、垣根の上にすわっていることができなくなって、かわいい男がかわいそうだと思いだし、世界文学全集をおいてたちあがった。よっしゃ、私《うち》が助けたげる。眼鏡をはずして午後の三時頃に家からかけだして、新宿歌舞伎町のトルコ風呂にかけこみ、青菜に塩みたいな知性の結晶がトマトにホルモン注射したみたいな感性の結晶となり、十八歳の童女みたいな、青森リンゴみたいな赤い頬をして夕方家へ帰ってきた。

「ええもんや。全身がすっとした。体のあちらこちらから毒が流れて羽根みたいに軽うなったわ。もっと早よう教えてほしかったなあ」

「……どうだった?」

「女の子は親切だったか?」

「田舎からポット出の子が行先に暮れてこういうことをするのやろと思《おも》て、なんや知らん、こう、大力無双の少女が出てくるのかと考えてたんやけど、意外に細い、やせた、青白い子がでてきてね。見るからに都会の澱《おり》がよどんでるという感じやったけど、いろいろつらいことを話しおうてるうちにすっかり仲ようなって、えらいていねいに揉んでくれはった」

「どういうふれこみでいったのだ?」

「大阪から毎月、東京の息子や孫を見にあがってくる気楽な商店街のおばはんやというふれこみでいった。部屋にはいるなり千エン札をだして（筆者注・本誌支払いの取材費なり）、私《うち》は大阪で現金主義や、これでよろしゅう揉んどくなはれと、はじめにポンと札さらけだしたんや」

「人間が人間をいつわって試す権利が許されているのかな」

「寝棺みたいなとこへおしこまれて蒸されたわ。はずかしゅうなるくらい汗と垢がでてきてね。いやもう、全身ぬらぬら、私はこんなに汚なかったのかと、つくづくはずかしなったわ。日本の風呂というのは、うわっつらの汗を流すだけで、偽善やね。そう思た」

「おれは風呂嫌いだ」

「一月《ひとつき》ぐらい入れへんでも平気やからね。ええかげんにしとくなはれや」

「日本人が無責任なのは日本酒と風呂に入りすぎるせいやと思うことがあるな」

「また。ヘリクツ！」

「亡びた文明の遺跡の発掘を見てみろ。みんな風呂場からはじまってるぞ。ローマのカラカラ浴場がそうだ。風呂に入りすぎる奴は弱くなって亡びるぞ」

「元禄時代は湯屋と湯女《ゆな》の取締りで幕府がさんざん手を焼きましたけど、この遺物がでてこんのはどういうわけです？」

「風呂桶が木製だからみんな腐ってしまったんです。火事もありましたしね。いや、元禄が現代にそのままつづいてるから、元禄の遺跡というものはないのだ。そう考えるべきだ」

「寝棺のなかに蒸気を入れてブーッと蒸してくれはった。そしたら体がぬらぬらしてきてね、垢のでることというたら」

「浅草のトルコ風呂経営者に聞いたら、ふつうの日本風呂で一里歩いたくらい、トルコ風呂なら三里歩いたくらいのアブラをしぼりとるんだそうだ。ガマみたいなものだ。湿式より乾式のほうが金はかかるけれど、効果はいいといってた」

「私のいったトルコ風呂は湿式と乾式と両方どちらでもやれるというて、やってくれた。おかげでクタクタになったわ」

「そのあげく〝お水取り〟だ」

「あほらし。私は女でっせ。女のどこからお水を取ります?」

「……」

「あほ!」

「おれは何度もトルコ風呂へいったが、いつもいちげんの客なのでお嬢さんは出来あいの身上話しかしてくれなかった。何度もかよわなければとてもほんとの話は聞かしてもらえないのだ。とくに男のお水取りをするときどんな気持がするか、ということなど」

「それは聞いた」

「聞いたか?」

「腕や足を揉むのとおんなじやと彼女はいうのやね。たまにはきれいな体をした男がやってくることがあって、そういうときは、やっぱりきれいやなあと思うけれど、それと一緒に暮らしたいと思う気持とはまるで別物やというてた。どんなみすぼらしい持物をしてもほんとに愛したいと思《おも》たらそんなことはなんにも気にならないというたはった。あんたも自信を持ちなさい」

「……」

「若い独身の男の子なんかはきっとお酒を飲んでやってくる。ひどくはずかしそうに部屋に入ってきて、コナしてもらったらそそくさと帰ってゆく。だから、若い男の子ってのは意外に臆病で気が弱いのよって彼女がいうてたわ。それにくらべたら中年男はおなじ酒飲んでてもいやらしいことをいったりしたりして、でれでれと始末におえないというてた」

「それはそうだろう」

「もう一ついかんのは芸能人、文化人やね。これはもう体も貧弱なら持物も貧弱なくせに、コトがすんだとなったらいじましいやらけちくさいやら、そのくせ傲慢でどうにも鼻持ちならないと彼女はいうてたわ」

「男は女の体を見たら興奮するけれど、女が男の体を見たってどうってことはないのだ。例外の人は別としても一般的にはそうだろう。女の子が解剖ゴッコなんてしないものね」

「女流作家の小説を読んだらそうでもないようやけど」

「彼女らは男の文体で、男の発想法で、女や男を書こうとしてるのだ。おれはバカにするだけだ。女独自の感じかたというものを教えられたことがない。エロ本読みのセックス知らずというものだ。あさはかな、しらじらしい背のびと無知傲慢があるだけだ。岡本かの子以来、日本にはほんとの女の作家がいないとおれは思う。男にも書けるようなものしか書いていない。ついでにいえば男の作家も人間ずれしていなくて、いつもニキビの純粋小説しか書いていないのだ。いい勝負だな。年をとっても若くてもそうだ。おなじことだと思うな」

「演説はやめてんか」

「やめた」

「お客さんは風呂に入ってええ気持やが彼女らは寒い。お客さんがうだって風呂からでたらええ気持になれるようにつめたくしてあるからお嬢さんらは寒いわけや。昼の二時、三時頃から朝の三時、四時頃までやってる。十二時間、十三時間、労働するわけや。いくらチップをもろても体は五年つづいたら奇蹟や。いつも蒸気のなかで蒸されてるねんよってに、そうは長うつづかんというてた。三日に一日休んで、それもなにしてるかというと、ただゴロ寝するだけやというてたわ。友達と二人で中野にアパート借りて暮してるというてた。私を揉んでくれた子は二カ月か三カ月かに一度、飛行機で神戸へ帰って、お母さんと会うのだけが楽しみやというてた。私の想像したとこではトルコへくるまえに相当、バーやキャバレーで男苦労をしてきた子らしいけれど」

「いまなにがほしいのだ？」

「ほんとに碇をおろせる家庭だけがほしいとロマンチックなこというてた」

「疲れたんだな」

「ほしいのは実力と愛情だけや、と彼女はいうてた。トルコさんをして、お水取りでもしてお金ためてほんとに自分を愛してくれる男がほしいというてた。持物なんかどうでもええのやで。ほしいのは愛情だけや、とわかった、というてた。家庭を持ちたいのやね。ＢＧや奥さま族やマダム族なんか、男のオの字も知らないでシャアシャアと澄ましかえってる女なんかを、心の底から憎んでるのに、やっぱり家庭を持ちたい、というてた」

「年とった男がいうのとおなじことを若い娘がいってるのだな」

「家へ帰ったら奥さんなんか見向きもしないような中年男のくせにここへ来て、わざわざチップを払って肩を揉んだろかといいだすのもいるそうや」

「責任を持たなくてもいいやつに対してだけ人間は寛容になるんだ。外人に対してこれだけ親切な国民は日本のほかにいないが、日本人同士は知らぬ顔だ。それと似たようなものじゃないか。責任がなければ愛想よくなれるのだ」

「トルコ風呂は入浴料が八百エン、マッサージ料が三百エン。合計千百エンや。最低千百エンいるのや。ほかにチップやお水取りやとなったら、二千エンから二千五百エンぐらいいる。本番は五千エンとかいうてた。若い男の子が月に何回もいけるというとこではないわ」

「パリのトルコ風呂は毛むくじゃらの男が柔道みたいなマッサージをして四千エンぐらいふんだくった。旅館で風呂へ入るには九十エンぐらい払わなければならなかった」

「へへえ、聞きはじめや」

「だいたい日本はサービス業は世界に冠たるものだということになってるんだ。二千エンで男の子が蒸されて、ゆがかれて、揉まれて、そのうえコナされて耳垢をほじって靴下をはかせてもらえるってのは世界のどこにもないのだな」

「なんでや？」

「人間が安いからだ」

「トルコ風呂は高いと外人もいうやないか？」

「一日に五回も入るイスラム教徒のトルコ人だけがそういうのだわ。彼らは斎戒沐浴が目的で健康や女が目的じゃない。トルコ人には日本のトルコ風呂は高すぎる」

「えらい勉強したね」

「ひやかすな。こういうトルコ風呂が流行《はや》るのは結局のところ日本の貧しさだ。田舎のポット出の女の子がコネも縁故もなくて都会の会社に入ってＢＧになる。収入はタカが知れてる。貯金もろくにできない。いい金ヅルを持った男の子はみんないいところの娘と結婚してしまう。バーやキャバレーにでると、空気はわるいし、肺は痛むし、お化粧代の、ドレスだのとバカ銭かかる。とられるばかりでなにものこらない。そこで考えに考えたあげくトルコ風呂にやってくる。ここなら口紅もドレスもいらず、裸で稼ぐことができる。チップで月に五、六万は最低稼げるだろう。税金もないしな。近頃は同業者が多くなったのと物価倍増とで彼女らも苦しいだろうが、ほんとに日本の若い娘が自力で金をためて人生のカラさ、甘さをさんざん味わったあげくにほんとの独立を考えようとなったらこれよりほかに道がないだろうな。三年勤めたら三十万エンの結婚資金ができるというのは生糸女工のための最近の広告だけれど、月収にすればわずかなものだ」

「体を汚さんでもすむ」

「くだらんことというな。体なんかいくら汚したっていいじゃないか。きれいなつらしやがってどれだけ男のことも知らず無知傲慢で澄ましかえってやがる低能高級女が多いことか。十年結婚しても、セックスのセの字も知らずに平気でいやがる。日本のいかさまハイ・ソサエティなんてセックス知らずの鈍感女のヒステリーの井戸端会議にすぎないんだぞ。やつらがどんなに無学無教養かなんて、君は知らないんだ」

「また演説や」

「わるかった」

「私としてはトルコ風呂がもっと安うなって、ほとんど銭湯ぐらいに男も女も楽しめるというようなぐあいになってほしいと思うだけや。健康にはこれほどええもんもないと思うしね」

「それはそうだ」

「トルコ協会の名誉会長は大野伴睦やそうやけど、私はこの人が本気で政治家としてなにを考えてるのかさっぱりわからんわ」

「おれにもわからんわ。とぼけたような顔を新聞で見るだけだ」

「トルコ屋となんぞあるのんとちがうか、と考えるのは、私が疑いぶこうすぎるのんやろか」

「そうやろな」

「正直なトルコ屋さんがめいわくするやろな」

「正直も不正直もよろこんでるやろ。かつぎだしてなにか献上すればなにか返ってくるんだから」

「世間ではトルコ風呂は悪の温床やというてるらしい」

「深夜喫茶やトルコ風呂やボーリング場がなくなっても不良少年はどんどんでてくる」

「しかしオリンピックで外人がたくさんきて、変なところを見られたくないというので、トルコ風呂もヤリ玉の一つにあがってるらしいけれど、なんやしらん、あほらしい話やないか。なんでそんなにお体裁ぶらんならんのや。ありのままを見せても、ええやないか」

小説を書く病い

今年の八月と九月、私はアラスカ州政府の招待で釣りにでかけるはずであった。予定としては淡水産魚類が十八種、海水産が三種、計二十一種を二カ月かかって攻めることになっていて、湖と川が全行程一〇〇〇キロにわたってつながりあっている原生林で野宿したり、北極圏の大河に水上飛行機で着水して河を流れていって機の下駄にたってキャスティングをしたりなど、ほとんど〝アドヴェンチュア〟といってよいようなプログラムであった。そして九月二五日にアンカレッジに引揚げてきて、三〇日に東京へ帰ることになっていて、その間の五日間を某紳士の個人的招待に甘えてタルキートナですごすはずであった。この人は湖にロッジとボートとセスナを所有しているのである。ところが、この人が九月二八日にセスナで飛んでいるうちにどうしたことか墜落し、即死したという知らせが入った。そのあたりは原生林と湖しかないのだから、釣るか飛ぶかであって、もし私がいってたらきっと誘われるままに飛んでいただろう、飛んでいたら墜ちて死んだはずである。

この十年間に何度か髪一本の差でまぬがれられたということがある。ツイていたのだとしかいいようのない状況でまぬがれられたのである。〝ツキ〟に確信をおいて行動を起したり、計画を練ったりということはしたことがないけれど、何度も危機をかさねていくうちに、何となくそれを体の左右に感じるようになってしまい、補助パラシュートがついているように感じていたことは否めないと思う。何年も何年もブッシュ・パイロットの達人としてセスナを操縦してきて完全に無事故だった人物が天候の安定した日に乱気流の発生する山や谷ではなくてワスレナ草の咲くただの丘に墜ちて死んだという知らせを聞いてから、私は来年に延期したアラスカ行をさらにもう一年延期することにした。また、別の筋の招待で来年の四月と五月にミシシッピ河を源流から河口まで探索する旅にでるはずであったけれど、それも一年延期することにした。

いまの私にはしたい仕事がさしあたって二つある。それぞれが四〇〇枚から六〇〇枚ぐらいになるのではあるまいかと感じている仕事である。その二つを完成してからでかけても遅くはないという気持になったのである。私は十年間にあちらこちらでかけてずいぶんノン・フィクションを書いたけれど、苦心惨憺のあげく、ようやくこの頃になってフィクションの文体がその生理といっしょにもどってきてくれたと感ずるので、それが生きていて、テーマも活性を帯びているうちに、書く生活に没頭しようと思う。ノン・フィクションを書くと、フィクションが書けなくなってくる。ポレミックをやるとしばしば創作力が枯渇することがあるが、それに似ている。ノン・フィクションのなかにはポレミックがまざりあうことが多いけれど、単語の単位が大きくなり、集約的な言葉ばかりをいじり、ミクロン単位の言葉で小説を書いていた男がキロの単位の言葉に体をゆだねなければならなくなる。どれほど注意していてもそうなるし、しばしば、そうならなければならないのでもある。それが知らず知らずのうちにガンとなって、あちらこちら、まさぐれる表層にも、まさぐりようのない深層にも転移する。三年前に何カ月か私は新潟の山奥の銀山湖でガスも電気もない暮しにたてこもったことがあったけれど、イワナはよく釣れたのに、言葉は一語も書けなくて苦しめられた。その時期は私には空白ではなくて透明な充実だったのだけれど、いまになってそういうのであって、そのときは七転八倒したのである。そのとき〝事実〟を書くことと、〝事実〟ではない事実を書くこととのあいだにある困難を思い知らされたような気がした。習慣を排除することの困難。肉とおなじほどにうつろいやすい抽象の困難。単語をすみずみまで洗滌する困難。わらわらといっせいに湧いて菌糸のようにからみついてきた。ブナの原生林は輝やき、水は鼓動をうち、イワナは走るが、私は朦朧をきわめていた。

書く生活といっても、もがいたり、あがいたり、神経性下痢を起したり、慢性宿酔で苦しんだりを繰りかえすうちに、気がつくと、ひどい体力減退である。毎日毎日、明けても暮れてもすわりこんだきりだから、足と腰から力がぬけて、萎《な》えたようになる。駅の階段をのぼっていくうちにへたへたとなってしまいそうになる。医者に聞くまでもないことだけれど、万歩メーターでも買ってきて、一日にかならず散歩をしなさいとすすめられる。ゴルフの好きな人なら定期的に運動ができ、あれはもうスポーツというよりは病院の庭の散歩みたいなもののように私には見えるけれど、ざんねんながら私の気質にはあわないので、私としては山奥へ釣りにでかけるくらいの運動しかできない。私の釣りはのんびりと日なたぼっこをする釣りではなくて、スポーツ・フィッシングだから、釣った魚はみな逃してやるし、一日に何キロも山道や崖を歩いたり、よじのぼったり――ときには水のなかへころがり落ちたり――萎えた足と腰を再生するのには最適なのであるが、何しろエルドラドは遠い。山のあなたの空遠くいかねばならない。そこにたどりつくまでの窒息的濃密を考えると、ついたちあがりかけてすわりこんでしまう。机に地図をひろげて愉しむだけになってしまう。アームチェア・フィッシングに終ってしまう。飲んで、吸って、寝て、また足と腰が萎える。

アラスカの釣師が〝フィッシュ〟というとキング・サーモンのことだが、イギリスの釣師ならマスのことである。レインボー、ブラウン、ブルック、いろいろとマスはあるが、とにかくトラウトである。なかにはトラウト以外の魚はフィッシュではないみたいな扱いかたをしているのもいる。そこでイギリスには『釣魚大全』や『鮭サラの一生』のような名作が生まれるが、E・グレイ卿の『毛鉤釣り《フライ・フィッシング》』もみごとな作品である。釣りを知らない小泉信三もこれを読んだ感動を書いているのだから、個にして普遍の傑作だといえるだろう。その最後で、グレイ卿は晩年のある夕方、川にシュートした毛鉤が見えなくなり、愕然としながらも従容として、ふたたびもどらない決意と諦念で川から去っていく。そこを読んでいると、胸をうたれ、眼を洗われるようである。小説を書くことに没頭しているときは何かの病気にかかっている状態にあるが、病いはひろがらせ、はびこらせ、耐えがたいほどにまで繁殖させなければならない。その工夫もまたいろいろとこころを凝《こ》らさねばならないのだが、ときには萎えた足と腰のままでこういう毒のない、端正な悲愴にも触れる必要がある。

空も水も詩もない日本橋

日本橋、日本橋とよくいわれるけれど、だれが、いつ、そう命名したのかということは、はっきりわかっていないらしい。

昭和七年に「東京市史外編」の一冊として出版された「東京市役所編纂」の『日本橋』というモノの本にはこの橋と町の歴史がこまかく書かれているが、橋の命名の異説もいろいろと紹介されている。

南北にわたされた橋の上にたってながめれば富士山あたりまでが見晴せて、朝日、夕日、また江戸の町のあちこち、東西南北、ずっと見ることができて、ほかにこれにかなう橋はなかったので、〝日本橋〟としたのだという説。大都市の中心にあって、日本人で江戸に入るものでこの橋をわたらないものはなかったから〝日本橋〟と名づけたという説。江戸の中央にあって日本全国の里程標はすべてここが起点になるので〝日本橋〟という名があったという説。また、〝にほんばし〟は〝二本橋〟であって、もとは丸太ン棒を二本わたした橋であったのではないだろうかという語呂合せの駄洒落説。さいごに、いちばん信用がおける説としては、『慶長見聞集』がある。

家康が江戸に入って日比谷の入江を埋立てて大改造したころに日本国中の人を集めてつくった橋があり、それを〝日本橋〟と命名したというのである。けれど見聞集の著者は、その巻の二で、事実はそうであっても、だれも会議をひらいてそうきめたわけではないのだとことわっている。

「天カラ降ッタノカ、地カラ湧イタノカ、皆ガ口ヲソロエテ日本橋、日本橋ト呼ブヨウニナッタガ、妙ナコトデアルト噂シアッテイル」

と書いている。

家康は二万石以上の大名に、それぞれ千石について一人の率で工事人夫をだすように命じて江戸改造の埋立工事をした。人海戦術式に、ワーッと、ドーッと、やったらしいのである。だから日本国中の人間を集めてそのときにつくった橋だから日本橋と呼ぶようになったのだという説は、けっして無根拠とはいえないわけである。ただ、口紅から機関車まで、すべてのものに名前をつけずにはいられない現代の私たちにしてみれば、当時の首都の最大最長の橋の名が〝天よりやふりけん地よりや出けん〟というのは、おかしいことだと首をかしげたくなるわけである。

ロンドンにロンドン橋があるように江戸に日本橋があったのである。けれど、東京市役所の無名の学者は、橋の名を橋の男柱や袖柱に書きこむようにというような法令がでるようになったのは、徳川もずいぶん末期の弘化二年になってからのことであると考証している。だから徳川初期の慶長八年では、だれも橋の名を会議で決定しようなどとは思いつかなかったので、いつのまにかそう呼ばれるようになったのであるという想像のほうが事実に近いのではないか。

包装紙に『東京・日本橋』と店名の肩へ刷りこむ老舗がこの界隈に多い。「にんべん」、「国分」、「白木屋」、「西川」、「山本山」、「栄太楼」、「塩瀬」、「榛原《はい》」などという名を私たちはすぐに思いうかべることができる。〝大日本帝国〟にくっついて大きくなった「三井」も登場する。いずれも何百年とこの橋の付近に住みついてきたサンショウウオたちであるが、この人たちの先祖をさぐってみると、たいていが伊勢や近江の出身である。江戸は蛮地に家康が開拓した新興都市で、官僚の町、消費の町であった。お金という実力については大阪を中心とする関西商人たちがにぎっていた。その急先鋒の近江商人と伊勢商人が植民地開拓の情熱に燃えたって、ソロバンをカチャカチャ鳴らしつつ繰りこんできて、日本橋あたりから江戸を開発した。三井、にんべん、白木屋、西川、消えた伴伝、すべて伊勢商人、近江商人である。

「伊勢屋」という看板をかかげた商店がいたるところに氾濫して、一町あるくうちにおよそ半分はその看板が見られるという状態であった。業を煮やした時代の無名のスイフトが、俚諺《りげん》で、足をすくった。「伊勢屋稲荷に犬の糞」というような句を、発止と、ぶっつけたのである。およそ事態はそのようなのであったから、〝江戸ッ子〟の先祖は伊勢商人、近江商人だということになりそうである。がめつくて、けちんぼで、やらずぶったくりで、冷酷で、通ったあとの道に草も木ものこさないという評判の高い近江商人が〝江戸ッ子〟の先祖であったというのは皮肉な話ではないか。

いまの日本橋界隈は、高層ビルのコンクリートの峰で埋めつくされているが、いくつかのブロックにわけることができる。日本銀行（本石町）を中心とする金融街。兜町を核とする投資街。横山町あたりの問屋街。日本橋通りの百貨店街。

都庁の都市計画部へいって、ためしに、

「……ニューヨークでいえば、マジソン街と五番街とウォール街をごちゃまぜにしたということになりますか？」

と聞いてみたら、

「そう、そう。まさにそのとおりです。タイムズ・スクエアがないだけです」

という答えであった。

表通りはそういうありさまだが、ちょっと入った横山町では木やモルタル張りの家がアメーバ状の活力と混雑のうちに息づいている。中小の繊維問屋がマッチ箱のようにおしあいへしあいで活動しているのである。大阪の丼池《どぶいけ》筋とまったくおなじ光景が見られる。

青空駐車は五分間しか許さないよう指導員たちがしじゅう見てまわっているというが、道は荷物を積みおろしするライトバンの群れがひしめきあって、歩くには体を右に左にひねらねばならない。十五億エンをかけて共同駐車場をつくる予定なのだそうだ。すでに人間を疎開させるために、千葉県の高根台に五階建の鉄筋でこのあたり三十六店の社員たちの共同宿舎を建てつつあるという。それでも場所が狭すぎ、まわりから巨大ビル群に攻めたてられるため、神田川を干して共同ビルにする移動案もでているそうである。しかし、土地柄が土地柄なので、婆《ば》ァさまが、あたしの目の黒いうちはここをうごかないヨ、と宣言する家もあったりして、なかなかむずかしい。

すべての橋は詩を発散する。小川の丸木橋から海峡をこえる鉄橋にいたるまで、橋という橋はすべてふしぎな魅力をもって私たちの心をひきつける。右岸から左岸へ人をわたすだけの、その機能のこの上ない明快さが私たちの複雑さに疲れた心をうつのだろうか。その上下にある空と水のつかまえどころのない広大さや流転にさからって人間が石なり鉄なり木なりでもっとも単純な形で人間を主張する、その主張ぶりの単純さが私たちをひきつけるのだろうか。橋をわたるとき、とりわけ長い橋を歩いてゆくとき、私たちは、鬼気を射さぬ孤独になごんだ、小さな、優しい心を抱いて歩いてゆくようである。

しかし、いまの東京の日本橋をわたって心の解放をおぼえる人があるだろうか。ここには〝空〟も〝水〟もない。広大さもなければ流転もない。あるのは、よどんだまっ黒の廃液と、頭の上からのしかかってくる鉄骨むきだしの高速道路である。都市の必要のためにこの橋は橋ではなくなったようである。東京の膨張力のためにどぶをまたいでいた、かすかな詩は完全に窒息させられてしまった。そこを通るとき、私たちは、こちらからあちらへ〝渡る〟というよりは、〝潜る〟という言葉を味わう。鋼鉄の高速道路で空をさえぎられたこの橋は昼なお薄暗き影の十何メートルかになってしまったのである。橋を渡るのではない。ガード下をくぐるのである。暗い鋼鉄道路を見あげて私たちは、いがらっぽくもたくましい精力を感じさせられはするが、すぐに目を伏せて、心を閉じ、固めたくなる。東京のどこを歩いていてもそうするように……。

日本橋が橋でなくなったように、この界隈の町内一帯も、なにやら〝マジソン街〟とか、〝五番街〟とか、〝ウォール街〟とかいうようなものになってゆく。つまり、固有名詞ではなくなって、世界の首都のどこにでもある一般的な代名詞となってゆく。〝町内〟というような言葉がすでに死語である。

一坪が二百万エンも三百万エンもする土地でだれが昼寝したり、フロに入ったりするだろうか。居住人口は日を追い年を追って減るばかりである。数ある老舗も消えたり、散ったりしてゆく。のこった老舗も、のこしているのは店だけで、経営者たちが住んでいるのは郊外である。

店員たちも郊外の団地から通い、一日が終ればさっさと郊外へ帰ってゆく。住人がいないのだから、夜店も、お祭も、縁日も、句会も、相撲大会もない。おみこしかついで踊ろうと考えても、第一、おみこしをかつぐ若者がいないのだから、とうとう今年は夏祭ができなかった。おそらく来年もできないだろう。

百貨店と銀行の壁、その渓谷の底にある小さな寿司屋の二階で、二人の老人に会った。一人は六十九歳の寿司屋の隠居、一人は七十四歳のワサビ屋の隠居である。二人とも日本橋で生れて、育ち、尋常小学校以来の友達である。日本橋に魚河岸があって、そのなかで空気を吸って、日本橋川で水泳ができて、両国橋あたりで白魚が四ツ手網でとれるのを見て育ったという、いわば石器時代の日本橋原人とでもいうべき人たちである。二人はかわるがわるに江戸以来の日本橋をめぐる町と橋の歴史をかたりあい、去った人、のこった人を指折りかぞえてうわさしあった。彼ら二人は風や水や火や物価の変動にもかかわらず、いまだにここにしがみついて抵抗をつづけているのだが、噂にのぼる人物たちは、店締めした老舗の伴伝をはじめとして、のこっている人たちよりも去った人たちの数のほうがはるかに多く、広いようであった。

翁面のように純白になった眉をそよがせて原人の一人がひそひそと嘆いた。

「……なんてッたッて情緒というものがなくなったな。僕が幼少のころはこのあたりに愚連隊なんかいなかったよ。町内の若い者がみんなでそういう奴《やつ》らを許さなかったのだ。力をあわせて暴力にたちむかったのだ。いまみたいに隣の人間がめいめいソッポを向いて暮して、十年たってもたがいに顔も知らねえなんてことは、なかったもんだ」

大杉栄をくびり殺した甘粕と軍隊では同期であったという元大尉、同期生の仲間に中尉が七十五人いたという、いまはワサビ屋のご隠居の原人は、山が海になるのを目撃した人間のようなおどろきをこめてつぶやいた。

「……たまに私など新宿あたりへゆくと、いやもうその人賑《にぎ》わいのたいへんなこと、なにがなにやらわからなくなって、目がまわりそうですよ。まるでお上りさんみたいな気持ですな。それにくらべて夜の日本橋のさびれたことといったら、これまたたいへんなものでしてね、地下鉄で新宿から帰ってきたら、まるで田舎へやってきたみたいな気持がします」

おそらくそのとおりである。

いまから三年前の昭和三十五年の数字を見ると、中央区の人口は、昼間は五十五万人で、夜はたったの十五万人である。そして、この三年来、昼間の人口がふえるいっぽうなのに、夜の人口、つまり原住民の数は減るいっぽうなのである。日本橋本石町二丁目というところは、男も女もいない。人口ゼロである。ふしぎな町だなと思ってしらべてみたら、これは日本銀行であった。もともと「本石町二丁目」という町名は日本銀行だけのためにつくったものらしくて、昔から原住民ゼロなのだそうである。しかし、いずれにしても、夜になれば、あのあたりは壁と柱だけの、まったくの無人地帯となってしまうのである。

昼間のこの地区の活動ぶりを想像するのによいもう一つの数字がある。都電の一番線は品川から出発して銀座、日本橋をぬけて上野へゆく。始発は午前五時である。その時刻だと片道三十五分でゆける。ところが、白昼となると、これが一時間以上たっぷりとかかるのである。自動車の洪水で路面がおおわれるわけだ。地上を走らないで高架の国電にのれば品川―上野間は、たったの二十分でいけるのだが……。

「銀座に客をさらわれて夜になるとまるで人通りというものがない。百貨店が大戸をおろしてしまうといよいよ闇です。そこで地元の私たちが陳情にいって、せめてウインドーだけは締めないで灯をつけておいてくれないかとたのんだ。どうやら高島屋だけは理解して灯をつけてくれているようですが……」

「効果がありましたか?」

「ないようですね」

ワサビ屋の老人は頭をふり、さびしそうに笑った。

寿司をご馳走してもらってからワサビ屋の老人といっしょに外へでた。ビルの薄暗い渓谷の底を歩いていると、灰いろのコンクリートの道には紙くずが散らかって風に踊っているだけだった。老人はあたりを指さし、昔はここは食傷新道といわれるほどたくさんの店が目白押しにならんでいたものですとつぶやいた。そして、嘆くでもなく、恨むでもない、淡々とした口ぶりで、微笑して、いった。

「時代なんですね、当然のことですよ。これでいいんです」

表通りの電車と自動車のすさまじい鉄の洪水のなかを、老人はひょいひょいと、達者な足どりで消えていった。

白鳥の
まさに死なんとするや
その声や
美《よ》し

笑えない時代——抱腹絶倒の傑作なし

たまたま通りかかった映画館で「Z」という映画を見る。ギリシャを連想させる架空国で極右独裁が進行する過程を描いたもの。レニングラード・バレエはエロでデカダンだ、おれはあんなものは見ないぞといって憤慨する超右翼がでてきて笑わせられる。鋭敏痛烈なリアリズムだがいっぽうシリアス・コメディーでもあって、あちらこちらで笑わせられる。

べつの日にたまたま通りかかったべつの映画館でおなじ監督の「告白」を見る。五〇年代にチェコで起った粛清裁判を体験者の手記に沿って描いたもの。ひたすら暗鬱、下劣、残忍、陰惨である。社会主義国のこの種の暗黒ぶりについてアタマの知識ではかなりすれっからしになっているつもりでもさいごまで見させられてしまう迫力はある。しかし、昇華の水準からすると前作には劣る。

すべて事態が極度に達すると笑いが発生するものである。その奇妙さをすかさずとらえて嘲罵《ちょうば》の赤い笑いを浴びせかけたのが前作で、後作なら絶望の黒い笑いがあってほしいところだった。ずいぶん以前に見た「博士の異常な愛情」という妙な日本題の映画は核競争を徹底的に嘲った作品で、極度の素朴をよそおうことに成功し、これくらい抱腹絶倒の傑作はその後たえて見たことがない。黒い笑いを代表する空前の名作ではあるまいか。

映画博物館のチャップリンはありとあらゆる笑いの手口をいきいきとした本能のうちにとかしこんでいた稀有の人物と思える。機械文明や独裁体制という硬直は反自然の権力衝動だが、ありとあらゆる種類の硬直にたいして彼はどんなイデオロギー用語も捕捉しきれない〝本能〟を唯一の武器にしてたたかった。たとえばどうだろう。ある作品の幕切れであのおなじみのチョコマカした小男は左の国にとびこんだり右の国にとびこんだりしながらどちらにも安心できないでほの白い無人の国境をあてどもなく地平線めがけて消えていくのである。「Z」と「告白」を同時に見て左右の両極端の憂鬱を背負わせられて映画館をでてきた人はあの小男を思いださずにはいられないはずである。白昼の日光に照らされる出口が、じつは、たそがれのほの白い無人地帯の入口なのだと感じずにはいられないはずである。

パニョルは笑いをさまざまに分析、類別するエッセイのなかで、前世紀末にムーラン・ルージュの小屋を数年にわたって毎夜動揺させつづけた芸人のあったことを書いている。それは御鳴楽《おなら》でラ・マルセイエーズを演ずることができたという空前の異才で、これに拍手を惜しまなかったのはラブレエ以来のゴーロワ精神からして当然かと思われる。この笑いは赤でもなく黒でもなく、しいて色別すれば黄ということになるかもしれないが、その三ついずれにも通じた混沌の妙味かとも思われ、一度聞いてどうしても腸をよじってみたいと思わずにはいられない。この笑いなら知的発作ではなくて血管がほのぼの温かくなってきて、かつ持続力があり、家へ帰ってもまだつづいていることだろうと思われる。

無償で、自然で、人をくつろがせ、血をわきたたせながら聡明の高さへとび、一晩や二晩では消えることがないという笑いがないものだろうか。知性の発作や、けいれんとしての、つまり断片としての笑いは紙からもフィルムからもよくうけとるが、それらはガラスのように砕けるか、泥舟のようにとけてしまうかで、けっして私を安堵《あんど》して笑わせてくれるということがない。つまりそれらは使い捨て品としての笑いであって、瞬間の刺激であるにすぎず、私は一匹の回虫がピクッとするように笑い、反射するにすぎないのである。現代であたえられる笑いはたいてい類別すれば、発作、けいれん、くすぐり、しゃっくりであって、回想されるたびに新しく細胞分裂して繁殖するという性質のものではない。

あらゆる種類の硬直にたいする緩和、いかに精密、苛烈なイデオロギーや信仰も蔽《おお》いきることのできないひそやかな人間の本能の脱出行為、それが笑いであって、諦観であると同時に人権宣言でもあるのだが、言論の自由のある国でも、ない国でも、ついにそれらしいそれがなく、笑いを求めあこがれつつも同時に硬直、不動を求めあこがれてもいるこの相反併存の心性の、とことんの原因は、どこにあるのだろうか。それとも笑いらしい笑いは一人の天才の出現を待たなければどうしようもない大事業と化してしまって、われら薄明の住人の手のつけようのないことと、なってしまったのだろうか。

4 書物の罪／文学の毒——未知の兆し

流亡と籠城――島尾敏雄

奄美大島へいってきた。

この島は想像していたよりもはるかに大きいのでおどろかされる。空から見ると山が波また波をうってかさなり、ひしめいている。それもしたたかに獰猛な顔つきの山である。飛行機の窓が湿った古綿のような乱雲を裂いて落ちていくと、島というよりはむろ陸の一部といった様子の山濤《やまなみ》の起伏がすでにあり、展開があって、眼を瞠らせられる。

この島のことを書いた文章にはきっとハブが登場する。世界でも指折りのその猛毒ぶりが述べられ、どうにも絶滅のしようのないことが述べられている。このアトム時代に何をまた牧歌的な悲鳴だろうぐらいに私は思っていた。つまり、ナメていたのである。けれど、現地へいってみると、島のおよそ十分の八は山であり、ハブの根拠地であって、都であるはずの小さな名瀬市もすぐ背後の山の影に入ってしまいそうである。山におしまくられた人びとがかろうじて渚に踏みとどまり、フジツボのように集落して作ったのがこの市だ、というふうに見えてくる。

ここは亜熱帯である。飛行場から名瀬へいくかなり長い道はくねくねと山腹を縫い、その山の地相、植物相は内地にそっくりなのだが、野にはパパイヤの木、バナナの木、蘇鉄の木が散在している。またその野のすぐうしろになだらかで孤独な海岸があり、陽が輝くとトロリとした南海特有の碧がひろがる。バリ島の海岸、キャプ・サン・ジャック（ヴンタウ）の海岸、シンガポールの海岸などがたちまち思いだされ、私は濃いざわめきにみたされる。きっとこの海にも巨大なエイやイセエビが棲み、潮がひくと礁があらわれてウニや貝類、さまざまな海の果物の生《な》っているのが見られることだろう。大人や子供がはだしで礁をわたっていき、小さな、または大きな水たまりのふちで火を焚いてそれらの果物を焼くのではあるまいか。そして沖に落ちる夕日は燦爛、豪奢をきわめ、あらゆる光彩の乱費を惜しむことなく精力をふるって叫び、空は炎上する王都のように見えるのではあるまいか。

島尾敏雄氏につれられてハブを見にいき、いろいろと教えてもらったが、聞きしにまさるものであった。暗褐色の斑点のあるこの苛烈きわまる梟雄はさして大きくもなく、太くもなく、長くもないが、サーベルのような二本の牙をかくしている。彼は孤独な山の鎌である。一匹でしめやかに歩き、どこにでも音もなくあらわれ、前途をよこぎるものはカケスでもネズミでもアマミノクロウサギでもかたっぱしから丸呑みし、ちょっとでも体に触れるやつがいたら一瞬、鞭のように躍り、そのあとゆうゆうと消えていく。その毒は徹底的であって、血清もあまり効果がなく、つねに最悪の事態を想定しておけという見地からすれば、咬まれたらまず手足のどれかを切りおとすか、死ぬもの、と考えたほうがよいというのである。タクシーの若い運転手に、マムシとくらべたらどうだろうと聞いてみたら、おっとり笑って、ここらじゃマムシのことなど誰も話にもしませんという答えであった。ハブの毒は冷酷、執拗であって、たとえ咬傷からまぬがれることができたとしても人体にとどまり、蛋白を分解しつつ広がり、深まり、前進しつづけるので、癩のような腐敗が起る。また、さまざまな後遺症を起すといわれている。まるでスターリンである。

　生態研究所の金網を張った木箱のなかに一匹、とりわけ太いのがいたが、彼はとぐろを巻いて、カッと鎌首をもたげたまま、微動もしない。舌もチョロつかせず、首もうごかさず、まるで剝製のようである。金褐色のその瞳は黄昏のなかではどろりとした黄茶に見え、むしろ盲いたように見える。こいつは捕えられてもう十日にもなるがああしてジッとしたきりです。ネズミを入れてやっても見向きもしません。研究所の人がそういう。ではどうなるのですと聞くと、餓死するまであのままでいます、という答えであった。虜囚の辱しめをうけず、というわけだ。そういうことを知らされてみると、この蛇の無差別で破滅的なまでの貪婪さも食慾というよりは何かしら超越的自我に憑《つ》かれた果ての行動であるかのように思えてくるのである。あとで鹿児島のデパートで世界のさまざまな生きた蛇の展覧会を見にでかけ、もう一度、ガラス箱のなかにいるこの曹操の先祖を明るい蛍光灯のなかでしげしげと見ることができたが、そのときにはもう私はとらわれていて、その醜貌に気品と魅力をおぼえていた。

島尾敏雄氏は元気そうに見えた。いっしょに自動車に乗って村を見にいき、高倉を見にいき、ガジュマルの木を見にいき、午後遅い海岸を歩き、料理屋でブタの耳を食べ、幾つかのことを避けつつ気まま気まぐれにおしゃべりをし、よく笑いあった。その日は島に珍しく内地型の冬と雨があって、料理屋ではガス・ストーヴ、旅館では電気ゴタツ、戸外を歩くにはレインコートというありさまで、名瀬の町は両極端は一致するの定理を体現したがっているかのごとく北海道の小さな田舎町にそっくりの荒涼を見せた。島を愛惜することとわが背骨のごとくである島尾氏はしきりに関西言葉で弁解して、ここ二、三日は例外である、こんなことはない、珍しい例だが不満であるといいつづけた。私は私の亜熱帯記憶にくっついてあの草木の氾濫、あの夕焼空のエクストラヴァガンツァ、あの日光の豊饒、人の素朴さ、深さ、謙虚と辛辣、ベタ惚れするかと思えばベタ憎みするあの抑制なきひたむき……とかぞえつづける。

或る山の或る切尖《きっさき》を曲ったところで、ちらり、冬空のしたに白い波をたてて騒いでいる海が見える。

島尾　海がえらい荒れてるなア。今日なんか舟に乗ったらしごかれるでエ。ゴツン、ゴツンぶつかるやろ。

チャーリキチャーリキ
スチャラカチャン
切られて切られて
血がだアらだら

こんな歌知らんか？
開高　知らんなあ。どこの歌です？
島尾　神戸で子供のときによう歌《うと》てたんや。大阪の子はそんな歌うたえへんかったか。
開高　知らんなあ。

チャンチャンバラバラ
砂埃り

と違《ちゃ》うんですか？
島尾　違《ちゃ》うねんな。

チャーリキチャーリキ
スチャラカチャン
切られて切られて
血がだアらだら

そういうねン。

開高　聞きおぼえ、ないです。
島尾　そうか。
開高　はじめてです。
島尾　神戸は大阪とちょっと違《ちや》うよってナ。

そう。〝ちょっと違《ちや》う〟。微細で繊鋭な日本では町が一つ違うと、不良少年までが違ってくる。彼らこそ神経の最先端だから町の気概をもっとも濃く反語的に体現する。三ノ宮や御影あたりをアパッシュめかして歩いているやつらは〝バラケツ〟と呼ばれ、ナンバ、梅新あたりを傲然としのび足で歩いているやつらとは、おなじ傲然、おなじしのび足、おなじソフィスティケーションの口ぶり、身ぶりでも、大いに微細に異って、それはなかなか言葉に替えにくいが、この道に挺身したことのない私には、うまい分析ができない。しかし、島尾さんの作品の或るものにはバラケツ気質と思われるものの一端がクッキリと覗いているところがあって、ナルホドと思わせられることがある。ロマン派だ、ジッゾン派だというまえに批評家は一度神戸へいって不良少年を観察したほうがいいのではないかと、私には思える。

島尾さんは南海に去ってからもう十二、三年にもなるのだろうか。出版社のパーティーで一度、いつも偉大で蒼ざめた坂本一亀氏のまえで一度、せかせか立話をしたきり、今度、それも一つの午後、一つの夜、一つの午前をつぶして話しあったのが稀れな遭遇である。それ以前は氏が神戸から転居してきて小岩に家をかまえた頃、ウィスキーを持ってそこへいったこと、二、三度、『現在の会』の集りで池袋と新宿西口の煮込み屋や沖縄料理屋で暗澹と泡盛を飲んだこと、それ以前は『贋学生』を出版された頃、六甲の家へいって薄暗い応接室でお茶と黒砂糖を食べたこと、そのちょっと以前は「VIKING」の合評会で六甲山の中腹のたいへんな美少女のウェイトレスが一人いる喫茶店でお目にかかったこと、これらが記憶の破片であり、忘れがたいところのものである。幾葉かの葉書や手紙——錯乱して衰亡していた私には忘れられないカンフル注射であったが——これも脳皮に痛くのこっている。

島尾さんの顔は私の眼のなかではちっとも変っていない。眼が大きくて沈みながら敏感にうごき、眉が濃く、膚が蒼白くしっとりと湿った感じで、鼻にはちょっと陽気なところがあり、顎がしぶとく頑強なところ。この顔は青い少年であった私がニタニタした中年にさしかかって、あらためて見なおしても、二、三の細部についての修正を施すほかは何一つ決定的な変化をしていない。いたましく陰惨な作品を読んだあとの読後感で氏の顔を点検しようという意地悪な心で眺めても、十五、六年も昔に六甲の喫茶店で濃いコーヒーの香りのなかで首から姓名を書いた大きな紙を紐で吊してはにかみつつたちあがった、にがみ走った長身の、敏感すぎる眼をした、いい男の原型は、少しも変っていないのである。じめじめとくすぶったような、それでいてどこか執拗、頑健に楽天的で、真摯でありながらひょいひょいと軽快な跳躍を見せて人を笑わせる気配。しっとりとからみつくように柔らかく複屈折をしながらもけっして瓦解してはいないらしい気配。柔軟、繊鋭でありながらうっかりそれだけを感じこんだらうっちゃりをくらわせられそうな骨太と不逞さをかくしている気配。こうしたことは少しも変っていないように思える。

その頃、『単独旅行者』と『格子の眼』という二冊の本をだした島尾さんは、紙のなかでは渋い華麗さとでもいうべきアトモスフェールをしのばせた、いじらしい小品を書く作家だった。文章は練達で、菌糸のようにはびこり、ひろがる膚の感覚を追いつづけ、特攻隊員を主人公にして異境のロマネスクを書く唯一の作家といってよかった。『孤島夢』や『島の果て』や『出孤島記』など、私はいまでも好きである。それらは人の地声にもっとも似た音色をたてる何かの楽器で奏でられる小曲のような親密さを持っている。また、私小説の文体でシュルレアリスムを描く試みもきわめて独創的であった。これは安岡章太郎や吉行淳之介についても見られることだった。兵役、空襲、戦後の飢餓などで骨の髄までしごかれたはずのこれらの作家が水ッ腹をかかえつつシュルレアリスムというロマネスクを書きつづけた事実に私は注意をひかれる。めいめい遅いか早いかの違いはあってもいずれはそれをいっせいに放棄することとなる事実にも注意をひかれる。(〝放棄〟といってよいか、〝揚棄〟といってよいかは問われるべきところであるが……つまり、それは若い唄声だったのかもしれない。)

河出の書き下ろし叢書で『贋学生』をだした頃に私は一度六甲口の自宅に島尾さんを訪ねたことがある。奥さんが静かにでてきてお茶と黒砂糖をおき、私はその黒砂糖をポリポリ噛ったのをおぼえている。どんな話のやりとりをしたかはすっかり忘れてしまった。けれど島尾さんが自分の作品を評して痔病か慢性下痢症の体質の人間の文学だとつぶやいたことをおぼえている。それが痔だったか、慢性下痢だったか、何かもっとほかの病気だったのかがさだかでない。また、『贋学生』を自評して、あれは紫色を字で書いてみたかったのだとつぶやいたこともおぼえている。その後さまざまな作家に出会ったけれど、自作の動機や主題を説明するのに色彩を持ちだした人にはまだ私は接したことがない。私はひどくおどろいて、六甲口から阪急電車に乗り、梅田へ帰ってくるまでいっしょうけんめい考え、また感じようとあせったが、わかるようでもあり、わからぬようでもあって、困惑した。電車からおりて梅田の改札口を通りしなに、どういうわけか、理由なく、ひょっとしたらかつがれたのじゃないだろうかという考えが頭をかすめた。なぜかはわからない。またそのことをいまでも理由なくいきいきと思いだすことがあるのも、これまたなぜかはわからない。

開高　あの頃は「ＶＩＫＩＮＧ」の同人はみんなアダ名をつけたでしょう。島尾さんはたしか〝島尾カフカ〟、庄野さんは〝庄野サローヤン〟ということになってたと思う。

島尾　そうやったかな。おぼえてへんけどな。庄野君はサローヤンでええかも知れんね。ぼくはカフカとは関係ないということになってるねんけどな。

開高　カフカが日本でブームになったのはあれよりもうちょっとあとのことで、あの頃は一冊もでてなかったような気がするんです。カフカという名前そのものがまた珍しかったというような有様やったと思うんです。としたら、英語かドイツ語で読んでたんやろうか。

島尾　いや、『審判』だけが一冊訳されてましたデ。どういうものか『審判』だけはヒョコッとでてた。日本語になってたわ。
開高　何や。そうかあ。
島尾　いうて損したなあ（笑）。

その後しばらくして氏は東京へ攻め上る。どうしてか氏は私のことを可愛がり、小岩に住んでから顔が赤くなるような私の習作を佐々木基一氏に手渡して「近代文学」に発表の労をとったり、自分も入った『現在の会』に入会させたり、坂本一亀氏にかけあって新人に書き下ろしをやらせてはどうだと斡旋したりしてくださった。氏は何食わぬ顔で葉書や手紙をくださったのだが、あとで考えるとその頃は惨憺たるアリジゴクに陥ちこんでおられたので、錯乱した無名の青い一学生にかまっているゆとりなどなかったはずである。いまその頃のことを思いかえすと、感謝しようにも言葉を失ってしまう。

小岩の家に一度だけいったことがある。商店街や町工場のあるごみごみした低湿地帯の小さな、薄暗い家だった。たしか真夏のギラギラした日だった。私が手土産に持っていったウィスキーを氏はカンカン照りの縁側に立膝をしてすすった。それもグラスではなくて、氷金時などを入れる、赤や青の色のついたあの安物のガラス皿に入れてすするのだった。その後私は無数の場所で酒を飲んだが、皿でウィスキーを飲む人にはまだ出会ったことがないのである。あれはどういうことだったのだろう。氏が不精してコップをとりにいかなかったのか、コップもないほどの惨苦に陥ちこんでおられたのか。私は自身に憑《つ》かれすぎていたので眼に力がなく、耳もおぼろだった。何を話したのか、どうにも、いま、思いだせない。おぼえているのはギラギラ射す夏の午後の日光のなかで氏が立膝をしながらガラス皿で生ぬるいウィスキーをすすり、なぜか、ぼそり、

「人まじわりしたら血がでる」

とつぶやいた声である。

島尾　あの頃はつらかった。

開高　そうでしょうね。

島尾　もうあかなんだなあ。

開高　あの頃のことを書いた小説をこないだまとめて一挙に読んでみたんです。短篇集でちょいちょい読むだけは読んでみましたけど、まとめてたてつづけにそれだけ読むちゅうのは、はじめてです。そしたら、もう、つくづく生きてるのがイヤになってしもた。誇張やないんです。ほんまにイヤになってしまいました。つくづく、もう。

島尾　参ったか。

開高　参った。

島尾　小岩の思い出はわるいわ。作品にもあまりさわられとうないという心境や。

けれど、どうしてもその世界を避けて通るわけにはいかないので、書きつづける。どうにもペンが重くてしぶってしまうが、いたしかたない。

島尾さんは連作長篇としてあれらの暗澹たる痴愚の作品を書いている。あちらこちらの雑誌に作品は短篇としてバラバラに発表される。それらは独立したものとして読むには末尾がいつも次作につながるよう、鎖をつなぐべく輪の口をひらいたままにしてあるから、どうしても弱い。しかしこれらをまとめて一挙に読んでみると、輪は輪へつながっていって、果てしない泥濘の視野がひろがる。徹底した痴愚と狂気が微風もなく暴風もなく、疾走もなく閃光もなく、ただそれのみが低い声でとめどなく語りつがれていく。まるで呪文である。しなやかで、しめやかで、じっとり膚へ菌糸のようにはびこり、ひろがってくる文体で、妻と首を吊る松の枝をさがして歩いたり、線路めがけてかけだしたり、町を泣きながら歩いたり、隣室から子供に覗かせておいてコードを首に巻きつけたりする衝撃的な挿話がつぎからつぎへ語られていく。クレッセンドもなくデクレッセンドもなく造型を断念した造型という唯一の工夫でめんめんと語られていくのである。一つ一つの挿話はまぎれもない現実としてそこに悽惨に提出されてあり、はじめのうちはえぐりたてるような絶望にさそわれる。二匹のサソリが暗い小箱のなかでからみあい、咬みあったまま、リズムのない踊りを踊る。そのリズムのなさがたまらないのである。しかし悽惨がドラマとしてではなくていくつもいくつもつづいていくことを発見すると、絶望する気力も尽きてくる。絶望するということは或る種の意力を行使することだが、島尾さんは読者からさいごの幻覚まで奪ってしまうのである。あらゆる作家は十人が十人、どんな陋劣、陰惨、絶望も、それを文字に移すときは、或る楽しみをもっておこなうのだが、島尾さんも厭悪をどこかで楽しみつつ書いている。傷口に塩をすりこむあのヒリヒリした楽しみである。その気配がうかがえるのでさらにやりきれなくなる。

ストリンドベルヒもサルトルもセリーヌもそれぞれの文体で徹底的破壊にいそしんだが或る種の抽象的命題をめぐっての考察をおこない、そこに読者が想像力をはたらかしたり、推論をしたりして肉なるものから飛翔できるスプリング・ボードがあった。しかし島尾さんは肉なるものにしか執着しないから、私は一秒も飛翔することができないのである。ただもう読まされるだけなのである。ついには戦慄すらなく、暗澹すらなくなってしまう。ただ字が並んでいるだけだ。私は眼をそむけ、本を伏せ、タバコに火をつける。そのとき島尾さんの文学は成就しているのだ。『兆』という小さな作品で氏は主人公の作家に文学覚悟を語らせているが、この部分は氏が書いたどんな論よりも私にはうなずける。

「……然し屈服はしませんん。恐らく成功はしないでしょう。その成功はしないということが、即ち私の小説の存在を主張してくれるのです。その時始めて私の小説は一個の存在となり、価値が転換して、私は認められるのです。成功不成功というようなことじゃないのです。そこでは一切のものが否定されそして肯定されるのですからね。庶民、じゃなかった国民いや人民、つまり人々ですね。人々の人民がですね、要するにですよ、小説などはつまらないことなんです。それは文字というものの暴力ですよ。現実は文字を必要としません。従って小説など不要です。そのことを私は自分の小説で実証するのです。そのためには凡そくだらないものを書かねばならんのです。人々が小説など全く読まなくなるようにね。(後略)……」

私が主婦連の会長なら悪書追放の第一号に島尾氏の作品をあげる。エロ、グロ、暴力小説なんてモノの数ではない。いっさいの幻覚という幻覚をとめどなくジメジメべとべとと腐らせ、流産させてしまう島尾氏の作品くらいマイ・ホームにとっての脅威はないはずである。芸術選奨など、とんでもない話である。日本人を文学なる幻覚に近づけまいとしてひたすら挺身しようという人物に、賞如きで微塵も浮かれちゃわない、それどころかいよいよ読者追放に精魂かたむける人物に、何ということをする。本気で作品と魂胆を読んだことがあるのかね。

この論は狂気の連作がはじまる以前に発表された作品のなかで書かれ、ストーリーとしては主人公の作家が友人のいかがわしいらしい左翼評論家に述べるということになっていて、何かしら〝革新〟とか〝革命〟とかが背後に顧慮されているらしい気配がある。このあとにすさまじい作品群を書くことになる運命を島尾さんが予感していたかどうかはわからない。けれど結果としてはみごとに的中してしまった観がある。〝変革〟、〝革命〟、〝庶民〟、〝じゃなかった国民いや人民、つまり人々ですね。人々の人民〟というようなことをぬきに、この生そのものと氏の文学とのかかわりあいが、短く明晰にここに定着されているような気がする。それを作品のなかで際限なく実現してしまう氏の執念、タフさ、どこかに覗く楽天性、ふてぶてしさに、私はやりきれなくなりながら感嘆をおぼえる。

哀傷と愛に達するために島尾さんは破廉恥のデルタをわたっていくが、日本の作家、ことに昭和の作家たちは破廉恥を活性汚土として生を確認しつづけてきたようである。西欧の作家たちは夜ふけの密室で魔と握手した瞬間にふるいたつように見えるが、魔は大陸から日本列島へわたってくるあいだに海のどこかで溺死してしまったらしく、どこにも棲息していない。そこで日本の作家たちは破廉恥の栄養ゆたかな、鼻持ちならぬ汚泥へ体を躍らせて生の拡大、培養、繁殖を計る。そこで不具のための不具、破廉恥のための破廉恥という姿勢が生れてくるが、ブランデーのためのブランデーというものはあるとしてもそれはブランデーにブレンドされなければ意味がないのだから、文学の母基とはなり得ないのではあるまいかと思われる。世間ではよくその種のものが誤読されて拍手を送られているように見える。

或る水族館へいったときにナマコが腸を吐きだすのを見たことがある。水槽のなかを棒でつつくと、ナマコは歯も鰭もなくてただゴロンとよこたわっているしかしようがないからなのか、やにわに腸を口から吐きだしてしまい、それは汁のように煙のようにガラス箱のなかを漂った。あらしのあとで海岸へいくと、その海岸のナマコというナマコがいっせいにコノワタを吐きだして渚にゴロゴロしていることがあるそうである。これをナマコの〝吐腸現象〟というのだそうである。それで彼は死ぬのかというと、しばらくしたらまた内臓ができてくる。コマぎれに刻まれて海へほりこまれてもその細片からまた再生してあのモクモクした体になるくらい不死身であるのだそうだ。島尾さんの作品もこれに似たところがある。外圧の変化に氏はきわめて敏感で、何かの予兆の微変を察知した瞬間に腸を吐きだしてしまう。それでいて不屈なのである。氏の愛する原像が幾つかあるが、その一つはアリジゴクであり、その一つは死にそこねた特攻隊であり、また一つは口に手をつっこんで内臓をつかみ、手袋をひっくりかえすように体全体をひっくりかえしてしまって清冽な小川のなかに浸り、襞々にこびりついた穢汚を水の流れるまま洗いさらしたいという希求である。これは歳月をおいてまったくおなじといってよい口調で二つの作品に登場する。ひところの武田泰淳氏の作品に〝臓器感覚〟という評語をあたえた人があったような気がするが、島尾さんの作品にもそれがいえるのではあるまいか。胃や腸がずりおちてくる感覚についての形容語がいかに多いことか。それがまた不安や焦燥にとらえどころのない内分泌の苦渋感をあたえ、朦朧としながらもからみついてくるような現実を巧みに滲みだしている。臓器で作品が書かれているのである。

私がウィスキーにおぼれることをやめて、ようやく宿酔の顔をあげ、小説をふたたび書いてみようという気持をとりもどしたとき、島尾さんはもう流亡と錯迷の果てに南へ去ってしまっていた。どういう錯迷であったかについては酒瓶のなかにうずくまっている私の耳にもいろいろと異様な挿話がとどいたが、私はそういうことはついぞ聞かなかった。ただ氏の作品を読むだけである。これら痴人の告白のうちどこからどこまでがフィクションで、どこからどこまでがノン・フィクションであるのか、私にはわからない。氏の作品のみならず、すべて文字で書かれたものにノン・フィクションがあるとは私には感じられない。文字を書くことは一つの選択行為であり、人工であり、詐術である。それが選択行為であるからにはすでに誇張、歪曲の文学的意図が含まれている。少年時代の私にはそれが耐えられなかった。私は文字に鉱石のような不動、不変の純粋を求めて狂いそうになったことがあった。私自身が一瞬のすきもなくゆれ、うごき、流れ、変りつづけるのに、おそらくそれに耐えられなかったからこそ、文字に不動と不変を求めたのだった。中島敦が或る深い断念のうちにかろうじてユーモアという陽炎をあたえて事態を伊藤整氏のいう〝芸による救済〟形式とリズムで救出しているのを知ったときは、よほど愚行、乱酔、貧苦で力を殺《そ》がれてからのことだった。

少年のときにたまたまストリンドベルヒを読んで私は茫然自失し、何日もふらふらしていたことがあった。サルトルの『嘔吐』を読んでたちすくんでしまったこともあった。セリーヌの『夜の果てへの旅』をそれより早く読んでいたら私はもっとたちすくんでいたにちがいないし、おそらくはそれへの抗毒素から『嘔吐』がもっと軽く読めたのではあるまいかということがある。けれどこれらの作品は翻訳文学であって、スーパーインポーズで映画を見るようなところがある。スーパーで映画を見ても茫然自失する感動が生れることはしばしばなのであるから、痛烈な一つの幻覚としての現実であることに変りはない。けれど島尾さんの作品群は日本的な、あまりにも日本的なものを言葉の膜が裂けるまでにたっぷりと吸収した日本語で書きつづけられてあるので、避けようもなく、逃げようもない。雑巾が濡れしょびれてそこにあるようにそれがそこにある。それほどに濃い、まぎれもない質があたえられている。この連作が終るのを私は待つだけである。

「……この日本の国の、眠くなるような自然と人間と歴史の単一さには、絶望的な毒素が含まれている。

桃源境などといえば誤解を招くが、ぼくがいいたいのは、もうわれわれには見失われてしまった『生命のおどろきに対するみずみずしい感覚』をまだうそのように残している島が、この不毛の列島の中に残っていたということだ。

日本国中どこを歩いても、同じような顔付と、ちょっと耳を傾ければすぐ分ってしまうような一本調子の言葉しか、ないということは、すべてのものを停滞させ腐らせてしまわずにおかない。そこでは鉄面皮なおせっかいと人々をおさえつけることだけが幅をきかす。おそろしく不愉快なひとりよがりと排他根性。違ったものがぶつかり合って、お互いに骨を太くし、豊かな肉をつけるという張合から、われわれは見離されていた。いや沖縄を再発見するまでは。」（未来社刊〈離島の幸福・離島の不幸〉「沖縄」の意味するもの）

このようにあらわな、短い、凛とした剛毅のリズムで文章を書くことをかつて島尾さんはしたことがなかったように思う。昔、金子光晴が日本と知識人を痛罵したときの声音に似たものさえ感じさせられる。敗走に敗走をつづけて南の島にたどりついてからは、激しい切断の意志が氏によみがえって、頑強な砦を得たように見える。こんなに健康になっては小説が書けなくなるのではないかと思われるくらいである。しかし、氏のことである。不思議な新しい花をどのような手段によってか咲かせるであろう。文学作品を読みすすむときの大きな快感の一つは鮮やかな、強い異質物がちょうど川のなかの石のように定着されている、それとぶつかる抵抗感ではなかったか。そこにたちどまったときに私は眼を瞠らせられ、何かを発見しているのではあるまいか。私は私にとっての〝異質物〟を見失ってはしまいか。いや、見失ったと思いこみすぎていはしまいか。

島を発つ日の朝、図書館の館長室で夫妻としばらく話をした。奥さんは元気そうに見えた。あれこれと島の変遷が話題になったが、彼女はかつて少女時代に島にみちみちていた精たちがどんどん姿を消していったことを悲しんでいた。かつては鬱蒼としたガジュマルの木に島人にとっては半ば信仰、半ば実在と感じられる〝ケンムン〟という精が棲み、人を見ればナゾナゾをふっかけてきて、答えられないとやにわに腕力をふるうので、そこを通るときは口に呪文をとなえねばならなかった。あの木にも、この川にも、いたるところに精がいて、歌をうたったり、人をおどかしたりして遊んでいた。一つの丸木橋には女の股のしたをくぐりぬけるという趣味を持った愉快な精が棲みついているので、そこをわたるときにはその精のための呪文をとなえつつ、いそいで膝をピッタリくっつけあってわたってしまわねばならなかった。山では夜になると峰から峰へたくさんの火の玉が大きいのから順に行列をつくってとんでいくのが見られた。神や仏が掃除せず、ラジオやテレビの新興宗教が消毒しなかった森と野と海岸は古代そのままだった。

女学生のときに古事記を読んでいると、どうしてもいまこの島のことが書いてあるのだとしか思えないのだった。そのケンムンも、股くぐりの精も、毛深い時代の大きく稚い笑いを忘れてしまい、いまは居場所もわからず、呪文を知っている人も減るばかりである。

夫人　いったいどこへいったんだか……。
開高　ナゾナゾをふっかけるんですか。
夫人　ええ。いろいろとね。
開高　テレビに買いとられたんですよ。
夫人　そうでしょうね。
島尾　いまのこの島は古代と現代があって中世がないんや。そんな感じやデ。戦争中にぼくが特攻隊できたときは古代だけやった。いまは現代が洪水を起してるわ。古代は後退するいっぽうや。ケンムンも消えてしまいよるしなあ。さびしいことや。

夫婦は微笑しつついたましそうなまなざしで窓を眺めた。冬空のしたにパパイヤがうなだれてたたずみ、その実は青く、小さく、固い。海はまだ白い波をあげて騒いでいるのではあるまいか。

小説の処方箋

小説を書くにはどうすればよいかということは百人百説で、めいめいがオマジナイや処方箋をもっている。パイプを三服ふかさなければとりかかれないとか、耳の垢をホジらないことには落着けないとか、タバコを一箱買いにいってからとか、いろいろである。デュマはサロンにどかんと腰をおろして雑談をするとそれがことごとく小説になるのでサロンの常連から〝デュマ小説製造株式会社〟という仇名をつけられたとか、というような話もあるけれど、そんなのは例外である。

いちばん多いのは酒、タバコ、コーヒー、それから〆切日がちかづくと〝ノーシン〟などが机のまわりに登場するらしい。私はあまり飲まないがこの薬は奇妙に評判がよくて、あちらこちらで苦笑まじりに噂を聞く。流行の尖端をゆく小説家がシェーファーの万年筆をおいてやおら〝ノーシン〟の箱に手をのばすなどという風景はいかにも日本らしい。トッポい名前が安心感をさそうのだろう。

コーヒーについてはバルザックが派手な、しかし彼の実力からすればまんざら嘘でもないような讃辞を捧げている。なんでも彼は一日に六十杯飲んで十二時間書きに書きつづけたという噂である。ちょっと引用すると……

「……こいつが胃の中に入ると昂奮してカーッとなる。戦場にのぞんだナポレオンのひきいる常勝軍のように妙想が雲のようにはげしくわきだす。軽騎兵が疾風のようにかけるようにイマージュが飛ぶ。砲兵隊がつづけざまに大砲をブッ放すように論理が躍動する。自然に微笑が浮かぶ。インキが原稿用紙のうえに一面にパッと散る。戦闘開始。インキの洪水が見る見るうちに長篇小説を仕上げてくれる。まるで戦争に火薬を使うように……」

恐れ入りましたとひきさがるばかりである。

これらは机に向ってからの話だが、それ以前に用意されてある小説のヒントそのものはどうして入手するのか。これまた百人百説で、お菓子のかけらをお茶に浸して口に入れた瞬間に半生の時間を回復した人物もいれば、ライオン狩りや闘牛をやらないことにはダメだとする猛者もいる。チェホフはサラリーマンのようにせっせとメモをつけ、モームは南洋くんだりからモスクワまで旅行した。万人万様である。

書くものがどうやら発表できるようになった頃のこと、私は毎日タクシーのメーターを眺めているような気分におそわれて憂鬱だった。雲の妙想、軽騎兵のイマージュ、大砲の論理、なにひとつとして在庫皆無である。コーヒーを飲むと酔うし、闘牛をやるには体重が十三貫しかない。しようがない、お酒を飲んでフテ寝をした。稼げるのに稼がないのはなんと贅沢な快楽であることか。肘枕、かすんだ目を細くひらき、くちびるをかみながらカッと射す西陽を眺めて暮した。そのうちに半ば真性のノイローゼとなり、ほんとに衰弱してしまったのにはまったく手を焼いた。

しようがないから好きなE・H・カーの名作『バクーニン』でも翻訳してやろうかと思ったが、これは埴谷雄高氏から、

「ダメだ、ダメだ、そんなことするとますます小説が書けなくなるよ」

といわれたのでよしにした。思うに埴谷氏は自分のことをいっていたのである。一年ほどしてから会ってそのことをいうと、まえとまったくおなじ警告をうけた。

「道ですれちがった女の匂いがムンと鼻さきに迫って離れないような状態におかなくちゃあ」

というのが氏の処方箋であった。

私は野ネズミの繁殖のことを作品にして出ることができたが、そのいわゆるネズミの作品のことで悩まされたことが一つある。つまり法律用語でいうと〝善意無過失の競合〟という場合である。私はその作品のヒントを、たしか、朝日新聞の科学読物の欄で

得た。そこに野ネズミの生態のことがでていたのである。読んでから一カ月か二カ月ほどして、ある日私はなにげなく思いだし、丸善へいって農林学者の書いた研究書を一冊買ってきた。それを参考に会社から夜遅く帰ってきては毎日少しずつ書きためた。発表のあてはどこにもなくて、八分までは自分の楽しみのためという気持だった。が、これが、ある日たまたま安部公房に町で出会って話をしているうちに彼もまたまったくおなじ新聞記事にそそのかされて一作モノしようと企んでいるのを発見するに及んで、すっかり憂鬱になってしまった。私は何食わぬ顔で雑談をつづけ、安部公房が、書かぬまえから悦に入って、

「あれはオレが書くんだ。イヤ、あれはオレのもんだよ。ウン、それは、もう、きまってるんだ、ハッキリとな」

目を細くしてエッ、ヘッ、へと笑ってる顔がノミのように憎かった。私は蒼くなって家へとんで帰り、机にしがみついた。

結果としては私はどうにかこうにか安部公房を一馬身の差で抜くことができたが、もしあのとき彼が不用意に口をすべらさなかったらどうなっていたことか。これはあまり考えたくないことである。

さらにもう一つここに妙なのは、机のうえで私が小説を書いてから二年たった今年の春、北海道の森林地区でまったくおなじ設定の事件が現実に発生し、百二十年ぶりにサ

サがみのってネズミがわき、一億から二億にのぼる森林が壊滅して役人たちはイタチを放すやら毒ダンゴをまくやらの大騒動を演じたことであった。調べてみると、なにからなにまでがまったくピタリと一致していた。

私は昂奮し、『罪と罰』当時のドストエフスキーの挿話を思いだし、現実が芸術を模倣するというスローガンを日に十度つぶやき、あちらこちらに電話をかけた。が、みんな〝ノーシン〟ボケしてしまったのか、誰もまともに聞こうとするものがなかった。しょうことなく私はひとりで、肝臓をいためていたからお酒のかわりにカルピスを飲んで乾杯したのである。報酬はそれだけだった。

心はさびしき狩人

姿勢だけからいうと寝ころんで読むのがいちばん楽だし、自由である。寝ころばずに読むのはすこし苦しくて無理がある。ときたま体の苦痛などなにもかも忘れてしまう本に出会うこともあるが、ごく稀れである。のみならず読んでしまわないことにはおもしろい本かどうかはわからないことである。

だから、新しい本を手にすると、私はそれをもって寝ころびにゆく。部屋の隅、壁ぎわ、万年床といったようなところである。毛布かふとんをかぶり、ひくいめの枕に頭をのせ、顔と手だけだして、穴のタヌキのような恰好をするのが大好きである。それも、広びろとして、よく整理のゆきとどいた部屋などより、体のまわりに本や、灰皿や、コップなどが散乱した、ごく小さな部屋がよい。ほかに欲をいえば、子供の頃ならセンベイと薬缶、いまなら酒瓶とコップが枕もとにあれば、もう申分がない。そういう隅っこでチビリ、チビリやりつつ本を読んでいるうちに眠りこみ、いつのまにか心臓がとまってしまった、というような死にかたこそ祝福された死にかたというものではあるまいか、と、ときどき、考えることがある。

モノをしている姿勢については、たとえば労働ならミレーの種まく人、思考ならロダンの彫像、読書ならクールベのボオドレエル像といったぐあいに、いくつもの肉化されたイデエを教えられているけれど、写実でいけばいくらもの好きの画家がやっても私の場合などはとうてい画にならないだろう。どうしてこんないぎたなくもみすぼらしい癖がついてしまったのか、口惜しくなって、ときどき床から起きて狂ったように部屋じゅうを片づけたり、掃いたりして、明窓浄机、端坐してみることもあるのだが、ものの二日もたてばもとのモクアミである。またぞろゴミのなかでエビのように体をちぢめて部屋の隅っこに寝ころがっている。

よく写真を見ると学者や作家は万巻の書棚をうしろにおちょぼ口をしたり一点をカッ

と瞶《みつ》めたりしてすわっているのを見るが、いかにもしらじらしい気がするので、あるとき写真を求められ、どうです、ホントのところをとってみたらと、自分の好みを説明したところ、カメラ・マンの人にひとことでしりぞけられた。

「いけません」

という。

「何故？」

と聞くと、

「日本の部屋で写真にふとんを入れると、きまってエロかグロになるんです。そうでなきゃ病人か。どちらかですよ。西洋のベッドみたいに家具になりきってないんです」

「なるほど」

「ふとんは寝るために敷くもんです。ベッドは寝なくても人目にさらしてある。あれは〝家具〟です。ところがふとんはそうじゃない。寝るとき以外にはかくしてあります」

「……はは ァ」

「だから、写ってるのがエロでもグロでもなくても、とにかくふとんというものは見ただけでチカチカとくるものがあるんです。日本映画でふとんのあるシーンがでてきたら、ただそれだけでなんだかドキッとくるでしょう、ね、くるでしょう、ドキッと」

「そうだなァ、そういわれると、なんとなく」

「アレですよ、アレ。アレですよ」

といういうな一席のオソマツをブタれ、写真をとられて、二、三日してから送ってきたのを見ると、やっぱり書棚をうしろにおちょぼ口してカッとなっていた。やれやれ、これだけ本を背負わなければ歩けませんと、自分の頭のわるさを広告しているようなものではあるまいか。

たいていの場合、床から天井までギッシリ、ズラリと本のならんでいるところを見ると、反射的に憂鬱になってくる。何故だかうっとうしく、気が滅入り、見たくないものを見たという気持になる。以前は、よく、その気持を、ルーブル見学に関してヴァレリーが述べている「疲労」の表現で自分に説明したが、この頃では、なんだか、無能の証左のように思えだした。いつかイギリスの諷刺雑誌の『パンチ』を見ているとロナルド・サールの漫画がでていた。それは石器時代の図書館で、何万枚と数知れぬ石をまるで摩天楼のように積みあげた谷底で男たちがウンウン汗をたらして巨大な起重機をうごかし、一枚の石の板をとりだそうとして大わらわという図である。司書の老人にむかって少女が石机のむこうに背のびし、

「オジさん、童謡《マザー・グース》の本をだして下さいナ」

といっている。

私の感ずる疲労の一面をズバリといいあてられたような気がして、ふきだした。出版

社の人に対しては申訳ないのではあるが……

本を読むのに何故わざわざ隅っこへもぐりこまなければならないか。物心つく頃からずっと私はタヌキの真似をしてきたような気がする。小学生の頃は父の机のしたにもぐりこんだり、押入れにかくれたりした。べつに叱られたわけでもなんでもないが、そういう場所が好きだった。中学生になると勤労動員令に狩りだされ、飛行場のタコ壺や操車場の貨車のしたにもぐりこんだ。このときの理由の半分は憲兵や教師に見られたくないという用心からだが、半分はやはり、自分の嗜好からだった。高等学校の寮に入るといよいよ本格的に押入れに万年床をつくり、大学生になると、ふとんはほとんど自分の背中の皮みたいになってしまった。万年床にいないときはパン工場や英会話学校ではたらいていた。教室にはでたことがなかった。

また、子供の頃、私の希望は電車の運転手でもなければ陸軍大将でもなかった。ただ、もう、古本屋のオジさんになりたかった。彼ほど魅惑的な人物像なんてそうザラにあるものじゃない。オジさんは明けても暮れても本のなかで寝起きし、いついってみても紙と手垢の懐しい匂いのなかで手をのばしちゃあ本を読み、うとうとしちゃあ人から金をとる。火鉢を股の間にかいこみ、ドテラを着て、無精ヒゲもなにもかまったものじゃない。ときどきは赤ン坊のオムツを替えるのに途方に暮れたり、イワシを焦がして慌てたりしていることもあるにはあるようだけれど、まずは本に埋もれてマユのなかのサナギみたいじゃないか。うまくやってるな、それで暮せるんだから。古本屋にいくたびに私は眼を瞠る思いで彼の緩慢な一挙一動に見とれ、ずいぶん永い間、こんな美しいイメージはないと思っていたのである。いまの私の姿勢は、ひょっとすると、このときの感動（？）の後遺症なのかも知れない。

私の一人の友人は精神病医の卵であるが、あるとき私の話を聞いて、

「そいつァ、なんだナ、シキュウガンボーの一種だな」

といって、ゲラゲラ笑った。

よく聞いてみると〝シキュウ〟は〝子宮〟で〝ガンボー〟は〝願望〟である。人間は外界の圧力に耐えられなくなる恐怖からつねに母の胎内にさかのぼって隠れ保護されたいという潜在欲求がある。だから珈琲店をごらんなさい。みんな細長くて薄暗くて狭くて温かいじゃないか。御念の入ったのは壁にヌード写真を貼ってるじゃないか。そこへみんな、男も女ももぐりこんでお互いあたりさわりのない話をしている。アレだよ、アレ、君のは。……というのが彼の説のあらましなのであるが、どうもこんな医者にはイジられたくないという気がする。もうすこし話が文学的になると、ある一人の友人は得たりやオウと、

「なんだ、シュッケトンセイの志じゃないか」

という。

〝出家遁世〟である。伊藤整氏の有名な逃亡奴隷と仮面紳士の立論である。〝鳴海仙吉〟である。古本屋。ドテラ。無精ヒゲ。イワシ。万年床。葛西善蔵。川崎長太郎。私小説。アレですよ、アレ。そうなんだ、逃げたがってるんだヨ、君も又。というわけである。反射ばかり速くて、どちらもいやになってくる。本を読むのに立とうが寝ようが、そんなこと、どっちだっていいじゃないか。万年床は日本だけか。樽に寝ていたディオゲネスはどうなる。イヴリン・ウォーの『頽廃と崩壊』のオックスフォードの学生のベッドはどうだね。日本には細君といっしょに寝てチャラチャラ足からみあわせながら原稿書いた図太い非私小説派がいるよ。(……もっともこの人、作品の出来はあまりよくなかったが。)

さて。

そこで。

そうしてゴロンと横にならなければ本が読めないというのは私の癖であって、どうしようもないものであるが、そうやってなにをどのように読んだか、ということになると、たいへん説明がしにくくなってくる。あれもいいたいし、これもいいたくなってくる。もしも、なにをどのように読んだかの検証が《読書法》の一つなら、無数の本について無数の読書法があるということになってきて、どうにも手に負えないではないか。どう答えたらいいのだろう。私はE・H・カーの『カール・マルクス伝』の愛読者でもあるが、モオリヤックの『テレーズ・デスケルウ』の愛読者でもある。梶井基次郎の読者でもあるが、同時に魯迅の読者でもある。チェーホフに耽ったかと思うと、スノーの『中国の赤い星』にも打たれた。これはルポルタージュだけれど立派な文学である。簡潔で、活力に富み、苛烈悲惨な現実を見ながらユーモアを忘れず、十の力を一に使ったイマージュの鮮やかさが忘れられない。けれど、同時に、その私は、無思想、無理想の大空位時代、ロシヤ帝政末期のチェーホフのわびしい微笑にも共感するものをおぼえるのである。

こういう自分を軽薄だと思って、ある頃、私は腹をたて、中島敦の自嘲をそのまま擬し、愛想をつかした。自分が矛盾の束であることを発見して、しかもそのそれぞれの矛盾がどうにも拒みようがない密度をもって訴え、迫ってくる事実は認めざるを得ないので、とうとう、中島敦の言葉を借りると、そのような自分の愚かしさに殉じてその都度その都度の愚かしさの濃厚の度に応じて生きてゆくよりしようがないのではないかと考えたことがあった。そうではないか。カーの読者がなぜモオリヤックに打たれるのか。梶井基次郎のファンがどうして同時に魯迅のファンであり得るのか。スノーを賞讃するがなぜ言葉をひるがえしてチェーホフを賞讃するのか。〝矛盾の束〟という表現のほかになにがあり得ようか。

この疑問にはそれぞれの作家がその都度よこしてくる波のはげしさと熱さも相俟って

苦しめられることがなかった。あるとき私はそれを〝若さ〟に帰した。若いということは病んでいるということだ。錯乱である。気ちがいに向ってどんな秩序が期待できようか。それからしばらくして、なおもこの状態がつづくので、私は考えあぐみ、その軽薄さを〝眼の純粋〟という考えに集約することにした。いいものはいいのだ、という考えである。この考えは私の自尊心を孤独に慰めてくれ、しばらく安住することができた。そのたびそのたびちがう波にぶつかってアタフタと動揺しながら私は鑑賞者を気どり、審判官を気どり、ペトロニウスを気どっていた。私の友人の一人はまだその頃、〝書癖病〟にとりつかれないで、せっせと本を集めることに没頭していた。彼はブーキニストの衝動にとりつかれ、とりわけ版の珍しい本を集めることに熱病を晴らし、古本屋の間に〝若年寄〟としてその存在を知られた。私は風呂敷をもって彼の家にかよい、半可通の知識をふりまわして彼をそそのかして本をやたら買い集めさせ、同時に彼にそそのかされて半可通のままにめったやたら読まされた。そうやって一反風呂敷でかついできた本を狭い部屋へ夜ふけにぶちまけて紙魚のように読んでいるうち、何度も、こんなに目移りばかりしてはいったいこれからさきどうなるのだろうという、得体の知れぬ恐怖におそわれて茫然とすることがあった。芭蕉にシュンとした自分が一瞬後には『カーマ・スートラ』にカッカッとなっている。キェルケゴールで消毒されたのがものの十分もたたぬ間にバートン版の『アラビアン・ナイト』にイカれてる。なんだね、こりゃ一体。

考えれば考えるほど、いや、考えることそのものがこわくて、しかも体のなかにはそれぞれの本がそれぞれにのこした烙印がクッキリのこっており、そのことばかりは認めざるを得ず、さてそこで、俺《オイ》ラァ、オ化ケダーとつぶやいたところでどうなるというわけのものでもなく、なんだか裸電灯のしたでムラムラと胸苦しくなってパッとわけもなくたちあがることが、じつにしばしばであった。ペトロニウスはこんなに乱れたかしら。

　こういう状態がつづくうちに私はやがて、ナニモワカランという考えにたどりついた。愚かしさに殉じ、軽薄さに殉ずるという考えも考えてみればどうもあいまいであるし、〝眼の純粋〟というあこがれもいいかげんなものだ。ペトロニウス、粋判官《アルビテル・エレガンティアルム》、これもどこやら貧しさのコンプレックスの裏返しに似ていてその場その場の風まかせ、レセ・フェール、レセ・パセー、いい気なものだという気がしてきた。結局のところ、ナニモワカランのだ。すると、チェーホフか？

　そうか？

　それであってよいか？

　なるほど彼は慰めてくれる。

　けれど彼は、なにかを形成するか？

　彼は彼であった。

　けれど、オレは彼ではない。

では、どうすればいい？

この悩みは消えるばかりか、いまでもますますさかんになって、三畳半の杉並区のはずれの小部屋にすわる私を夜ふけになっておそうのである。以前とおなじように私は自分を矛盾の束と考えざるを得ないでいる。以前よりいくらか賢くなり、つまり血液がいくらか減って、その減度に応じて矛盾は矛盾なりに、しかし、そこに一つの、ほとんど〝自然〟の律にもひとしい質をもってその矛盾を肯定させる秩序があるということをおぼろげに予測してはいるものの、しかし、やっぱり、苦痛は苦痛なのである。迷うばかりで、どうにもならないでいる。

告白的文学論――現代文学の停滞と可能性にふれて

ある年のある冬の午後、モスコーで、私は大江健三郎といっしょに、『外国文学』という雑誌の出版所へでかけた。編集室へ顔をだしてみると、編集長のチャコフスキーが長い体を椅子から起こしてきた。東京で会ったときとおなじようにウサギとタヌキがくっついたみたいな顔でにこやかに笑っていた。一度だけれど私はこの雑誌に東京についてのエッセイともルポともつかないものを寄稿したことがある。チャコフスキーとはその原稿の件で帝国ホテルのロビーで会った。日あたりのよいガラス窓のしたで紅茶を一杯飲み、文法的には正しいがきわめてのろくて発音は奇怪不思議という英語で話しあい、たしか紅茶のお代は彼が払った。

通訳をひきうけたリヴォーヴァさんが幼稚園の先生のように私たちをつれて編集室に入ってゆくと、何人もの編集員がでてきてとりかこんだ。彼ら、彼女らは、現代アメリカ文学の専門家であったり、現代フランス文学の専門家であったりした。お茶を飲みながら世間話をした。モスコーをどう思うか、とか、ロシアほどコーヒーのまずいところは珍しいと思いませんか、などという話をして彼らは笑った。するとその話のさいちゅうに、話がはじまってものの一分もたつかたたぬかに、とつぜんチャコフスキーがたずねた。

「文学とは何ですか？」

いきなりそう聞くのだ。

かねてからこの種の質問が私はにが手なのだ。答えようとするよりもなによりもさきにぐったりと疲労をおぼえてしまうのである。私は武者小路実篤ではないのだし、頭のなかに整理戸棚があってカード箱を準備しているわけのものでもない。それに、この種の質問をつきつけられると、きまって新聞の〝人生相談〟欄がちらちらと眼に浮かんできてしようがないのである。無名時代のカフカが無名の文学青年と対話している記録を読むと、つぎにどんな作品を書く予定ですかと幼い弟子にたずねられて、若い作家は、〝その質問はつぎの瞬間に君の心臓がどういう鼓動をうつのかと聞くようなものだよ〟と答えて、なにもいわないのである。この挿話にある機知とにがさと苦痛が私は好きで、うまいことをいうものだと感心させられたことがある。文学トハ何カとだしぬけに小さな、丸い眼をパチクリさせて聞かれても、私にはどう答えてよいのかわからない。

「ひとことでは答えられませんよ。まるで人生とは何かと聞くようなものじゃないですか。人生とは何ですか？」

チャコフスキーはリヴォーヴァさんが通訳するのを聞いてニコニコ笑ってたちあがり、待っていましたというような口調で、〝グッド・ボーイ、グッド・ボーイ〟とつぶやいた。クマのように首をふってあたりを歩きまわりながら、うたうようにして私にいう。

〝Tell me what is life and how life should be. Tell me……〟

秋の午後の部屋でバラの花がおちても壁が崩れるかと思えるような音にひびく、そのような口調でその質問が発せられたのなら、あるいは私はそこにこめられた焦燥の気配におどろいて黙ってしまったのかも知れない。けれど彼は何百回も舞台にたったアリア歌手のようにというか、あるいはたったいま油の罐からひきあげたばかりの歯車のようにというか、そのような調子で質問を発した。流暢で、なめらかで、よどみがなく、ヒバリのように陽気ですらあった。

「……その質問に答えるのは、まるでガラス玉をペン先でつつくようなものだと思いますね」

「通訳スルコトハシマスケレド、一体コレハ何デスカ。意味ガヨクワカリマセンヨ。説明ヲシテクダサイ」

「ガラスの玉をペン先でつついたらやたらにインキがとぶだけでしょう。おさえようとしてもおさえられませんからね。この質問に答えるのはそういうことじゃありませんか。どう答えていいのかわからないし、いくらしゃべってもきりがないですよ。インキがとぶだけじゃない。ツバもとびますよ」

「ソウデスカ？」

「そうですよ」

リヴォーヴァさんから通訳を聞いてチャコフスキーはあきらめたらしく、回れ右をして大江健三郎に向かった。つぎにどんな作品を書こうとしているかと聞いた。ちょうどそのときはわが友の大脳神経叢のなかではスイッチが躁鬱症の〝鬱〟のほうに入っていたようだった。彼はうなだれて、細い眉をピリピリそよがせ、髪をひっかきまわしつつ、どもりどもり、現代日本では朝鮮の少年が被圧迫民族のコンプレックスを解放しようとして日本の少女を強姦するという主題で中篇小説を一つ書きたいのだといいだした。チャコフスキーたちはびっくりし、困惑におちこんで、話題をそらした。私たちは一時間ほどその部屋にいてお茶を飲み、にこやかに握手して別れた。

けれど彼らはこれでひきさがってしまったのではなかった。二、三日したらリヴァーヴァさんが編集部からだといって英文の手紙をホテルに持ってきた。読んでみると、私たちに宛てた質問状であった。大意は、ほぼ、つぎのようであった。今日の西欧文学は人間の崩壊と孤絶を説くことしか知らないように見うけられるが、その現状と原因をあなたはどうお考えになるか。とりわけ〝前衛〟と呼ばれる派の狂気をどうお考えになるか。現代の西欧文学のある種のものにはその国の読者にほとんど母国語で書かれたものだとは信じられないような性質の作品さえあるが、広範囲にわたって発見されるこの狂乱と無道徳化の傾向は何に原因するのであろうか。昔のロシアの作家たちも同時代の錯雑する矛盾のなかで苦しんだが、彼らは絶望におちこみながらも自己の個性をとおして作品を書きつづけ、けっして探究心を放棄しなかった。私たちはそう眺めている。けれど、現代の西欧文学は読者に人間には他者との関係が存在しないのだということを知らせることだけにふけっているかと思われる。私たちは文学が複雑微妙な諸要素によってつくられるものであることを理解しているつもりなので、けっしてこの答えが簡単なものになることを期待してはいないが、あなたの立場からの説明を寄せて頂きたい。そして、できることなら、文学とは何であり、また如何にあるべきであるかについても、あなたの意見を本誌の読者のために述べて頂けたらと思う。

パンツ一枚になってベッドにもぐりこむと、私たちは毛布から顔だけだし、ウォトカの大瓶を手から手へとまわし飲みしながらこの手紙を読んで、ため息をついた。

「ぶっつけてきたぞ」

「ロシア人はまじめなんだなァ」

「本一冊書かなくちゃいけない」

「一冊で足りる？」

「さあ、それは……」

「一行も書けないいんじゃないの？」

「ロバよ、空をとべ」

「ミミズよ、走れ。酒のみミミズ」

瓶を手から手へとやりとりしているうちに私たちはキラキラ輝やく熱い朦朧の川を浮きつ沈みつしながら流れていった。ニンニクの匂いのまじった、虹のような息を吐きながら私たちはとりとめもないことを口走った。『嘔吐』のなかに〝火曜日。記すべきことなし。存在した。〟とあるけれど、みごとな名文句ではないか。小説はたったいま釣りあげたばかりのエビのようにピチピチしていて少し不安を感じさせるようなものでないといけない、マヨネーズがかかっていてはいけない。上田秋成の短篇にお金の精がでてきて説教をするという話があるが、あれは傑作であった。ヘミングウェイの短篇では老人がレストランのすみっこに腰かけてひとりごとを毎晩つぶやいていたな。そうだ、そうだ。〝虚無の虚無、虚無の虚無なる虚無の虚無〟、ナーダ、ナーダ、ナーダ・イ・ナーダ、ナーダ、ナーダ。とつぜんわが友は女体についての解剖学用語を口走り、『サムライ日本』をうたいだし、新納鶴千代苦笑いとうなってミエを切り、フレンチ・ドレッシングが冷蔵庫のなかでふるえながら〝アイ・アム・ドレッシング〟といったという笑話をし、それが気ぬけしていたのでしょげこみ、あんたは偽善者だと真ッ赤な顔をして怒り、渡辺一夫先生は近頃いけない人だけれどいい人なんだから一度会わせてあげる、ぼくは毎朝エキスパンダーとダンベルを使って体をきたえているんだよ、見てごらん、ホラ、ホラ。いきなりベッドからとびだしたかと思うと力道山みたいな格好をして力コブをつくってみせる。逆三角形になるからさわってみろというのである。いわれるままに寄っていってチョイとつまんでみたら逆三角形はマシュマロみたいにプワプワしていた。どうです、すごいでしょうというから、マシュマロみたいだと答えたら、マシュマロ、マシュマロ、つまらない人だなァとうめいてもとの毛布に頭からもぐりこんでしまった。朝から晩まで毎日毎日おなじものを食べているせいであろうか、私がブウと鳴らすと彼もブウと鳴らし、ひょいと顔をだして、いまのはフランス語では〝プリュイ〟というのでしょうか、〝ソン〟というのでしょうかと聞く。音響学的には前者でしょうが会計学的には後者でしょうと答える。毎夜毎夜おなじようなことになり、毎夜毎夜ニタニタと脂っぽい薄笑いをうかべて眠りこけ、あげく二人ともダルマさんみたいに太ってしまった。ヴヌコヴァ空港には氷雨がしとど降っていた。東ベルリンへ向かう飛行機のなかでは、肉体が精神を蝕んだのだといいかわしてイモ虫みたいにコロコロに太ったたがいの頬を嫌悪と憐れみと侮蔑をもって眺め、なにやら行方知れぬ疲労をおぼえて眠りこけた。

ガラス玉がころがる。

日本へ帰ってからたっぷり一年以上たったのだけれど、東京の町と勉強部屋のインキ瓶のなかをミジンコのようにちょこまかと跳ねまわる日がつづくばかりで、モスコーには何の返事も書かなかった。手紙そのものが紙屑籠と古本屋をひっくりかえしたみたいな勉強部屋のどこかへ逃げて姿を消してしまった。この原稿は記憶をたよりにして書いているのである。にぶい歯痛みたいに彼らの問いが頭にひっかかっているものだから、あらためて書いてみようかとのりだしてみたのだ。西欧文学ハ堕落シテオルカ。文学トハ何ゾヤ。文学ハ如何ニアルベキデアルカ。神田や築地の旅館を泊り歩きながらぶつぶつつぶやいてみたところ、これはついに言葉の遊びの一種にすぎないのではあるまいかという疑いと想像が空のどこからかおりてきて体のなかに入り、ドッカとあぐらをかいた。それきりサンショウウオみたいにどたりとよこたわったきり、小さな、鋭い目をパチクリさせて私を眺めている。その視線に追いたてられて、私はふとんのなかで思いを致すのである。これは言葉の呪文である。ひっかかってはいけない。一つのイメージに夢中になってインキと字を飛散させることにふけっているとき、おまえは文学トハ何ゾヤと自分に問うか。そのような問いは作家が作品を書きあげて、一つの自分を消費しつくした疲労のときにしか浮かんでこないものではないのか。炉のように熱い女友達の体のうえにいるときに人は人生トハ何ゾヤと、悪魔に出会うまえのファウスト大博士みたいな蒼ざめた吐息を自分に向かって吐きかけるものであろうか。そういうことをしてはいけない。そういう問いを発したくなったら町へでかけるか、居酒屋にもぐりこんで観察と蒙昧にふけるか、旅にでるべきかである。昼寝するのもよろしい。電話が鳴ってもとりあげるな。町をよこぎり、人を眺め、眠り、新しい音楽と水がわいてくるまでゆっくりと待つべきである。女友達についていえば、炉のように熱い体からおりたあとは、いっしょに裏町の安料理屋へいって何か精のつく、しつこくないものを食べるがよろしいのだ。別れたあとで勉強部屋へもどって、人生トハ何ゾヤ、一夫一婦制トハ何ゾヤなどと考えないのがいいのである。そういうときには言葉は肉から離れている。言葉は物であると同時に物の影でもある。疲れたときには青い澱みの底でついに言葉は影でしかないではないか。そして、言葉で人生を考えるとき、人生はついに空無でしかないではないか。夏の激痛が終わればリンゴの木は眠るのだ。必要なのは樹液のひそやかな旅である。樹皮を剝いで、維管束をメスで薄片にして、色素で染めて、死んだ一部分を顕微鏡で覗いたところで、たいくつで正確な知識の破片のほかに何が手に入るだろう。熱く楽しんだあとで冷たく批評して、明察を誇ったところで、それが何になるのだ。講座物の知識にはなにやら〝畳ノ上ノ水練〟みたいなところがあるのではないか。おまえはかねがね〝樽平〟のすみっこでギンナンの殻を割りながら気弱にそうつぶやいていたのではなかったか。そしてそのあとで眼をふとおとし、焼きたてのギンナンの実はヒスイそっくりだなァ、これだと一コ二〇万エンぐらいするだろうかと、ほれぼれ視線を吸いこませることに我を忘れるというぐあいではなかったか。それならそのことだけを書いていたらいいのではないか。いったいなんのために私はこの原稿を書いているのか。わけがわからなくなってきた。自分自身を発見するのには一生かかるという説があるけれど……。

原文を私は読んでいないのだけれど（おごそかな書きかたをしなさんな。読めもしないくせに）、かねてから（それは事実だ）、中野好夫氏訳の『ガリヴァ旅行記』を愛読してきた。行間に漂う吐く息、吸う息の気配から察するのに、これは明治以来の名訳文の筆頭の一つ（また、まちがった。筆の頭は一つしかないのだ）、最上の屈指のものの一つではあるまいかと考えてきた。現代文学が食傷気味になったので、ここ数年、遠い旅にでるときはきっと持っていくようにした。うまいぐあいに文庫本になってくれているので携行に便利である。一冊百三十エンである。ゆくさきざきで気ままに頁をひらいて読んでは爽やかな楽しみをあたえてもらった。この本には憤怒もあれば哀傷もある。理想もあれば虚無もある。政治、経済、哲学、戦争、詩美、心理分析、孤独、歓喜、なんでもある。大好きな雲古話もあって警抜な洞察が述べられてある。

「……いま一人の教授はまた、反政府陰謀検挙心得書という大きな書類を見せてくれた。彼は政治家諸氏に忠告しているのだ、すなわち怪しいと思える人間があれば、まずその食事を調査せよという、次には食事の時間、また彼らがどちら側を下にして寝るか、どちらの手で尻を拭くか、それからまた排泄物を厳重に検査する、そしてその色合、匂、味、濃度、消化の良否といったものから、彼らの思想計画を判断せよ、なんとなれば人間というものは、その上厠せる時ほど真剣に、いちずに物を考える時はないからだ、これは彼自身再三の実験によって発見したものであるという、すなわちそうした上厠時に、むろん、ほんの実験のためだが、どうすれば最も巧く国王弑逆が出来るかということを考えてみたところが、その糞便は常に緑色を帯びていた。」

こういう文章を読む楽しみというものは現代文学からすっかりなくなってしまった。こういう嘲罵の精神とイメージの飛躍ぶりというものは博物館の恐竜の骨みたいになってしまった。これにくらべると私たちの書いているものはつめたくて、おびえて、いじけて、みすぼらしくて、どうにもいけないものだという気持になってくる。私は松川事件のときに広津和郎氏の人格と話術の魅力にひかれてお尻にくっついて地方へ講演旅行に歩いていたのであったけれど、ある夜、宿で、被告の人の一人にこの挿話を話したところが、その人はすっかり感動してしまい、さっそく明日になったら本屋へ買いにいこうといった。そして私に向かって、ひそひそと、どうしてそういうふうなものを書いてくださらんのですかとたずねた。私はにわかに元気を失い、うなだれるほかなかった。広津さんが笑って、人間にはいろんな時期があるのだよ、といった。

ゆくさきざきで、あなたは何を愛読するかと聞かれるたびに、私はいきおいこんで『ガリヴァ旅行記』だと答えた。プラーハのイェリネク青年はバンタム・ブックスでフォークナーの『野性の棕梠』を読みふけっていたが、私の答えを聞くと、イギリス種の若い細君と二人して吹きだし、たのしそうに、古すぎますといった。ワルシャワのメラノヴィッチ青年は慎重におだやかに笑っただけであった。そして『マルテの手記』がいいという。『マルテの手記』もいいが『ガリヴァ旅行記』もいいのだと私は主張したが、メラノヴィッチ青年はそれからあとにリルケについて述べた私の感想を聞いただけで、スウィフトについてはだまっていた。パリで『フランス・オプセルヴァトゥール』の少女記者に会い、やっぱり同じことを聞かれたので、おなじことを答えると、彼女は肩をひょいとすくめたきりで、オ・ラ・ラともいわなかった。ただし『ガリヴァ旅行記』もいいのは第三部と第四部だよと訂正を申し入れたのだが、やっぱりきょとんとしていて、こごえたウサギみたいな顔で〝ドゥ・マゴ〟のコーヒーをまずそうにすするきりであった。絶望的に無学鈍感である。いいや、いずれ結婚したら亭主にひっぱたかれるのであろう、お気の毒にと思った。

まだ文学に迷うことの少ないこういう少年少女を相手に張りきったところでどうしようもないのだろうけれど、おそらく大人も似たり寄ったりの反応を示すだけではないだろうかと思う。文学の世界にはどこの国へいっても〝流行〟を追う心理がある。そしてここにも、一種の進化論の妄信がある。もとへもどれないという気持である。『ガリヴァ旅行記』にうたれるのも『ゴドーを待ちながら』をよろこぶのも、本来はおなじことであるはずのものなのに、『ゴドーを待ちながら』の名をあげるほうが教養があると思われるだろうと思う心理である。本能をおさえるこういう気取りやぎこちなさがずいぶん作家や読者の皮膚を象皮病にしているのではあるまいかと私は想像する。そして、もしモームやジョイスやオーウェルやグリーンやヘンリー・ミラーなどもつよくスウィフトの影響をうけているのではないかといったら、彼ら、彼女らの眼のいろはたちまち変わってくるのではあるまいかとも想像するのである。

（私自身はベケットやヨネスコをそれほどおもしろいとは思わない。彼らの作品は暗いユーモアと機知でつくられているけれど、とどのつまりはジョイスとカフカの脛をかじっているのだと思ってしまう。）

イワンの手紙の文章は注意深く練られてあったと思う。社会主義圏の文学界が〝西欧の堕落〟を非難するときの声にこれまでしばしばありがちであった教条主義的挑戦の粗い臭みは感じられなかった。むしろ感じられたのは昔ながらの〝ロシア人〟であった。きまじめで、熱くて、道徳的羞恥心にあふれたロシア人がアンチ・ロマンの小説群やヨネスコの芝居などを読んですっかり頭をかかえこんでしまったらしい率直さがでていると読んだほうが正しいのだと思って私は読んだ。

少なくとも第一次大戦後の多彩な精力と原理と情熱の噴出ぶりにくらべて第二次大戦後の西欧文学はひどく受胎力や勃起力を失ったように見うけられる。バスに乗り遅れてはいけないと思って私はつぎからつぎへ輸入、翻訳される作品をノミとりまなこで読んできたけれど、感想を野蛮に短くつづめてみると、おもしろくないのである。新しい試みだと思わせられるものがあって読みにかかっても、すぐに、ああ、これはいつかどこかで読んだと思ってしまうのである。新しい本を寝床に持ちこんで第一頁を開くときのたのしさ、未知数性だとか、迫力だとか、謎だとか、冒険、鮮烈、新しい開花、とつぜん活字の群れのなかに白い窓がひらいて風が吹きこんでくるような感触、あるいはキラキラ輝やく暗い淵をいきなり覗きこませられるような不安などをおぼえることがほとんどなくなった。本の腰や最終頁の解説文にはおごそかな主張や神話的託宣があふれているけれど、作品そのものは退屈でならない。隙間風がいたるところから入ってきて心を冷《さ》ましてしまう。〝西〟はいつも〝東〟で生みだされる作品のなかにある感情生活のぎこちなさや不自然さを官僚的国家統制、一党独裁、教条的画一主義の名で非難してきた。事実、これまで、非難されてもしかたないような迎合主義のパンフレット、〝美しい感情で書かれたまずい作品〟が乱造された。ポーランド人が〝煉瓦文学〟と呼んでいるものである。ところが、いっぽう自由であるはずの〝西〟の感情生活も〝絶望〟の画一主義におちこんでこわばっているではないか。三行読めば終りがわかってしまうような作品ばかりではないか。ネオンの荒野がひろがっている。作家たちはあちらこちらで深夜の町角の自動車の急ブレーキのような叫びをたてている。そのいくつかがときどき強弱、鋭鈍の差をもって私を瞬間、瞬間、魅してくれる。けれどたちまち私の体のなかで色褪せ、乾き、砕けて散ってしまう。未知の旅人の呼びかけではない。分析精神でへとへとにくたびれた喘ぎのしゃがれ声である。なじみ深い、親密なものではある。けれど、しばしば、あまりに知られつくした、たいくつなものでもある。

幾人かの批評家が幾つかの現代西欧文学についての鳥瞰図的な本を書いた。同時代に生きる同伴者としての共感や不満が精緻に述べられている。けれど、どの本にも、たとえばバンジャマン・クレミュの『不安と再建』を活気づけていたような多彩さと爆発力の魅力がいちじるしく欠けている。作家たちが蒼ざめて乾いているのだからそのような展望は書きようにも書きようがないのだろう。第一次大戦後の作家たちは喘ぐ前代の道徳と感性に止めの一撃を加えることに全精力を傾注した。けれど、第二次大戦後の作家たちは反抗らしい反抗の対象をどこにも発見できないと感じあっているかのようである。破壊さるべきものはことごとく破壊されたと感じあっているかのようである。大胆で精力的な実験家であった諸先輩が反抗と破壊の思いつくかぎりの原理と情熱を言葉に変えてしまい、ローラーにかけてしまったのだと感じあっているかのようである。そして、ナチスが通過し、スターリンが通過し、マッカーシーが通過し、水素爆弾の影が町と部屋と人を浸した。生活は各国とも史上空前の繁栄にあるが、作家たちは輝やけば輝やくほどいよいよ闇だと感じあっている。こわばった、果てしない独白だけがのこされている。アンチ・ロマン派の諸師の執拗でたいくつな反撃ぶりも、諸原理はすでに『ユリシーズ』や『嘔吐』や『審判』などで絶頂の開花を見てしまったものである。幾つもの円は閉じて完成されてしまったのである。すべての作家の創作衝動の本質ではないかと思われる反逆精神、無政府主義が、いまは情熱の足がかりをかろうじて硬直性精神錯乱の狭い発作のなかに見いだしているだけのようである。彼らは〝個性〟と〝独自性〟の叫びごえに追われて井戸の底にたどりついた。タマネギの皮をむいたのはよかった。けれどむいてしまったらなにものこらなかったのだ。心理分析主義のために手も足もでなくなり、寝台に縛りつけられて、ぴくぴくとふるえるばかりになってしまったのだ。カフカがカブト虫の話を書いたので、もう、おれはウジ虫のお化けだぞと声高に叫ぶこともはばかられる。不自由を感じてはじめて自由が感じられるのに〝絶対的自由〟の仮説を追究することに没頭したところ、こんなことになってしまったのではないだろうか。政治からの自由、権力からの自由、道徳からの自由、外界からの自由、自意識からの自由、〝絶対的自由〟の幻影が彼らを断片の荒野に誘いこんでしまった。その結果、諸師は不自由を感ずることができなくなってしまってひどく不自由になった。真空管のなかをフワフワ漂流している。〝純粋〟を追究したテスト氏があげくの果ては黙りこむよりほかなくなった先例があるというのにこれはどうしたことだろう。黙るよりほかないのなら黙っていたらいいのに黙っていられないという。黙るよりほかないといって黙らない。このあたりが人生混沌の秘密というものではないだろうか。どれほど明晰さを追究する精神も、それ自体を明晰に説きあかすことはできないのである。ついに測定不可能である。理性もまた狂奔する一種の情熱である。そのしたたかな、みごとな例を『ガリヴァ旅行記』に見た。ところが私たちは理性を時計屋の職人の手のうごきのようなものと見なす深いあやまちと傲慢を犯してしまった。西欧の作家たちも同罪のようである。暗い、はげしい、分割不可能な、情熱としての理性を回復する手だてはないものか。

ガラス玉がまわる。

何年も以前のことである。私はやみくもな人間嫌いと否定の衝動にとりつかれていた。フケにまみれ、やせて、ささくれだった眼つきでキョロキョロいらいらしながら暮らしていた。大阪の南の郊外の薄暗い、小さな百姓家で女房と二人でブタのしっぽを食べていた。ウシのしっぽは高級料理店へいくがブタのしっぽに目をつけるものはいないので、肉屋が一本一〇エンで売ってくれた。どうして食べまんのやといって買いにいくたびに肉屋が不思議がっていた。うっかり教えたら流行って値上がりしていけないだろうと考えたので料理法はとうとう教えてやらなかった。けれど、簡単なことなのだ。火であぶって粗毛をこそぎおとし、ブツ切りにして、コンブ、しょう油、匂い消しのゴボウなどといっしょくたに煮るだけのことである。これがなかなかバカにならないもので、皮、脂肪、赤身、骨、骨髄といったぐあいに一式そなわっていて、かじっているとチャイナ・マーブルをしゃぶるようにつぎつぎと楽しめる。どんなにおちぶれて錯乱していてもやせ我慢の虚栄だけはのこったらしく、このごった煮のことを《ポ・ト・フ・オ・コション》と呼んだ。

人間と人間がつくりだすすべてのものと自分が、私はいやでいやでならなかった。議論もいやなら握手もいや、日本もいや、ヨーロッパもいや、アメリカもいや、新聞もいや、ラジオもいや、無政府主義も共産主義も資本主義もいやだった。老熟もいやなら青春もいやだった。苦しめるやつもいやだし、苦しめられるやつもいやだった。なによりも自分がいやでいやでならなかった。人間というものをどうつかまえたらいいのか、まったく見当がつかなかった。だいたいこの世の最初の基礎である言葉というものが砂をにぎるみたいにもろくて、あっけなくて、たよりなくて、どうにもたれかかったり足場にしたりすることができないのである。木なら木、石なら石という言葉も、それだけをとりだしてじっと眺めていると、ものの一〇分もたたないうちにゆるんで、ほどけて、ぼやけてしまう、なぜその線の組みあわせを木といい石というのかがわからなくなってくるのである。眺めるのをやめてつぶやいてみると解体はもっと速い。キ、キ、キ、キ、キ、キ、キ。イシ、イシ、イシ、イシ、イシ。一〇ぺんもやってごらんよ。五分とたたないうちに膜がやぶれて意味と像の細胞液が流れでてしまうではないか。五分間の凝視にも耐えられないものがこの世界のすべてをつくっているのかと思うと、破れ畳にどたりとたおれて昼寝するよりほかなかった。

私は蒼ざめたウマで、大学生であった。籍だけは法科学生ということになっていた。けれど、学校には試験のときだけしか顔をださなかった。そうしないことには毎月もらう育英資金の二千百エンがもらえないからである。夕方になると百姓家から這いだして町へでかけ、ビルの地下にある英語会話学校で英語を教え、お金をもらった。ここには滞米生活二〇年というおじいさんがいて、壮烈なヤンキーなまり、“I write a letter”を〃アイ・ライラレラー〃と生徒に教え、合唱させていた。それを私は一時間前にいって粗茶を飲みつつ壁ごしにしかと聞いておき、自分の時間にそっくりそのままくりかえすのである。パンパンさんやら会社員やら中学生やら進駐軍用員のおじさんやらがいっせいに声をはりあげて、壁も砕けよとばかりに〃アイ・ライラレラー！　アイ・ライラレラー！　アイ・ライラレラー！……〃と叫ぶのを聞いていると、汗たらたら、体のちぢむ思いがして、いっそう私の焦燥は高進し、言語不信症も拍車をかけるようであった。けれどそれも苦しかったのははじめのうちだけで、そのうちには図々しくなって、おれみたいな青小僧に英語はともかくとして〃英会話〃ができるなどと思いこむほうがどうかしているのだ、職に貴賤はないというではないか、詐欺だというのならさっさと首にしてくれ、と開きなおる覚悟をつけた。この仕事にかぎらず、よろず私はそのようにしてちょこまかと眼を血走らせてどうにかこうにか食いつないで今日にいたった。ウソつきです。用心してください。

ほかに私は誰ともまじわらなかった。へとへとに疲れて、誰と言葉をかわす元気もなかった。谷沢永一とだけつきあった。彼は私が書庫へ気ままに出入りして本を持ちだす自由をあたえてくれた。けれどその彼もやがて狂いはじめて、言葉は猥雑であると似たようなことをいいだし、厭人症におちこんだ。とつぜん私に絶交をいいわたしたり、とつぜんそれをといたりした。けれど書庫に出入りすることだけは絶交中にもみとめてくれたので、蒼ざめてそっぽ向いてぶるぶるふるえている彼の机のよこを私はぬき足さし足で歩いて本をかつぎださねばならなくなった。不寛容が不寛容を不寛容したのだろうとあとで考えた。私は暗い百姓家に寝ころがって本に埋もれ、紙魚のようになって暮らした。文章の途中でたちどまって字を眺めるのが危険なので、意味や像がイワナのように奔流のなかで閃いているときにその姿を見とどけてしまわねばならないと思い、パッパッ、パッパッと、頁を繰った。めちゃくちゃな読書法で、あとにはもうもうと埃りのたつような疲労しかのこらなかったのだけれど、そうやって書毒を高めることで逆に自分を砕いて書毒を散らしてしまうしか手がなかった。熱くただれてくると梶井基次郎と中島敦と金子光晴をくりかえし読んで水をしみこませてもらった。チェホフにも撫でてもらったが、しばしば息がつまりそうでもあった。『嘔吐』は私を魅了すると同時に砕きもした。

画家か音楽家になりたいと私は思った。色や音には意味の泥川の向う岸にある瞬間の、不動の、不銹の純粋さがあるように私には感じられたのである。文字はどうにもあいまいで、やくざで、舌足らずで猥雑なように思えてならなかった。文学作品というものは梶井基次郎のような奇蹟的な皮膚の持主をのぞけば、たいていは作者のいい気な独断と判断停止の破片のおびただしい堆積であるかと思えることがしばしばであった。私は青い澱みのなかを漂った。町はいつも薄暗いどこかの川底のように見え、人の群れは軟体動物の群れのように見えた。すべて言葉というものは、なにか薄明の領域の境界線にたつおぼろげな、あぶなっかしい道標にしかすぎないような気がしてならなかった。ぬかるみのような意味の世界に浮き沈みする石の群れだと思えてならなかった。奇怪な朝鮮戦争がすでにはじまっていて、それとともに焼跡が消え、日本はまたしても他人の血を吸って太ったらしかった。人びとの書く文章が変わった。冒険よりも洗練をつとめ、たたかうまえに妥協を考え、外へ向かうよりは内へ向かうようになった。発作より深呼吸が尊重されるようになった。原理より応用がもてはやされるようになった。私はといえば皮膚の内側にうずくまって厭人症と人格喪失症におちこみ、夕方ともなれば原因不明の焦燥と憎悪をこらえながら町へでかけて〝アイ・ライラレラー〟、〝アイ・ライラレラー〟と叫んだ。製薬会社の社長のところへ英語を教えにいくと、おっさんは自動車のなかで私をつかまえて、〝可愛いお手《て》てや。わしが父親《てておや》代りになったげまひょか〟といって、グニャリ、そろそろと握りにかかるのであった。

ガラス玉がまわる。

やがて、言葉や文字のまわりにいつ頃からか新しい膜ができるようになった。意味や影像の細胞液が草の葉一枚のそよぎぐらいの刺激でたちまち流出するというようなことが次第に少なくなった。ようやく言葉は物であると同時に影でもあるらしいというふうに私は感ずることができるようになった。知恵がつき、にぶくなり、私は疲れてしまい、途中からひきかえしたのだろうと思う。画家にもなれなかったし、音楽家にもなれなかったし、精神病院に入るということもしなかった。いろいろなヤスリにかけられたが、いくらか、なにかが削りのこされたのだと思う。ひっきりなしにブタのしっぽを食べてすべてのものからの孤立を計ったけれど、一年半か二年ぐらいでつづかなくなってしまった。それ以上持ちこたえられなかったのだ。妻や赤ン坊を餓死させる勇気が私にはなかったし、自殺する勇気もなかった。発狂して此岸の意識が消えれば自殺とおなじことになるかと思ったが、白昼や夜なかにどんなにはげしい滅形が心のなかに起こっても、数時間たって眼がさめたら私は狂ってもいず、カブト虫にもなっていず、しらじらしく、度しがたく百姓家の天井のしたにころがっているのだった。そして起きあがると台所へいって重いおでこを洗い、歯を磨き、オヘソのあたりをポリポリと搔き、搔きながら思案に暮れ、思案に暮れながらコッペパンを水といっしょにもくもくとしがむのである。涙の塩して、などという味ではなかった。消しゴムのかたまりを綿埃りといっしょに嚙むような気がした。嚙みながら単純な言葉をくりかえした。おれは死にたくないらしい。どうやら生きたがっているらしい。お金がほしい。働かなければいけない。猥雑なる人間どもとまじわって頭を使い、口をきかなければならない。おっくうな気持でたちあがり、家をでて、のろのろと影をひきずりながら町へでかけた。英語〝会話〟を教え、教室をまちがって入ってきたスチュワデスのお嬢さんに発音のでたらめをキッとした目で問いつめられてうろたえた。心斎橋の洋裁店のマダムに〝ヴォーグ〟を翻訳してお金をもらい、その訳文はといえば自分で書きながら自分で読んでもさっぱり一行もわからないという種類のもの。洋書店に勤めてタイプライターをたたき、米軍基地に売りこむ香港製かシカゴ製かの春本を読んでニヤニヤした。流行歌をそのまま心の底から共感して引写しにしたパンパンさんの手紙を訳して朝鮮の米兵のところへ送ってやり、お礼はお金がないので郵便切手でもらった。洋酒会社の宣伝部に入ってトリス飲め、飲めと書きちらし、やけくそで書いたつもりが大当りしてハイボール・バーが流行りだしたのでおどろき、地方の酒屋を訪ね歩いて店さきの写真をとってPR誌にのせ、二年かかって札幌から鹿児島まで歩いた。佐世保の木賃宿ではアメリカ水兵が柔道をとるみたいにして日本娼婦とたわむれて声高らかに〝オーワッタ、オーワッタ〟と叫びたてるものだからカッとなってふとんから顔だして〝サノバビッチ〟（淫売の小悴め）といってやったらぎらりと凄い目玉でにらみかえされ、あわてて首をすっこめてくちびるを嚙む。四国の山のなかで野猿の絶叫を聞く。松江の酒屋で玉露をたてつづけに五杯飲んで中学生がはじめてタバコ吸ったみたいに冷汗をかく。目が見えなくなって駅のベンチで寝る。東北旅行中には駅ごとにおりて便所にかけこみ、落書の語尾変化は峠や川をこえるたびに起こるものだと知る。薩摩治郎八に会って数十億エンを一生かかってパリでだだら遊びに費消したという実談を聞いてなにやら爽快をおぼえる。労働組合の執行委員になって働いたところ、すばらしい労働協約ができたので悦に入ったが、家へ帰ってふとんのなかでゆっくり考えてみたらきわめて実効が薄いらしいとわかってげっそりする。朔太郎の詩の一節を広告文に無断借用改変して使い、訴えられてあぶら汗を流す。これを飲んだら六十歳になっても週に三回は雲雨の契りができるのだと矢野目源一に教えられてジンにイカリ草を浸して飲んだところがヤニッこい御叱呼がほとばしっただけであった。精神薄弱の気味があるのではないかと思えるフシのあるバーテンダーが屋台のバーをひらき、飲みにきてくれというので飲みにいったところがヘラヘラ笑って金をうけとろうとせず、薄気味わるく感じたけれど柳原良平と二人して毎日かよったらとうとうつぶれてしまった……。

いまに言葉が砕けるか、いまに文字がほどけてしまうかとひやひやしながら私は書いたり、しゃべったりし、寒がったり暑がったりした。他人のためにうごいたり、自分のためにうごいたり、そのときどきの刺激によってアメーバかクラゲのように反応して暮らした。矛盾。混濁。でたらめ。気まぐれ。他人も、自分も。けれどよくよく眺めればみんなの眼は血走り、夢中になって知恵、工夫を切りきざみ、編みかさねて、暮らしているのだった。かつて追い求めたようなものは地上にはないのではないかとおぼろげに私は想像するようになった。ぬかるみにおちた一滴の油みたいなものではあるまいか。射しこむ夕陽をうけて右へ一歩寄って眺めれば宝石のように輝やき、左へ一歩寄って眺めれば廃物の汚点《しみ》となる。人はたえまなく変化し、私もたえまなく変わる。うごかず、銹びず、腐らないというものはない。どうやらこうやら私はそう感ずることができるようになり、〝人間〟の領域へもぐりこめるようになった。そして、言葉についていえば、もう私はステンレスの球にさわるような不動の純粋さを求めることを断念し、もろい膜のなかにこめられた、あいまいきわまる〝意味〟というものをなつかしみ、うけ入れるようになった。私の内部の暗い部分でしきりにうごめくものがあるのだけれど、それを皮膚の外へだすのは、私の場合、色でもなければ音でもなかった。使える道具は言葉しかなかった。たしかに文字は紙に書きつけた瞬間に他者との関係をつくってしまうものである。すべてのものからの孤立をどれほど私がめざそうとしても、文字を書きつける瞬間に私はどこにいるのか、誰ともわからない、名も経歴も知れない人に自分を訴え、つなげてしまうこととなるのである。その人はやっぱり私とおなじように寒がったり暑がったりしつつ、タイム・レコーダーのひびきに一瞬、一瞬年をとるような気持を味わい、上役におびえ、居酒屋でいばり、二日酔いでしょげこみ、満員電車で肋骨をきたえている。そして、アメーバのようにもぞもぞうごいて変化をつづけ、朝黒だといったものを夜には白だといい、昨日上だといったものを今日は下だといいして暮らしている。

うごく私はうごくこの人をとらえることができない。この人はいつも煙霧のなかにかすんでいる。けれど、私は、いつ頃からともなく、なんら確たる証拠もなく、〝論理〟もなしに、文字を書きつけた瞬間に私はこの人といやおうなしにつながってしまうのだと感ずるようになった。そう感じてもあいかわらず私は言葉を心細く思い、しばしば滅形を起こして断念し、こわばり、乾いた砂をかむような蝕感を味わうのだけれど、以前、矢も楯もたまらずに人と言葉を拒んだようには拒まなくなった。きっとそれは一種の疲労であり、堕落であるのだろう。精神病院へゆく道の途中からひきかえしたのだ。私は卑怯であった。現世で味わう衝動の原形の完璧な本質はほかのどの媒体によっても伝えることができないはずのものである。紙に文字を書きつらね、書きかさねはじめた私は何事かを断念しているのである。ずるくなり、工夫することをおぼえ、芸をめざし、効果を計算するようになったのである。たしかにそれは一つの悪であった。私の内にうごめくものの手ざわりからするとそう感じられるのである。けれど私はそれを必要悪だとも感じるようになったのである。きっとこの断念が私にあっては文学のそもそもの母胎となるものではあるまいか。

ガラス玉がもう一回転する。

文学作品は個人が発作にそそのかされてつくりだすものである。空や町や路上で作家はイメージに不意打ちされ、とつぜん胎動を感じてあたふたと家へもどり、狭い、とり散らかった勉強部屋の小さな灯のしたに白紙をひろげる。チェホフが〝尊敬すべき不眠症〟と呼んだ仕事にとりかかる。白昼の無慈悲な光線や、編集者からの電話や、〆切日や、たえず自分がなにかまちがいを犯しつつあるのではないかという反省や、どの木を何本切りだしてよいのかさっぱりわからない単語の密林などと格闘したあげく、インキのとばっちりだらけ、誤字脱字だらけの金釘をのたくった原稿用紙の堆積ができる。嫌悪やさめやすい泥酔の視線を彼はふくれて薄くなった眼窩の奥から堆積の上にそそぐ。それは、ときには白鳥をかえそうと思ってアヒルをかえしてしまった白鳥の目であり、ときには（一生に何度もないことだけれど……）アヒルをかえそうとして白鳥をかえしてしまったアヒルの目である。

発作がいつ起こるかわからないという点でこれは個人的な、あまりに個人的な仕事である。いつもそれは一種の突発現象である。テレくささをムズとおさえて大きな言葉を使えば、一種の、〝奇蹟〟なのである。そうだとしてみると、かりに現代の〝文学の衰弱〟や〝小説の危機〟というようなことを、時代のガン種を一つ一つとりあげることで説明し、一般化してゆくことは、どこか鉄製の歯と肛門を持った歴史学者の手つきに似てきはしまいか。あの人たちはすべてを説明しつくさずにいられない。鉄製の〝必然性〟の歯で本や資料や記録を果てしない貪欲さで食いかじり、呑みこむ。そしてすべてを説明しつくして粉々の〃必然性〃の雲古をだす。それがまたとてもおごそかな雲古なので、私は一舐めしただけでかなわないという気持になってしまうのである。偶然性の酔っぱらったお化けみたいな文学の現象を時代の必然性で説明してみても果たしてどれだけの効果があるのか私にはよくわからない。だから、日頃、マスコミが作家を酷使するからやたらに日なたのラムネみたいな作品しか生まれないのだという意見を聞かされたり、読まされたりしてみても、たしかにそういうことはあちらこちらでゴマンと見うけられる事実ではあるけれど、しかしそれはとどのつまり作家の〃覚悟〃一つでどうにでもなることではないかと私は思ってしまうのである。そういう人たちは、明日の朝日がさめて既成作家なり無名作家なりがひょいと傑作を書いているのを発見したら、たちまちその作品を読みあさって、感動してから、すぐさま必然性の歯でガップリと食いついて、これは書かれるべくして書かれた作品だといいだすのではないだろうか。つい昨夜まではどう考えたところで傑作の生まれようはずのない時代だということを口を酸っぱくして説いていたのに。

文学で困るのは偶然性と例外が多すぎるということである。よい時代によい作品が生まれるとはかならずしもいえないし、わるい時代にわるい作品が生まれるということもいえない。作家がよい生活をしてもわるい作品が生まれるし、同時によい作品も生まれる。わるい生活をしてもよい作品が生まれることもあれば、わるい作品しか生まれないことである。（何がよい時代で、何がわるい時代で、どういうのが作家のよい生活で、わるい生活なのか。これを論じだすとまたしても果てしないことになる。論ずることに意味がないとは思わないけれど、わるいことは、論じているうちにインキとツバがとびすぎてかんじんの作品そのものがどこかへいってしまうことである。感動もどこかへいってしまう。こればかりはどう考えても、わるいことである。）そしてまた厄介なことには、一つの時代に愛読されて傑作だったものが後代になってもやっぱり傑作で愛読されつづけている例があるかと思うと、その逆の例もまたしばしばありすぎる。逆の逆の例もあるかもしれない。その時代の人びとを異様にゆすぶった作品でも百年たったら紙屑同然になってしまう場合があるだろう。果たしてこの作品に価値があるのか、ないのか。誰も断言することができない。時間のヤスリに耐えぬいて生きのびた作品だけが真の傑作なのだという考えかたも考えてみればいいかげんなところがある。〝古今の傑作〟、〝永遠の生命〟と銘うたれながら書斎や応接室のすみっこで古壺のよこで埃りをかぶっているだけの書物がどれくらい地球を重くしていることか。世界文学全集が出版されるたびにホメロスは第一巻となるが、あの長詩をさいごまで読みとおした人が明治以来の日本に何人いるのだろうか。かかる埃りっぽい猥雑さも光輝にみちた永遠性も、すべてをカイコが桑の葉ッパを食いつくすように説明しつくさずにいられよかと、私は薄暗い大阪南郊のクロワッセにたてこもってブタのしっぽかじりかじり借りてきた本をかたっぱしから読んでみたことは読んでみたのだが、とどのつまりワカラナイ、ワカラナイとつぶやくか、退屈して眠りこけてしまうかの、どちらかであった。

唯物史観による解析は伊藤整氏が飴色ぶちの眼鏡の奥で鋭い眼を光らせつつ書いた『小説の方法』という名著のなかで援用しているように作品成立の背景を説明するにはこれ以上有効な武器はないのだけれど、かんじんの作家の心の核質部の秘密にまで肉迫することはできないのである。エルミーロフがどれくらいアントン・パヴロヴィッチ・チェホフの借金状を調べてみても、なぜチェホフの時代にチェホフが生まれたのかということは説明しつくせない。たしかに唯物史観は強力な武器であって、いいところまで肉迫するのである。読んでいると五体ばらばらにされるような恐ろしさをおぼえることがある。けれど、最後の最後、ドンづまり、そして作家にとっては最初の出発点、複合体としての暗い情熱、ここの部分はどう手さぐりのしようもないのである。〝生命の飛躍〟とでも呼ぶよりしかたなくなってくる。これを強行突破しようとすると唯物史観は紙芝居じみた強弁や、我田引水や、こじつけとなってしまう。そして、まさにこの地点にきて、それまでは感嘆しつづけるだけであった私はホッと息をついて、なにやら、助カッタ!……というような気持になって眠りこけるのであった。枕のうえにひろがるそのときのかすかな微笑は、下手な将棋をさしておしにおされていた男がとつぜん眼をひらいたら一個所にまぐれで活路がひらかれているのがわかったときに思わず洩らす微笑のようなものであった。針にひっかかってピンピンもがいていたハゼが釣師の手もと一センチのところまでひきよせられた瞬間にパット体をひるがえして逃げた、というようなところでもあった。

伊藤整氏の洞察にまったく私は賛成する。文学作品を生みだす原衝動は生命力である。薄明のうちにある、不定形な、しばしば道徳的価値の彼岸にある、こわばった秩序の圧力に反抗する生命力である。かつてファシストたちも似たような定義をくだし、〝生命〟を賛美する、あらゆる美辞に神秘的なロマンティシズムの香油をふりかけた。けれど彼らはつねに絶対権力に擁護されていた。この点で彼らの主張し賛美した内面下降や外界への鮮烈な奔走の根本的な矛盾をはらんでいた。すべての上質な作品を特徴づけている無政府主義の爽快な自由の感覚からはるかに彼らは遠かった。（ドリュ・ラ・ロシエルは孤独の極にナチズムへ跳躍したが、〝新秩序〟が敗れると自殺した。日本の文学者で戦後に自殺した人はファシストでなかった人たちばかりだった。日本の〝新秩序〟の参加者たちはいよいよ栄養豊かになり、オットセイのような首をして書きまくっている。パルプ小説を乱造しながら内面凝視をおごそかな口ぶりで若い娘たちに説いている。これまた生命力である。〝責任〟などというもので分断されることのない、永遠なる生命の川であるか。）

作品を書くということはたえまなく解体しつつたえまなく総合してゆく作業だと思う。

文字を白紙に書きつけること自体がそうなのだ。私の皮膚の内側の薄明のなかで遠く近く、大きく小さく、佇んだり、走ったり、ゆれたりしている、さまざまな人や物の像を再現しようとして私はあたふたと言葉をまさぐるのだけれど、その瞬間、瞬間に、解体と総合が起こっている。体内に侵入し、発生した第一の現実と、言葉に変えられた第二の現実と、二つの現実の境界は、沼沢地を漂う川のようにはっきりしていない。おなじ瞬間に物でもあればその影でもある、両義性の怪物のような言葉というものにたよってまさぐろうとするからである。ところが、ここに、心理分析主義というものがある。東西の現代文学から血と力を去勢しているガンはこれである。血と力をぬきとるだけではない。文学作品の第一の価値であり、解放を求める生命力のもっとも具体的な表現であるユーモア、批評精神のもっとも鋭敏な直覚力の表現である笑いというものをもこの思考法はぬきとってしまう。およそこれくらいたいくつな、おごそかな、陰険でけちくさく、卑屈な思考方法があるだろうかと思うほどである。この老いた風邪ひきの金利生活者的思考方法が姿をあらわすと、あらゆる生気あるものがうなだれて蒼ざめてしまう。先生の通ったあとには草も木ものこらないのである。ひとたび先生が生の草原のかなたにひょろりと姿をあらわすやいなや、たちまちあたりは青い廃墟となる。女の体は冷めるし、男の背骨は曲がるし、批評精神は長屋の金棒引きの婆ァさんの繰りごととなり、幼稚園の子供が停年退職者みたいな口のききかたをはじめる。熱いものには水をぶっかけ、かたまっているものを粉々に砕き、早朝の十八歳の少年を不能者にし、風をとめ、すべてのものにカビを生やす。じめじめ、クドクド。しかも先生はそれで満足しているかというと、あべこべで、自分の手のふれるものがことごとく灰や鉛や二日酔いになってしまうのを見て、つまらない、つまらないとつぶやいているのである。タマネギの皮を剝《む》いてはなにもない、なにもないと顔蒼ざめてつぶやいているのである。それでいて新しいタマネギを見つけたらまたぞろ寄っていって剝かずにはいられないのである。シチュウ鍋にほうりこむことはおろか、塩をふりかけて生でパリパリやったらどんなにうまいだろうという想像力すら働かないのだ。いまや先生は文学、哲学、社会学、出版社、新聞社、官庁、大学、人生相談、セックス相談、株式相談ありとあらゆるところに出入りして、その一見、経験豊かなるがごときしかめつらのせいで大いに尊敬され、崇拝されている。仮説である身分を忘れて実説であるかのごとくにふるまい、垂れる託宣と洞察は口ぶりのいかめしさにも似ずいっこうアタるところがないのに利口ぶった蒙昧の弟子たちを無数につくりだして、大がかりな生きるよろこびの破壊に力をつくしている。

こんないやらしい、腐ったお酢を使って自分を表現し、解放することだけは、できることなら避けたいものだと思う。何か別の発想法はないものかと思う。この方法はもう感情を時計の歯車を分解するように分解し、人間を瞬間の詩のニカワでくっつけた無数の断片の積木細工としてしか意識できなくなっている。繰りかえされすぎたために硬化した。おなじ眼鏡をとおして物を眺めているうちに物がおなじようにしか見えなくなるばかりか、眼の機能が薄れて、眼鏡そのものが物が眺めるという習性が生まれた。作家は自分のつくった火で自分を焼いてしまった。手法にがんじがらめにされ、作家は手法に左右され支配されるようになったのである。第一の現実との生の現場での格闘はよこへおしやられ、自分を束縛する手法との格闘だけが創作の情熱の対象になるという奇妙な関係が発生しているのではなかろうか。モスコーの手紙が〝無道徳化〟と呼ぶ現象がそこから起こってきている。心理分析主義は私に都会のアパートメントハウスを感じさせる。ネオンの荒野に巨大なコンクリートの箱がころがっている。街燈がたち、庭がある。青白い光の輪のなかをくぐりぬけ、庭をよこぎり、建物のなかへ入る。暗い階段を一段一段あがってゆき、踊り場で一息ついては踵を回転させ、廊下へでる。鉄扉の番号をかぞえて廊下を歩いてゆく。めざす部屋にたどりつく。ノックする。ノブをひねる。靴をぬぐ。靴箱。台所。便所。風呂場。カーテンや襖で仕切られた二つか三つの小さな部屋。これらのすべての手続きが心理分析主義の意識するものである。カタツムリの殻のなかを這うように奥へ、奥へともぐってゆく。はじめのうちはそれがエゴイズムや権力欲や偽善や肉欲や虚無など、人間の暗部にある諸感情のバネにたどりつく、もっとも有効的確な手法だった。けれど、いまや、おびただしい数の作家たちは、〝破壊〟という言葉で呼べるようなものを作品のなかへ持ちこむことを断念しているかのように見える。コンクリートの小さな箱の奥にあるものが何であるか、鼻につくほど知りつくしてしまったように感じている。いまさら何を声高に主張することがあるだろうかと感じている。畜群化した膨大な数の振り子のようなサラリーマンの生活に何があるだろうかと感じている。〝人物がいない〟という感想。〝類型人〟、〝他人志向〟の標語。テレビの足のあいだを走りまわるアブラ虫や、事務所の紙屑籠のあいだを走りまわる、夜だけの小心な反逆者、ネズミ……そうしたイメージだけが固定化した手法の顕微鏡のしたに展開し、情熱なく乱舞し、詩というよりは死臭をふりまいている。死臭などというものですらない。乾いた精液の粉のようなものがふりまかれているだけである。固定化した手法で陣取りされた。きまりきった、行方の知れない感情生活。活字の便利大工。三文判を彫るようにペシミズムを乱造する人びと。特価大安売りのペシミズム。御報参上月八百枚。

　ここでもう一度、新しい文学は新しい手法で新しく生命力をつかみとることでつねに蘇生してきたのだという原則の〝覚悟〟にたちもどらねばなるまいと思う。現代文学の圧倒的主流である心理分析主義（私小説をも含めて）は、それ自身の進行において、長い長い複雑多様な文学の歴史と経験のなかでは現在盲信されているほどに〝内面下降〟は唯一至上の主題ではなく、かりに百歩譲ってそうであるとしても、すでに目的を果たすには手段がはなはだしく動脈硬化を起こしてしまったことを告げているような気がする。一つの楽器による単独演奏だけが音楽ではない。鑿だけが造型の道具ではない。もっともっと多くの楽器や道具があることを私は思いだすべきだ。それらの使用法を習得すべきだ。どんな規範や権力にもとらわれずに私は書きすすめなければならないのではなかったか。私は音楽家にもならず画家にもならず精神病院にも入らなかった。言葉と文字と人間の猥雑さから遁走しようとして果たせず、結局のところ文章を操る身分を自分で選びとった。猥雑を覚悟した私には文学についての進化論的要請がない。『嘔吐』と『ガリヴァ旅行記』をおなじ日に読んで感動する。西鶴と武田泰淳をおなじ日に読んで平気である。キャパの『ちょっとピンぼけ』と宮崎滔天の『三十三年の夢』をおなじ日に読んでうたれる。『中国の赤い星』に感動した翌日にケストナーの『ファビアン』を読んで唸っている。このような心情の持主はその心情のままにふるまうことに専念、工夫すべきである。『万葉集』、ホメロスの昔から、とどのつまり私たちは時代とその時代の人と魂を描きだすことに専念してきた。おなじことをするにもいろいろな方法があるというものですよとチェホフ師が小声で教えてくれた。いつか私は日本と日本人を交響楽において描いてみたいと思うのである。チベットとニューヨーク、高島易断と電子制御工場、炸裂する炭坑と一本一〇万エンのナポレオン・コニャックに飽いている上流社会、東西南北、四方八方に氾濫しているこの凸凹、ギクシャクの懊悩や飽満を全容においてとらえたい。民話、説話、私小説、寓話、風俗小説、詩、ルポルタージュ、その他、その他、すべて手に入るかぎりの発想法によって描いてみたいと思う。単眼の生物もいれば複眼の生物もいるだろう。単眼の美しい孤独な凝視の文学は日本に無数にあったし、いまも、ある。しかし、複眼の文学は、はなはだ少ないのである。だから私はやってみようと思う。机と本からはなれ、町をかけまわり、人の話に耳を傾け、旅をかさねようと思う。なにはともあれ、私の文学、第一の現実に肌でふれることからはじめようと思うのである。

私の創作衛生法

小説を書いているときはウヌボレにしがみついて、かろうじて体を張っているけれど、何しろ心身が衰えているものだから、はたから見ればオットセイのようにゴロゴロしてるだけのようでも、なかなか気をつかわねばならない。

たとえば私の場合、他人の小説を読むのはよくない。暗示をうけて、ひっかかりやすいからである。なるだけ文学作品はさけるようにしなければいけない。いちばんいいのは動物とか魚の本、沈んだ大陸とか、前世紀の怪物とか、怪奇現象などのことを書いた本である。黒沼健氏のシリーズはおもしろい。近ごろいささかタネがつきて鼻につきだした気味があるので、がんばっていただきたい。

マンガもよろしい。加藤芳郎さんのがいい。「ベンベン物語」といって雲古ちゃんのことばかりテーマにした連作物は抜群のできである。彼自身のフレコミによると〝史上空前〟だそうだが、たしかに例がない。

だいたい彼にはナンセンスという貴重なセンスがある。なぜ彼のマンガがおもしろいのだろうと考えているうち、先日、登場人物の顔がひとりひとりみなちがうのだということに気がついた。これはよほど骨の折れることにちがいない。フル・サービスである。

旅行はしてよいのか、わるいのか、よくわからない。よい場合もあり、わるい場合もあった。海と山とをくらべると、海へいくとわるい場合のほうが多い。いつかI書店の熱海の別荘へつれていかれたことがあった。イタリアの大理石で作ったという小さな浴室には湯がなみなみとあふれ、部屋からは松のこずえと水平線が見えて、晴朗、明せき、広大、申し分ないところだった。けれど、一週間そこにいて、本はかれこれ五貫目ほど読んだが、字は一字も書けず、すごすごひきあげた。

B社の寮が熱海のさきの山のなかにある。ここの一室を借りて十日ほどこもってみたことがあるが、やっぱり窓から海が見える。何日もゴロゴロしているうちに雨戸をたててみたら、やっと字が書けだした。それで、どうにかわかったことは、眼を閉じなければ心はうごかないということだった。

酒を飲まなければ私は小説が書けない。酒は何でもいい。とにかく飲んでいなければダメである。タバコはいうまでもない。けれど、酒はバランスがむつかしくて、酔ってもいけないし、サメてもいけないという状態を持続しなければならない。これがなかなかやっかいなのである。水とウイスキーをかわるがわるに飲みながら、さて、書きだしにかかり、〝私〟としたものか、〝おれ〟としたものか、〝僕〟としたものか。また、〝自分〟であるか。あるいは無主格でいくか。全世界でおそらく日本の作家だけが知っているヘンな選択に迷うのである。

ランデ・ブーと創作は似たところがあって、あまりピチピチ体力があってもいけないようだ。少し疲れているほうがうまくいくように思う。エネルギーのお初穂はどこかでつんでおいたほうがいい。

私が好きなのは映画の愚作三本立てである。ギャング物、スパイ物、戦争物などがよろしい。名作はなるだけさける。暗示にひっかかりやすいからである。映画を三本忠実に見物すると、たいていクタクタになって、妙にウソさむい哀愁をおぼえる。それを家に持って帰る。

日野啓三はやさしい心をしているのにはげしい文章を書くクセのある批評家であるが、Y新聞の特派員としてサイゴンのマジェスティックに泊まっていたとき、ある夜私に、オレはMASUをかいてから記事を書くんだゾといったことがある。テンカンを起こして名作を書いた男もあるし、名詩をのこして脳バイドクで死んだ男もいることだ。お体大事にやってください。

まるまる一年かかって週刊誌に小説を書いてきた。新聞小説は一回経験があるけれど、週刊誌ははじめてのことである。ひどい重労働だということを教えられた。

これは書きたいことがあり、書きたくて書きだした小説だった。私としては全力投球をやったつもりである。ここ数年間、外国旅行ばかりして、ロクに作品を書かなかったから、空腹をみたしたかったのである。

だから一回二十枚という量の点ではそれほどつらくはなかった。ところが、一回分を書くとヤレヤレという気持ちになってしまうので、音楽が七日ごとに切れるというつらさを味わった。ある曲をひいていてとちゅうでバイオリンをおき、またそれをとりあげ、もとのままの調子にもどってひきはじめる、というようなことなのである。五千メートルのマラソンをやって、一〇〇メートルごとにたちどまり、もとの息使いとペースのままつぎの一〇〇メートルをやにわにかけだすというようなことなのである。つくづくアゴがでてしまった。四十四回、八百八十枚書いてペンをおくと、目がかすんでしまった。

ときどき会合に顔をだしたが、なるだけ家にこもり、酒場にもいかず、他人の作品は読まず、夏も避暑にでかけず、もっぱら衛生につとめた。動物や魚の本をずいぶん読んだ。三本立ての愚作映画はちょっとかぞえられないくらい見た。

この作品にふけっているあいだ、四苦八苦でありながら、小説を書くことが同時にたのしいものだということも味わった。苦しむことがたのしいのではなく、徒労にふけることがたのしいものに感じられはじめたのである。それが収穫だった。

文学ニ何ガデキルカという古い疑いが再掘されているけれど、ほとんど私には興味がない。作家の書く文学論というものをあまり私は信用しない。たいていそれは作品の書けないときに書かれる。そして、たいていそこで述べられたことは選挙の公約みたいに、実現されないものである。

作品に熱中している作家が文学論を書くことにも同時に熱中するというようなことは私には想像できないことなのである。文学論にはおそらくその作家の最悪にしてもっとも不必要なものが使役されているにちがいない。

文学が有益か無益かという考察もおそらく作家が湿ったマッチのような状態にあるときにおこなわれることである。私もいま熱中している作品を完成してしまえば、そのあとの倦怠と消耗を充足するためにそんなことを考えはじめるかもしれない。そして、おそらく、つぎに書く作品で、まんまとその結論なり、決意なりを裏切ることだろう。

私の皮膚が作品なのである。作品そのものとくらべてみれば私の皮膚のほうがはるかに深く、熱く、こまやかであり、またときには強壮である。お話にならない。ペンでいくら追っても徒労である。それでも迫らずにいられないから、ますます徒労である。それにふけることがたのしいという状態にいまの私はあるのである。それだけのことなのである。そして書いてしまえばすべては終わり、去り、消えてしまうのである。だれでも知っていることである。ただそれを知るということと感ずるということはまったく別のことなのである。ようやく私は感じはじめたところらしい。よほどオクレているのだ。

貴重な道化　貴重な阿呆

柳田国男の「嗚滸の文学」はめずらしいエッセイである。日本の文学批評や文明批評のなかで〝笑い〟を主題として論じたものはこれぐらいなものではあるまいか。文学や時代が笑いを失ってこわばり衰えてゆくのを嘆いて博士は上代文学や、ことに『今昔物語』などのなかに〝嗚滸〟の存在を求めた。〝嗚滸〟の定義と、そのありようは、〝阿呆〟でもなく、〝道化〟でもなく、〝諷刺〟でもなく、〝暗喩〟でもなく、たいへん呼吸がむつかしいのであるけれど、だいたいは、無償の笑いということになるらしい。無償の、無垢の笑いを提供することだけが、後の現世における役割であったし、また、いまも、文学者にその役割はますます求められているのである、と柳田国男は主張するわけである。彼の考えによれば、人間の暗愚や劣弱や非力などをタネに笑いを仕組む諷刺や教訓の笑いは価値がないわけではないが、これはどちらかというと、品下れるわざであって、いかにもさびしいことである。真の笑いは澄んで開いて、動機に功利精神を含まないものであってほしい。それが、〝嗚滸〟の笑いであり、文学であった。

私も文学の第一の美徳は笑いであると考え、さまざまな工夫をこらしてみるのだけれど、容易なことでは笑いが定着できなくて苦しめられる。時代が矛盾だらけで、政治が腐敗しきっているから、暗い、悲惨な笑いを味わうことはしばしばだけれど、それはたいてい柳田国男が、〝さびしい笑い〟として排斥しているものにちかいようだ。しばしば、諷刺にも教訓にもならぬ、さらにさびしい笑いにさそわれるし、もっとしばしばは、そんな下司の笑いすら起らないでいるようなありさまである。あたりを見まわすと、私だけではなくて、たいていのいまの作家はこの澄んだ本能の知恵ともいうべき〝笑い〟を失いかけて弱りきっているようである。日本のみならず、世界のたいていの現代文学作品から笑いは失われ、どうにも哀れなありさまとなっているようである。

いろいろな笑いがあってよいと思うのである。『今昔物語』の笑いもいいし、ラブレの笑いもいいし、スウィフトの笑いもいいと思う。笑いの哲学はアリストテレスからパニョルまで、めんめんと語りつがれ、くりかえされ、角度を変え、表現を変えられて、さらに今後もまた果てしなく語りつづけられることだろうが、人間がこれに満足できる日はくるまい。一つの哲学で笑いが解明されつくした日にはその孤独たるや、たまらない気がする。そこで、さて、いろいろな笑いが、ついには分析と実測の不可能な複合の衝動からひき起されて笑われていくわけであるけれど、『膝栗毛』の笑いは何だろうかと、考えることもしばしばである。

ある主人公が社会の上下東西を通過してゆくその航跡をたどることで、社会の諸相をクッキリ浮かび上らせようとするたくらみは小説のもっとも原型の衝動であって、スペインではセルバンテスが『ドン・キホーテ』や『犬の対話』などの悪漢小説を書きはじめ、ドイツではグリンメルスハウゼンの『阿呆物語』や、『ライネケ狐物語』、フランスでは『ジル・ブラース』……その他、の作品を生んだわけであるが、『膝栗毛』も形式と発想においてはこれらの悪漢小説、のちに教養小説、風俗小説の二つにわかれていったその先駆のステップをご多分に洩れず踏んだわけである。

『膝栗毛』がそれらの西欧の作品と発想や形式において酷似する部分はたくさんあり、こまかく比較してみればおもしろいエッセイが書けるだろうと思うが、本質的に違う部分も多くある。『犬の対話』にあるのは澄明簡潔な、そして、はげしい、合理主義の精神、社会の腐敗に対する公正要求の声であるが、『膝栗毛』にはそれはない。二人の少年盗賊を主人公にしたおなじセルバンテスの『リンコネータとコルタディーリョ』にも活力が生みだす笑いと、それから、あの、日本文学と西欧文学の比較論のゴーディアン・ノットである、〝宗教〟が介在してくるが、いうまでもなく、『膝栗毛』には、それはない。江戸の庶民社会の諸相と地方性は無数の様相で巻から巻へ語りつがれてゆくが、セルバンテスを読むときのような、あの、階段を走り上ったり走り下りたりするのに似た運動感は読者には起らなくて、いつまでもおなじ平地の風俗の林のなかをさまよい歩くばかりである。そこが私にとっては物足りないわけである。悪漢小説を読むたのしみのさまざまな狡智や諷刺やひっくりかえしたりひっくりかえされたりの苦心工夫の数々はおもしろくて、子供のとき、挿絵を凸版で入れた「日本名著全集」かなにかの二冊本をくりかえしくりかえし読み、二人がしゃれのめして歩くその狂歌をずいぶんおぼえたりして、ことにその上巻は飽くことなく読みふけったものだけれど、そのうちに、どこからとなく、彼らの起す笑いに衰弱を感ずるようになって、興味が離れていった。柳田国男の用語に倣えば、彼らは貴重な道化や阿呆ではあるけれど、嗚滸ではないということになる。私は笑いにかならずしも嗚滸の笑いだけを高く評価しようとは思わず、阿呆も道化も諷刺も、すべての笑いをみとめたい気持なのであるが、『膝栗毛』の二人にはもっと透明な、健康な活力があってほしかったと思うのである。

5 裸のリアリスト——「ヴェトナム戦争」始末

こんな女

中年のアメリカ女である。やせている。背は高くない。中背である。黒ぶちの眼鏡をかけている。鋭いまなざしをしていた。

オリーヴ・グリーンの野戦服を着ている。それが男物でだぶだぶなので袖をめくりあげていた。黒のベレ帽をかぶり、ベルトをしめ、それに軍用短剣を一挺ぶちこみ、右と左の肩からそれぞれ斜めにカメラをかけ、大股に、わきめふらず、サイゴンのチュー・ドー通りのタマリンドの影のなかを歩いてくる。

男か女か、ちょっと見たところでは見当がつかない。一人の降下隊兵が戦場から帰ってきたところか、これからでかけるところか、というように見える。ベレ帽の影のなかに輝いている眼と顎を覗きこんでやっと女とわかる。それがディッキー・チャペルだった。

この女のことを誰も書かないので短い弔辞を書いておいてやりたい。一人のみごとな、あっぱれな女なのである。ヴェトナムで死んだカメラ・マンというと日本人はキャパのことしか思いださない。キャパはたしかにいい男だったし、いいカメラ・マンだった。

しかしディッキーも剛胆さと優しさではキャパと同格である。いい仕事をたくさんのこして死んだ。昨年、チュ・ライというところであった作戦に参加しているうちに、或る晴れた日、地雷にふれて飛散してしまった。

第二次大戦中、アメリカの海兵隊たちは行くさきざきのヨーロッパの村や町の壁に《キルロイここにありき》と落書していったが、《戦争あればディッキーあり》といわれたのがこの近眼のやせたアメリカ女だった。サイゴンでベレ帽の影のなかを覗きこんでから、その後、とっておいたノートがあるので、略歴を書きだしてみる。むしろ《戦歴》とでもいうものであろう。

第二次大戦では海兵隊といっしょに硫黄島に上陸する。八二日間のこの激戦を観察する。その後、アルジェリアにいき、反仏抵抗運動を観察する。ハンガリア事件でブダペストへ直行する。逮捕されて投獄される。それが五二日間に及ぶ。キューバ革命の初期にはジャングルに浸透してカストロのゲリラ兵たちを観察する。カストロの成功後は反カストロ派の活動を観察する。フロリダからキューバへ浸透しようとする反カストロ派の舟のなかにいるところをアメリカの巡視船におさえられる。その時点でのワシントンの方針は反カストロ派に活動を思いとどまらせることにあった。一九六一年からヴェトナムへくる。高原、ジャングル、水田を問わず従軍し、ヘリコプターによる急襲作戦にも同行し、待伏せ《アムブッシュ》を十三回経験する。（パラシュートでは何回降下したか、私のノートには洩れている)。写真でもらった賞は数えきれないくらいある。私が知った頃はリーダーズ・ダイジェストの仕事をしていた。

短く書けばそういう生活を送った女だった。《観察》と書いたけれど、これは彼女の場合、どの国のどの場合にも、耳もとを弾丸がヒュンヒュン、チュンチュンとびまわるなかで眼をひらいていることだった。チュ・ライで飛散するまでの歳月をよくも生きのびられたものである。すでにそれが一種の奇蹟であった。作品のよしあしをぬきにして行動力、胆力、決意の範囲の広さを考え、また、女だということもさいごに考慮に入れて考えるとなると、キャパも顔色ない。あっぱれというほかない。武器を持たぬアマゾンであった。

彼女ののこした厖大な数の写真が日本では一枚も紹介されていない。彼女の名すら知られていない。私もサイゴンへいくまでは何も知らなかった。彼女の名どころか、そのほかのことを、何も知らなかったのだ。その頃サイゴンにいた日本人の記者諸君も、おおむね同様であった。私たちはアメリカ人、イギリス人、フランス人たちのヴェテラン記者の書いたものでアジアを、現地で、字から教えられていたのだ。このことはジャーナリストの恥になることなので、ほとんど書かれていないことである。しかし、事実はそうなのだ。私にしても香港でバーナード・フォールの《二つのヴェトナム》(邦訳は穴だらけ)を教えてもらい、それを買ってサイゴンへ持っていき、砲声でビリビリひびく窓の内側で必死に読んで付焼刃をしたものだった。そのフォールも大学の教授なのに先日、地雷にふれて飛散してしまった。

ディッキーは

「私たちは負けている」

といった。

「なぜ?」

とたずねると、両腕を大きくひらき、そのなかをかきまわすしぐさをしてみせ、大股に歩いて、ホテルの階段に消えた。

もっと長い弔辞を彼女のために、いま書いている小説のなかに、書きこんでやりたいと思っている。それぐらいのすきまはどこかにあるはずだ。それにしても、われわれの無知のすさまじさ。また、無気力。そして無知からたちのぼる言葉、言葉、言葉の煙の熱さ。冷めたさ。

解放戦線との交渉を

最初に〔「質問」の〕㈢の〔「戦争の危機」が「インドシナ全域に拡大されそうな事態

も予測され」る」問題から話したいのですが、ヴェトナム戦争が、かりに南に限定されるとしても、その一方でラオス、カンボジアを巻き込むおそれが非常に多い。あのへんはものすごいジャングルだから、国境というものがないわけなんで、そのことがそもそもこの紛争の基本的な原因の一つにもなっていると思えるフシもあるんです。それぐらいのところですから、ヴェトコンが追われるとラオス領やカンボジア領に逃げ込む。それを追ってアメリカがはいって行くと、ラオス、カンボジア側は国境侵犯、主権の侵害と受けとる。ラオスのプーマ政権は親米的だといっておりますが、ラオスはご存知のように三派鼎立の状態にあり、パテト・ラオは北ヴェトナムととりわけ深い関係にある。ですからいまラオス、カンボジア領に戦火が拡大されるとどういうことになるかというと、南ヴェトナムの解放戦線、北ヴェトナム軍、ラオスのパテト・ラオ軍、カンボジア共産党、そして、このカンボジア共産党を弾圧しているシアヌークもまたカンボジアが侵犯されたらその中立主義が犯されるから、このカンボジア共産党と提携して、民族統一戦線を結成する可能性がある。さらにタイの国境では、去年（一九六五年）の十一月ごろ北京で合体したタイ独立運動と愛国戦線とが立ち上る。現在、数えられるだけでも、少くとも六つのグループが大同団結して、インドシナ民族統一戦線を形成してアメリカに立ち向うことが考えられるわけです。これは、一九三〇年代にホー・チ・ミンが構想したインドシナ全体にわたる変革運動を実質的に再現するものといえる。これはありえないことではなくて、もうすでにその段階にはいりかけていると考えていいと思いますね。

そしてラオスについていえば、パテト・ラオとプーマ政権とは対立抗争していますが、このプーマ政権にしたって、民族主義的な要素がないわけではないんですから、いつアメリカに反抗するか知れないわけですね。

——そうした潜在的なアジアの民族主義をアメリカは理解しているのでしょうか。

そこが基本的な問題なんですね。アメリカはヴェトナム戦争に引きずり込まれたまま、押えきれずに、ズルズル、ズルズルとはいって行っているのか、すべてを知りながらやっているのか、そこがぼくにはつかめないんです。これはアメリカ人自身にもよくわからないんじゃないかと思えるフシがありますね。それは日本が経験した泥沼戦争と同じことかもしれない。

さて、こうしてインドシナ全域に拡大されるとどうなるかというと、アメリカは、東北アジア条約機構というものを、反共統一戦線の名のもとに結成することになるのじゃないかと、ぼくはフと考えるんです。現在、南ヴェトナムにアメリカの要請で来ている外人部隊はオーストラリア軍、ニュージーランド軍、韓国軍、これだけで、このインドシナ戦争に進んで軍隊をさし向けて協力しようという国が、アジアでほかにどれだけあるかというと、フィリピンだけですね。日本は憲法があるから動かせない。ですから東北アジア条約機構という動きが、実際に条約が作られる、作られないにかかわらず、実質的なものとして出てきて、中国大陸とインドシナ半島に対する三日月型の反共統一戦線の輪のなかに、日本を実質的に巻き込もうとするならば、日本としては憲法を改正せざるをえないだろう。その可能性は、日本人として最も重要な問題だと思うんです。

逆に、南ヴェトナムの国土内だけに戦争を限定しておくならば、鍋は現在の状態のまま ふきこぼれもせず、しかし干上りもせず、グツグツとシチューを煮込みつづける、そういう戦争が続いて行くんじゃないかと思います。このあいだ私といっしょに千里敗走してジャングルを逃げまどったアメリカの兵隊の一人が、アメーバ赤痢にかかってジョンソン基地に帰ってきたので、会いに行ったんですが、そのときこの戦争はいつまで続くんだろうかと聞いたら、これはマイアミの大学の歴史学科を卒業したケネディ主義者の理想主義者なんですがね、その兵隊の言うところでは、現地の兵隊のあいだでは、戦争はようやくはじまったばかりだという説が流れているという。アメリカがやってきた海外における戦争の特徴は、第一次大戦でも、第二次大戦でも、常に立ち遅れにあった。朝鮮戦争の場合ですらそういえる、今度もそうだ、いまやようやくわれわれは立ち上ったところなんだ、だから、この戦争は、これから先十年間続くんじゃなかろうかというようなことがいわれているといっていました。

——その拡大か限定かという二つの他に第三の可能性として、アメリカは昨年末から大がかりな「和平工作」を進めているのですが、それがヴェトナムの平和と結びつきうる基本的な条件としては、何を考えられますか。

ヴェトナム人の問題はヴェトナム人に解決させよう、アメリカはこれに介入すべきでないという段階までの民族自決論は、アメリカの政府部内にもタテマエとしてあるわけです。ただしそれから先、ヴェトナム人がヴェトナム人の手で問題を解決した場合に、人民革命党にイニシアチヴをとられている解放戦線、つまりコミュニストがそのなかにはいってくることを望むか、望まないかということでアメリカの民族自決論は分れてしまう。そして、彼らの和平交渉はいっこうにはかどらないわけです。彼らは、主権は南ヴェトナム政府にだけあると考えている。その政府は国民の輿望《よぼう》をになっているとも思えないし、解放戦線をぜったい認めようとせず、北ヴェトナムを叩いて民族を統一しようという、私からみれば夢想にすぎないことまで言い出す政権です。私は、和平のためにはとにかく解放戦線と交渉する以外にないと思うんです。現在のアメリカの和平交渉の仕方を見ていると、解放戦線をとびこして、ハノイとだけ交渉しようとしている。国際情勢のニュースを読んでいると、解放戦線はどこかに消えて、解放戦線・イコール・ハノイということになっているかのごとき線が出ているんですが、やっぱりこれは解放戦線を通じてハノイと交渉するとか、ヴェトナムの和平問題は解放戦線を通じてするとか、解放戦線との話し合いということに全精力を注がないかぎり、進まないんじゃないかと思うんです。その場合、現在のサイゴン政府が強硬に解放戦線との徹底的な抗争を唱え、そして平和諸勢力はいっさい弾圧されているわけですが、このためにアメリカはそれを突き放して、自分から解放戦線と交渉することはできないという立場にあるわけです。即ち、アメリカの外交方針はあくまでも南ヴェトナム政府に頼まれたからわれわれはやっているんだ、こういう考え方ですね。

しかし、私はこう考えます。かつてヴェトナムの政治家および知識人のなかには、コミュニズムには反対だけれども、ゴ・ディン・ジエムにも反対だという中立グループがあった。彼らは、民族統一戦線という名前を使っていたのですが、一つの帝国主義を追っぱらうために、他の帝国主義を持ち込むことは、ただわれわれの国民を殺すだけであるという考えです。このグループはいま声をひそめていますが、こういったグループなら解放戦線と話し合いをすることはできるだろうと思うんです。端的にいえば彼らがもしサイゴン政権を握っていたならば、解放戦線との交渉という可能性は比較的生れやすいはずです。だからこの点アメリカはサイゴン政府に対してどういう内政干渉をしているかわかりませんが、少くともそういう中立グループの声が出るような努力をしなければ、いつまでたっても問題は片づかないとぼくは思うんです。昔の反共・民族統一戦線グループでも、又、中立主義者のカラヴェル・グループでも、どれでもいいですが、とにかくそうした地下勢力はいまでもサイゴンにあるのです。

解放戦線を通じてハノイと話し合い、また、そのためにサイゴン政権を通じて解放戦線と話し合うという立場が当然生れなければならない、それが民族主権の尊重だと思うんです。

——アメリカがこの一カ月北爆停止をして和平を呼びかけてきたのに、「和平工作」が進まなかったのは、北の側に誠意がないからだ、という見方がありますが……

そうです。アメリカ政府としては、現在の条件のままでは北ヴェトナムも解放戦線も応じてこない、中国もソヴェトも応じないということを見越したうえで、ああいうことをやっているのかもしれないんですね。われわれはこれだけ和平交渉を申込んでいるが、ハノイも北京もモスクワも応じてくれない。万やむをえずわれわれは正義の戦争をせざるをえないではないかということを、国民の前に言える条件を作っているのかも知れません。すると次にどういうことが起るかというと、この旧正月あけに、アメリカは北ヴェトナムに対して正式に宣戦布告をやるかもしれないということです。そういう事態をおそれているという手紙がアメリカのある反戦グループからきています。実質的にはそれをやるかどうかわかりませんが、もしやったとしても、戦争そのものはあまり変化しない。たださらにものすごい北爆が公然と正義の観念をもって行なわれるということでしょう。しかし、アメリカ国内においては、北ヴェトナムに宣戦布告をして、法的に戦闘状態にはいったならば、反戦グループの活動は、反国家活動ということになるわけで、これは完全に弾圧される。

ところで、アメリカの和平のための最大のプレゼントが北爆停止ということなんですが、しかし、北爆ということはもともとむちゃくちゃなことなんで、少くとも北ヴェトナムという独立国の主権を完全にふみにじって、宣戦布告ぬきでやった行動なんです。アメリカにいわせると北ヴェトナムが宣戦布告ぬきで浸透してくるからタイ式ボクシングにはタイ式ボクシングで答えるのだというわけですが、これはプロ・レスではないでしょうか。タイ式ボクシングは手足を使うだけですがプロ・レスは椅子でブンなぐったりしますよ。北爆をやめるのは当然の話ですよ。出発点はそういうことのない状態なんであって、そこへ戻ることが巨大な恩恵であるかのごとくアメリカはいっているんですが、これは北としては、おそらく納得できないことじゃないかと思います。だから北爆をやめるのがあたりまえであって、このことによってなんらかの和平工作の質的な成熟ということはありえないと思います。北爆停止、ここからすべてがはじまるわけで、もし和平交渉を真に続ける気持があるならば、アメリカはこれから先の論理を、いまようやく展開すべき立場にあるんで、なにごとかをなしたとはまだ言えないわけですね。

——だが、アメリカは、「十四項目」を提示しながら、これまでアメリカが和平の呼びかけを努力してきたが、ハノイの側からは、過去五年間、そうした努力は何一つ聞いたことがないと非難していますが……

問題はハノイにあるのではない。たとえ解放戦線がハノイの出先機関であったとしても、直接的な実力行使団体なんですから、実力行使団体と実力行使団体が話し合うならば、やっぱり解放戦線と話し合うべきだろうと思うんです。

やはり基本原則は民族自決にあるんだと思います。アメリカの民族自決は、コミュニストを連合政権のなかに入れるのなら、それは一つの世界の一つの世界に対する侵略だから、その民族自決は認めないといって、ここで哲学の質が変ってしまうわけなんです。だけどそれはヴェトナム人が決定すべきことであって、アメリカの決定すべきことではありえない。一九五四年にジュネーヴ協定をアメリカは批准しなかったんだけれども、当時、アイゼンハワー大統領は、もし南北統一選挙をやって住民が投票したならば、何パーセントのヴェトナム国民がホー・チ・ミンに投票するだろうかと聞かれて、八〇パーセントだと答えた。これはヴェトナム人も認めていたことだし、フランス人も認めていたことだった。それだからこそ戦争をしなくちゃならんということになったわけでしょう、アメリカはそれから十年間ヴェトナムで戦争をしてきた。ところが去年の十月三十日号のロンドンの『エコノミスト』に伝えられたところによれば、現地のアメリカのCIAは、現在南北統一選挙をするならば、何パーセントのヴェトナム国民がホー・チ・ミンに投票するだろうかという質問に答えて、CIAは七五パーセントと答えているんです。とすると十年間あれだけ、何十億ドルという金を注ぎ込んで戦争をやっていながら、五パーセントの減少しかないんで、基本的にはなにひとつとして状態は変っていないということなんです。

アメリカの北爆がもたらしたものはなにかというと、十七度線を消したことですよ。アメリカが北爆をすることによって、アメリカの爆弾が降る状態は南も北も同じではないか、いま南北は同じ苦悩を味わっているんだ、南北統一して戦う以外に道はないではないかというハノイと、それから人民革命党、これが実質的に南北統一をやってしまったんです。南だけで解放戦争として戦っているあいだのスローガンは、南は南、北は北であり、南に連合政権を樹立して、十年から十五年の歳月をかけて内政を充実させ、しかるのちに南の政府と北の政府との和平会議によって、南北統一を促進するというのがスローガンだった。ところがアメリカの北爆によって十七度線が消え、十年、十五年という歳月が同時に消えてしまったことになる。そして南北統一戦争になった。この論理に対して、解放戦線内の民族主義グループ、民主党とか社会党とか、いろんなグループがどういう反応を起したかを知りたい。おそらく解放戦線内における北向けの将棋倒しが起ったのではないかと私は推測するんです。だからアメリカはある意味ではハノイを非常に助けてやった。将棋倒しが起るぞといいながら、みずから将棋を倒してしまった。

ウィンストン・チャーチルは第二次大戦をどういう戦争であったかと聞かれて、無益な戦争であったと答えたが、このヴェトナム戦争もこれまた無益な戦争です。もしヴェトナムの国民千四百万のうち、少くとも千万人がコミュニストとは死を賭けてでも戦わなければならぬと思い込んでいるそういう国であるならば、アメリカのとっている行動は是認せざるをえないだろうと思うんです。だけど南ヴェトナム国民でコミュニストと死を賭けて戦わなければならぬと思っているのは、せいぜい百五十万から二百万しかいない。それならばこの戦争は是認さるべきではない、これが、最も簡単でそれ故に深刻な民族自決の原則だろうと思うんです。

――日本政府についてはどう見ておられますか。

日本政府はつねに機を見るに敏であって、アメリカがとにもかくにも和平工作という運動を開始したとたんに、わしも和平工作と、こういったわけですね。そしてあわててロシア大使をよんでみたり、いろいろするんですけれども、なんら実質的な提案をやっていない。これは私個人の空想ですが、日本政府としてやれることがあるとするならば、少くともサイゴン政権のなかに解放戦線と交渉しうる能力を持った政治家、知識人グループを送り込む運動か、その運動を支持することをアメリカに助言するとか、なんらかの具体的な提案を示さないかぎり、ただ「和平和平」といっていたんじゃだめだ。日本政府が「和平」のために出している提案はすべてアメリカが先どりしていることなんですから。

――『ベトナム戦記』の中で最後に報告されたのは、南ヴェトナムの民衆は日本に対して非常に期待しているということでしたが、いまいわれたとおりに日本政府がアメリカのフリーハンドのなかでしか動いていないということになると、日本に期待したヴェトナムの人たちにはどう映るでしょうか。とくに心配になるのは、アメリカのいっている範囲のなかだけでしか「和平」を言わないばかりでなく、アメリカの要請を受け入れて、たとえば日韓会談をやったり、原子力艦隊を入れたり、新しい一歩を少しずつ踏み出していることですが……

ですからその点を南ヴェトナムの知識人は見抜いていて、日本政府はなにもしないこと、それがわれわれに対する最大の援助なんだと、こういうことをいま言っているのがいます。これは非常に鋭い表現です。彼らは戦時国家に住んでいますから、大っぴらな意見を出すことはできず、私たちも額面どおりの言葉として受けとってはいけないんですけれども、この否定によるものの言い方のうしろになにが隠されているのかということを、私たちは考える必要があると思うんです。日本政府はなんにもしない、ほんとになにもしない、そのほうが八方手づまりの現在の状況のなかにあっては、かえって南ヴェトナム人にはいいのかもしれない。

――最後に日本の国民に対して何か考えておられることがありましたら……

ヴェトナムは日本で一九六五年上半期、ブームになったわけです。ものすごく熱くなって沸騰したんです。ところが秋風とともに、日韓会談という問題もありましたけれども、突然、低調になった。ぼくは実に憤慨した。熱しやすくさめやすい、これは国民的性格なのかも知れないが、日本人はあれだけヴェトナム問題、ヴェトナム知識が溢れたものだから、いまはもうヴェトナムのことはすっかりわかっちゃったというつもりでいる。そして無関心の領域のなかへヴェトナム問題はすべりこみつつあり、ふたたびアパシーが襲っている。

なによりも危険なのは、アメリカ国民が無関心だという警告が当時日本人のあいだからいわれたんだが、同じことがいま日本人の上にいえる。もうヴェトナムのことはわかった、どうにもならないという気持と共に、やはりあれは対岸の火事なんだという気持が全般的にある。

日本の知力というもののふしぎさなんだけれども、地面をポンと叩くと妖精のむれが一ぺんに飛び出してきて踊りましたといわんばかりに、ヴェトナム専門家が輩出した。そういう魔法使いのおばあさんが杖でまたポンと地面を叩くと妖精はさっと消えました、といわんばかりの状態でスーッとどっかに行っちゃった。しかし、ぼくに言わせるとヴェトナム国そのものについては、ようやくわれわれは知りかけたばかりの状態なんであって、まだほとんど知っていないといったほうがいい状態です。ものすごく複雑なんです、あの国は。だからさっきいったように、ヴェトナム国内では、戦争はふきこぼれもせず、干上りもせずというふうなシチュー鍋戦争が続いていくのかもしれないけれども、非常に頭がよくて敏感だが、カミソリのようにもろくて木は切れないというのが日本人の感性です。とくに知識人はそうでしょう。去年のヴェトナム・ブームに反対した人たちも結局のところ流行するものには何でもかんでも反対するという衝動を出ていなかった。すでにそれ自体が流行現象でしたよ。とにかく日本は言葉のヤリトリですませられるからいい国ですよ。

南の墓標

今年（一九六八年）は四月の末に本をだすと、六月、パリ、七月、ドイツ（東と西）、八月と九月はサイゴンにいた。この都を見るのは三年ぶりのことで、前回は一九六五年の二月末に引揚げた。北爆開始後であり、米軍の大量直接介入の直前であった。その頃のベトナムは日本人にとってはふいにあらあらしい顔つきであらわれた、ほとんど未知の国であった。

四月にだした本には『輝ける闇』という題をつけたが、これはハイデッガーから借りたのである。ある日、一人の友人に作品のテーマを説明して、もしうまくいったらこういう感覚を表現してみたいのだといった。何でも見えるが何にも見えないようでもある。

すべてがわかっていながら何にもわかっていないようでもある。いっさいが完備しながらすべてがまやかしのようでもある。何でもあるが何にもないようでもある。

友人はウィスキーのグラスをおき、それはハイデッガーだといった。ハイデッガーにその観念がある。彼は現代をそういう時代だと考えた。それを〝輝ける闇〟と呼んでいる、と教えてくれた。たしか梶井基次郎の作品のどこかには〝絢爛たる闇〟という言葉があったような気がする。どちらをとろうか。しばらく迷ってから私は『輝ける闇』として、家にこもり、書きおろしの仕事をすすめた。

この作品の舞台はベトナムである。私は小説の取材のためにあの国へいったのではなく、アジアの戦争の現場に立会ってみたい、つづめていえばそういう気持からいったのだったが、結局は小説を書くこととなった。そしてそのことに何やかやで、三年かかってしまった。サイゴンの知識人や作家たちは貧しい食事に私を招いてくれ、別れしなに、よく握手しながら、

「よい収穫を」

といった。

私はそういわれるたびに、いや、小説を書きにきたのじゃありませんと、弁解をつぶやいたものだったが、彼らはいたましいような、鋭いような微笑をうかべていた。

《並木道と淫売宿をさきにたててフランス人は植民する》といわれていて、サイゴンも

例外ではなく、火炎樹のすばらしい並木道があって、涼しい、深い影に道を浸していたものだった。朝はウドン売りのおばさんが「フォ！　フォ！」と呼びつつ歩いていく。正月（テト）になると道いっぱいに花が売られ、祭の行進のあとのように花びらが散り、木の梢には毎日、たそがれどき、まるで炎上する劇場のような、壮烈な夕焼け雲が輝くのである。しかし、この八月にいったときは、木という木がことごとく刈られ、切られ、また倒されるのもあり、ひどい顔になっていた。まるでどこか知らぬ国へはじめてきたみたいだった。何度道をまちがえたことか。

赤貧と活力がまるで湯けむりのようにもうもうと暑熱がたちこめるなかにひしめき、サイゴンは憂愁と精悍のみなぎる都であるが、墓地、ことに軍の墓地へいってみて、墓標の数があまりにふえているのを目撃し、声を呑んでしまった。ここでも私は道をまちがえたのではないかと、何度か眼を疑った。以前私が知っていた部分はたしかにそこにあったが、いまは広大な敷地のごく一部となってしまっている。三年間の変化は何を聞かされるよりもこのとめどない墓標の群れと影にすさまじく語られていた。ふつう北ベトナム兵や解放民族戦線兵の死体は戦闘の現場に穴を掘って埋められるのだが、それを一体ずつ掘り起し、また、すでに三万をこえる米兵の死体をも加えて、一体ずつ墓標をたてたら、どうなるだろうか。サイゴンの面積の大半が墓地になってしまいはしないか。それに無名のおびただしい老若男女の死体を加えたら、サイゴンは完全に墓地と化してしまいはしないか。

ときどき酒を飲んだり、話をしたり、情報を洩らしてもらったりした昔の知人を一人、二人と訪ね歩くが、消えてしまった人が多い。誰も行方を知らない。死んだのか、殺されたのか、ジャングルへいってしまったのか、引越したのか。ハイ・バ・チュン広場のふちにある小さなダンス・ホール《ミ・フン》も錠がおりたままで、戸口にはゴミがたまるままになっている。二月の攻撃につづいて五月に解放民族戦線のロケット攻撃があり、一二二ミリRPG（ロケット推進榴弾）が落ちてこのあたりは〝ひどいこと〟になったのだと教えられるきりである。いっしょに踊ったり、指角力を教えてやったりした一人の娘の行方など、誰も知らない。彼女も、また、消えてしまった。

夜ふけにベッドに起き、砲声を聞き、掃滅爆撃で窓ガラスがびりびりふるえるのを聞きながらウィスキーをすする。ねっとりした汗に全身を浸されると、言葉という言葉、観念という観念がことごとく乾いたチョウチョウの羽のようにこわれていく。指で一触れしただけで音もなく散ってしまう。汗に犯され、酸っぱくなり、べとべとよごれ、私は眼をあける気力もない。ここのじめじめした暑熱は湿性のライのように音もなく私を分解してしまう。とろけながら私は形のない暗さと苛烈さに浸されていく。

文学は徒労である。

そうと知りながら言葉を編まずにいられない。のしかかってくるものがあり、追いつめられたと感ずるからである。それは原始的な本能である。ライオンの身ぶりをして踊れば自分がライオンになった、またはライオンから逃げられるものとしてむだに踊りつづけた原始人の情熱が小説を書かせる。充実しきったむだごとが小説である。いまさら何をいうことがあろう。さらにサイゴンには墓標がキノコのように発生しつづけ、いつかまた私は言葉を排泄にかかる。

見ること

国内が自由に歩けること

外国人が或る国へいってすぐれた記録を書きのこすためにはどういう条件が必要かと考え、いろいろな実例を思いだして、一つ一つ消去していったら、結局のところこれだけがのこった。外国語ができること、その国の歴史や習慣に通じていること、よい眼、長い足、体力、気力、そのほかさまざまな記録家の条件を考えたが、絶対条件としては、その国が思いつくまま自由に歩けるということがなければ、どうしようもあるまい。都から二十キロ外にでるときは申請書を提出せよというような規制があればマルコ・ポーロもスウェン・ヘディンも、手のだしようがあるまい。

スノーやスメドレーやベルデンのルポルタージュには二つの魅力がある。彼らは砂漠や大原生林を横断する魅力と、渦動状態にある一国家の創生をさぐる魅力、この二つの魅力を、あの史上最古の巨大な大陸において探究することができたのである。国共内戦が完了するまでの時期の中国大陸ほど知力と想像力あるジャーナリストを駆りたてるものは他に例がなかっただろうと思う。中国共産党は彼らにおどろくべき自由、風のような自由をあたえ、好むままに歩かせ、眺めさせ、たずねさせた。現在の北京にこの寛容がないことをつくづく私は嘆く。かつて創生期にはあれほどの危機にさらされながらも開いていたのにと思うと、ふと、ブルータス、おまえもか……とつぶやきたくなるのである。

ヴェトナムへゆくまえに私はバーチェットのルポを読んでいたが、自分の眼と足と耳でたしかめたい欲情をおぼえたので、ハノイの作家同盟に宛てて手紙を書いた。いまだからここへ書くのだけれど、私はハノイから民族解放戦線に従軍して南ヴェトナムへおりてゆく計画をたて、費用のすべて、病傷の責任のすべてを自分で負うから、何とか従軍を許可してもらえまいかと手紙を書いて、ハノイへいく松岡洋子さんに託したのである。バーチェットの報道したゲリラ戦のさまざまな創意工夫の実態は私の興味をひき、敬意を起させられたが、私の抱いているいくつかの点についての疑問に彼は何ひとつとしてふれていないし、むしろふれることを避けようとしているかのように私には思えたのである。そこで、サイゴン政府軍とアメリカ軍の実態については誰でも、いつでも、好むままに取材できるのだから、私は未知なるものへの情熱から、解放戦線にぜひ従軍したかったのだ。ひそかに私は延安へ赴いた若いスノーを自分に擬していた。しかし、松岡さんがハノイから持って帰ってきた返答は、バーチェットのときは準備に三か月もかかって、いまはそのゆとりがないから……ということであった。やむを得ず私はサイゴンへいき、やがてDゾーンのジャングルへもぐりこんだが、いつもポケットに日ノ丸の旗を入れておいたのは、生きて解放戦線の捕虜になれたらそのほうが好都合だという考えもどこかにあったからである。

スノーもスメドレーもベルデンも信条において自分がコミュニストであるとは一度も言明したことがない。むしろスノーは、どこかで、自分はコミュニストではないと書いたことがある。彼らは自由思想家《フリー・シンカー》であった。しいて背景を考えれば三〇年代のニュー・ディールの息子、娘たちであって、アメリカのデモクラシーがもっとも敏活、率直な形で回生した、その時代の魂と感性の典型者なのだったということはいえるかもしれない。けれど、私たちは彼らの書きのこした記録を読んでみて、何もニュー・ディール時代の熱い雰囲気についての知識を持たなくても、あちらこちらの文脈に、まさしく正真正銘のアメリカ民主主義が生動しているのを感じて、うたれるのである。中国のコミュニストが中国共産党のこの創生期についていくつものルポを書いているけれど、けっして私はこれらアメリカ人の書いたものを読んだときほどの率直な感動はおぼえなかった。典型と類型を区別できない教条主義の悪しき国際的な典型的類型のルポしか私は読ませてもらえなかった。読後感をそのままここへ書かせていただくが、大革命後の中国の文学作品とルポには何もおもしろいものがない。訳者たちはいっしょうけんめいに史的背景を解説して弁護に汗をしぼっていらっしゃるが、見ていて、いたいたしい気のしてくることがある。真の作品はそれ自体において自立するものであって、弁護や解説の支柱を求めてはならないのである。そんなことを知りぬきながら解説に骨を折らねばならない訳者たちは気の毒である。

大革命後の中国文学（フィクションもノン・フィクションも含めて）は啓蒙主義の情熱で書かれたパンフレットである。私はパンフレット文学を否定しない。ヴォルテールは『ミクロメガス』を書いて教会を罵倒し、スウィフトはウォルポール政権の腐敗をしゃにむに糾弾したい一心から個人的怨恨や特異体質の衝動をこめて『ガリヴァ旅行記』を書いたのである。オーウェルの分析によればスウィフトがあれだけ作品のなかで女を罵ったのはベッドのなかの汗や愛液の匂いに耐えられない異常心理からだそうである。けれど『ミクロメガス』は『ミクロメガス』であり、『ガリヴァ旅行記』は『ガリヴァ旅行記』となったのである。彼ら両名はパンフレットやアジ・ビラを書くつもりで書きはじめて古今の傑作を生んだのだ。アヒルの卵をかえすつもりで白鳥を生んでしまったアヒルの親の眼。それがペンをおいたときの彼ら両名の眼であろう。大文学をモノするつもりでパンフレットに終ってしまう大革命後の中国文学者は、白鳥をかえすつもりでアヒルを生んでしまった白鳥の親といった気配があるようだ。

作中人物が一人歩きをはじめたらその作品は成功だと、われわれ日本の小説家たちは業界独特の術語を使ってはげみあうのであるけれど、スノーたちの記録にもこれはそのまま使えそうに思う。書き手の感性なり想像力なり洞察なりの掌のなかで登場人物たちが踊っているあいだはダメなのである。そういうときは書き手は登場人物たちに対してせいぜい呼びだし役しか果していないのである。「必然の歯車」というたいくつな歯車しか回転していないのである。これは想像力においてペンをはこぶフィクション家も、実在したものの輪郭をなぞってペンをはこぶノン・フィクション家も、おなじなのである。

小説でも記録でも、もっとも衰えやすく風化しやすいのは形容詞である。そしてもっとも堅固で耐久力があるのは事物の背後にある本質をとらえた風俗（広い意味での）である。スノーたちの記録を読んでいてうける快感は、そこかしこに定着された固有なるもの、独立せるもの、中国的なるものにわれわれが出会うときの抵抗感から生じるのである。あくまでも冷静に自己を保持しながら己れを空しうして事物を眺め、愛惜する彼らの眼の精緻さ、広大さ、深さ、そこにまるで木や石にさわるのとおなじたしかさで据えられたイマージュの群れに私たちは出会う。彼らは自分の趣味や性格やイデェなどのベッドにあわせて現実の手足を切りおとすということをしない。必然性に屈服しない。偶然性を尊重する。このため、しばしば彼らの作品のなかでは、たった一回、二、三行にしか顔をださない人物たちもみごとに「一人歩き」するのである。しばしば思いがけぬ軽さが底知れぬ苦悩を暗示して私をうつ。

小説家は登場人物たちに自分の人格をわかちあたえ、自分の光を投射する。そこで武田泰淳好みの女だとか、ヘンリー・ミラー好みの男だとかが出現してわれわれを楽しませてくれるのであるけれど、記録家は「好み」にあわせて実在する事物の群れを切りわけたり交通整理したりすることを許されない。これがむつかしいのである。ここがむつかしいのである。すべての人は自分の考え、自分のイマージュ、自分の光、自分の眼鏡を持っていて、それで現実を眺めるよりほかないのだが、少数のすぐれた人は眼鏡からハミだす事物に遭遇したとき眼鏡の枠の大きさの部分だけを眺めるということをしない。たいていの人が眼鏡をはずそうとしないのはそれが新しい力を使わなくてすむからであり、また、自分の明知をひそかに誇りたくて自尊心を侵されるのが不快だからである。文字で白いページにこう書きつけるのはじつにやさしいことだが、紛糾、錯雑をきわめた異国の町角の群集、その汗や息の匂いや声の海のなかでもまれながらこれを空しうすることは、じっさい、容易ならぬことなのである。ことに中国大陸という時間と空間の大怪物を徹底的に異文異種であるアメリカ人が料理しようというのだから、まったく大事業であった。

いまとなってみるとわれわれの手もとにはスノーたちの記録がのこるだけなので、そして現実は彼らの洞察のとおりに変貌したので、あたりまえのことのように見えることが多いのだが、その時代にあってはけっしてそうではなかっただろうと推察される。ディエン・ビエン・フー陥落はいまとなっては歴史の必然であったとみんなはアッサリ言葉で片付けてしまうが、フランス遠征軍の司令官をも含めて「西方側」ではごく少数の人があの二年前に結果を予想していただけで、大半の専門家たちは確信をこめて誤認していたのである。徹底的な現実観察の結果として誤認していたのである。シオニズムは二千年放浪のユダヤ人の民族主義運動であったけれど、私がイスラエルで会った指導者の一人は、ユダヤ人が母なる国家を持てるなどということは幻想にすぎないと思っていたと語ったことがある。彼は熱烈に運動を導き、敢闘したのであったが、こころの半分ではけっして信じていなかったのである。この運動もまた、いまとなっては、歴史の必然であったと、明確あっけらかんと語られている。

スノーたちだけが当時の中国で活躍した外国人ジャーナリストではなかったはずで、むしろ彼らは少数の異端者と見られていた。大半のジャーナリストたちは上海や北京にいて延安の洞穴の毛沢東はせいぜい山賊の親玉ぐらいにしか眺められていなかったのである。彼らがよくよく「現実を観察」したところそれが正しい数値であろうと、これまたゆるがぬ確信をこめて信じられていたのである。いまやこの大半の人びとは消えてしまい、彼らの書いた記事や解説や電報の類もことごとく消えてしまった。もし当時それらの賢愚さまざまな人びとが書いた厖大な量の文章がこの集の末尾にでも収録されていたらスノーたちの仕事の意味がさらにクッキリと浮びあがってくるだろうと思う。そして私たちは「見る」ことがいかに至難の業であるか、いかに盲千人であるかということをよく教えてもらえるだろうと思うのである。われわれは国共内戦期のベルデンのルポを読んで、どうころんでも毛沢東が勝つとしか考えられないのであるけれど、その頃上海にいた武田泰淳氏はじつにたくさんの人びとが蔣介石が勝つと考えていたと私に語ったことがある。人は昨日に対するほど今日と明日に対してなかなか賢くなれないものであるらしい。

中国の農民は数千年間政府から見捨てられていて、国家と人民との関係は地主と小作農、つまり税金をとられることにおいてのみ農民は政府と関係があったにすぎないから、極言すれば国家というものは数千年間、存在しなかったのである。いかなる体制の国家であっても農民にはつねに国家というものは存在しなかったのである。だから毛沢東たちにとっては革命というものはヨーロッパ諸国における革命とまったく性質がちがっていた。ヨーロッパ諸国においては農民、労働者、サラリーマンなど、すべての人民は「国民」である。上から下まで人びとは単一の中央政府の組織網のなかに組みこまれているから、コミュニストの革命ですら政権の交替、体制の変革と人びとは感ずることが多く、けっしてそのことによって国民の創生、国家の創生という感覚が生まれることはなかった。コミュニズムの哲学は「史上最初のプロレタリア国家」の創生を説くけれども、まがりなりにも代議制、選挙制による議会制度のある西欧諸国では今日にいたるまで一度もコミュニスト革命が成功していないという事実がこのことを語っていると思う。けれど中国においては税金をとりたてる地主家族が農民にとっての徹底的なすべてなのであって、上海や北京は、いわば外国の町なのであった。だからこそ人民委員が村にやってきて地代切下げや農地解放の運動をはじめたとき農民は数千年間爪のさきに感じたこともなかった「国家」なるものに異様にして新鮮な感覚で全神経をそよがせることとなった。土地改革についてのベルデンの精緻をきわめた踏査、目撃がこのことをあますことなく語っている。

スノーは延安へいって親しく毛沢東から聞取り書をとって伝記を作った。スメドレーは紅軍に従軍して朱徳の伝記を書いた。毛沢東と朱徳についての伝記はこの二つがあるのみで、中国人自身もこれらを唯一の参考資料とするよりほかないありさまである。彼らの浸透の深さと正確さをまざまざ語ることである。

ところでベルデンは「人民戦争」についてこう書いている。

「われわれは、ロシア革命、スペイン内乱、ユーゴスラヴィアの国民戦争、ギリシャの殺戮戦のときに、パルチザン戦闘が発生したのを見ている。こうした種類の戦闘がひろがりつつあるということは、それが将来の国際紛争において決定的な役割を演ずる可能性が大きいということを示唆《しさ》している。」

「人民戦争は、ロマンチックな戦争ではない。うたがいもなく、人民戦争は、すでに野蛮な戦争というものの本質を、いっそう野蛮にするものである。民族的な侵略のまったただなかで戦われるときには、こうしたかたちの戦闘は文明的な戦争のいわゆる戦争法規をすべてじゅうりんしてしまう。ところが、内戦とむすびついて戦われるときには、人民戦争は、階級戦の様相をとらざるをえない。こうなると人民戦争は、いままでに知られているどんなかたちの戦争よりも熱情的、残酷、かつ個人的になる。人民戦争が人間の本性にとって益になるか害になるかは、戦争そのものの可否とおなじく、にわかには答えられない。このふたつの質問は、ここしばらくは哲学者にあずけておいてもよい。しかし、この点に関して教訓になるのは、そういう戦争がどのようにして起るかということである。」

国共内戦の血で血を洗う形相《ぎょうそう》を親しく観察したベルデンは蔣介石と地主に殺される貧農の立場にたって彼らが銃にすがるよりほかないところまで追いつめられていったありさまに心からの同情をそそぎながら、なお、全体として、人民戦争について、このように冷静な言葉を書きのこしている。惨禍を深く知った人だからである。

アルジェリアでおこなわれ、キューバでおこなわれ、ヴェトナムでおこなわれつつある戦争はこの言葉のとおりであって、つい今朝書かれたようにこの文章は新しい。ここでふれられている「戦争法規」はハーグ協約などのことをさしているかと思う。同協約第二十二条は国際的タブーであるが、「戦争当事者、戦争指導者ハ敵ヲ撃破スルタメノ手段ノ選択ニオイテ無制限ノ権利ヲ持ツコトハナラヌ」と規定しているのである。たとえば老人、女、子供などの非戦闘員を無差別に殺してはならぬとこの協約は叫びたがっているのである。しかし、アメリカはヒロシマをやった。ＲＡＦ（英国空軍）は無防備都市ドレスデンを粉砕した。ところでヴェトナムのように子供が手榴弾を投げ、じいさんが地雷をしかけるという戦闘になってくると、殺サレナイタメニ殺スという正当防衛論を使うと全住民を根こそぎ殺してしまうよりほかなくなる。しかもそれは関ケ原とか、ワーテルローの戦闘ではなく、貧しい椰子の木かげの藁小屋の村でひっそりと個人的におこなわれるということになってくる。戦争をあらゆる意味で徹底的に個人に還元するのが人民戦争の本質である。

第一次インドシナ戦争（ヴェトミンとフランス遠征軍の戦争）に従軍して人民戦争の現場を観察したグレアム・グリーンは、いまからおよそ十二、三年前に、

「……近頃の戦争には何とも卑劣、陰惨なシャドウ・ボクシングのようなところがある。」

と書きつけている。

ヴェトナムの最前線で一人のアメリカの将校は、私に向って、この戦争は人をシニックにさせると苦しげにつぶやいたことがある。そしてこういう意見を述べた。これはあそこでたたかっているアメリカ人のなかによくおこなわれている意見である。

「ヴェトコンは藁の山にかくれた針なんだ。だからピンセットで一本一本ぬきとらなくちゃいけないものなんだ。これはライフル・マンの戦争で、砲兵や空軍の戦争じゃない。ところがわれわれはピンセットのかわりにブルドーザーを使う。」

そして私に補足させれば、つぶされのこった藁はことごとく針となってしまう、ということなのである。いや、いまさらいうことはない。彼らはよくよくそういうことを知りぬいているのだ。家に床板もドアもないような貧しい農村において、どんなイデオロギーになろうがこれ以上どう悪くなりようもない貧しさのなかでそれがおこなわれる。毎日毎日おこなわれる。しかし、ゲリラ戦というものは、戦場を選ぶのはいつもゲリラであって、彼らが木蔭から射ってこなければ、どこまでいっても陽光あふれる平穏な水

田風景があるばかりなのだ。土俵を選ぶのはつねにゲリラである。したがって、ゲリラ側からこの戦争を眺めると、準備万端ととのえてから火ぶたを切るので、最小《ミニマム》のロスで最大《マキシマム》の効果をあげる形式だということになるのである。アメリカはこれをたたくために何台となくジェット・ヘリコプターを動員してロケット、機関砲、ナパーム、何十万エン、何百万エンの浪費を一回の戦闘においておこない、しかも効果は、はなはだ薄い。ミニ・マックスとマックス・ミニの格闘である。

おなじ条件ではおなじ反応が起るというのも人間の条件である。ベルデンが目撃した国共内戦と人民戦争の形相は今日そのままさらに悽惨に繰りかえされているし、今後もあちらこちらで繰りかえされていくことと思われる。彼はそれを地上最大の場で目撃し、歴史の回転音を全身にたたきこまれ、よくそれに耐えた。スノーもスメドレーも底知れぬ忍耐力において耐えた。彼らののこした記録は死者の書かしめたものである。羨望とともに讃嘆の気持ちを私は禁じ得ない。

私にとってのユダヤ人問題

納得できない唯物史観

一九六〇年に私はバルカンからバルチック海にかけて東ヨーロッパ、いわゆるヨーロッパ回廊と昔呼ばれた地帯の社会主義国を歴訪しました。ポーランドはブルガリアやチェコと同じように作家同盟の招待で行ったのです。

私はぜひともアウシュヴィッツがみたかった。私が行った時は戦後一六年たっていたのですが、アウシュヴィッツの隣りにビルケナウというところがあり、そこがユダヤ人大量虐殺の地獄場です。

ビルケナウの強制収容所はバラックのまま残っていました。毎日毎日でる死体を大きな穴を掘って底に並べ、その上に材木をおき、その上に死体を並べ、さらに材木を積むという調子にして焼いた。死体からでる脂をバケツですくってはかけたというのですから七面鳥を焼くみたいなことです。それはユダヤ人の囚人が焼いたのです。この事は、ロベール・メルルの『死はわが職業』というアウシュヴィッツの収容所長を主人公にした小説の中に詳しく書かれているが、春、夏、秋、冬、年がら年中一日も休まずやったのです。

その穴のあとが池になっていて、それがいくつもある。その池の底をのぞくとまっ白に貝殻を敷きつめたようになっている。そのあたりの草むらを靴でけってみるとワラワラとスプーンだとか骨が、ほんとうにそのまま出てくるんです。ものすごい光景だったですね。ユダヤ人の髪で織ったカーペットだとか義足の山だとか人間の脂でつくった石鹼だとかいろいろな異形の物のはんらんをみせられました。それは全部すでに日本にいる時、ドキュメント映画でみたり、本で読んだり、写真でみたりしてすでに知っている事ばかりの事物をみせられたわけですが、ここで突如として実感が襲いかかってきた。生まれて初めてこういう物をみせられた。生まれて初めてこういう物があったということを知らされたという気持になった。そして完全に圧倒されてしまったんです。

ワルシャワへひきあげてホテルで四、五日ほど、ウオツカばかりを飲み続けました。食堂に降りていって給仕に英語かフランス語で「ビフテキ」というと持ってきてくれる。その事自体が不思議で、言葉というものが何かの効果を現世で持っているという事が信じられない。見ると聞くとは大違いということをわれわれはしょっちゅう口にしますが、このときつくづくそれを感じさせられ、底を抜かれてしまいました。

一九六一年、つまり翌年に、アルゼンチンでアイヒマン大佐が逮捕されてエルサレムに運ばれ、エルサレムの地方裁判所で裁判が始まった。当初はオリンピック裁判といわれ、世界中から新聞記者やレポーターが押しかけてきた。

私が行った時は、対質尋問が始まった時で、この対質尋問は裁判で一番おもしろく白熱するところですが、その頃はもうオリンピックではなくなってしまった。アイヒマン大佐と検事のやりとり、といってもアイヒマン大佐は「命令でやったんです」の一点張り。そこを逃がすまいと草の根かきわけてまでも証拠資料を調べてくる。あの裁判は私がみたかぎりではアイヒマン大佐は「私は組織の歯車でした。一党独裁の全体主義国家において指導者原理だけが生活原理となる国においては、イエスとかノーとかはいってられる場合ではなく、私は命令のままにやった。私がやらなくても誰か他の人が同じようなことをやった」という。ところが一方検事側は「アイヒマンは組織の歯車ではない、人間だった。君は人間だ」ということを証明しようとした。たとえばユダヤ人虐殺会議をベルリンのはずれにヴァンという湖があり、その別荘でやった。最終解決案とよばれているものですが、その会議をした後で、会議の列席者達がコニャックを飲んだ。

検事側は「君はマントルピースに向って右から何番めにいた」ということまで調べあげてつっこみ、さらに「そのコニャックはどんな味がしたか」と検事がきく。すると、アイヒマンが「大きな仕事をやり終えた後だったのでおいしかった」と答える。そうすると「君は組織の歯車ではなく人間である。大きな仕事をやり終えたあとの酒の味を知っている」というようなことを検事が叫ぶ。徹底的に数千年の流浪、迫害の恨みつらみをこめてしらみつぶしに調べあげて攻める。そして、アイヒマンを組織の歯車から人間にしようと必死になった。ナチス第三帝国の官僚機構にも個人の存在する余地はあったのだ。全体主義国家だからといって言い訳にはならない、ということを証明しようとしたようです。それは信じられないくらい徹底的でした。そのことに私は感動もし、感動するまえにたじたじともなりましたね。

この裁判に私は五〇日ぐらい通いましたが、それから同時にナチス体制、歴史、親衛隊、高級将校達、知識人の当時の言動、気質、何を読んでいたかというようなことを調べにかかった。ヒトラーをもう一度改めて調べなおしたんです。また、当時のヨーロッパ諸国におけるナチス体制にたいする知識人たちの反応だとか、感じ方も調べた。それからイスラエルそのものの研究をやり出し、いろんなイスラエル人と接触し、キブツにも行き、最前線にも行ってみた。早くいえば知的スリルをおぼえていて、それは私のアウシュヴィッツ記憶からきているわけですが、いろいろなことを勉強し、イスラエル人とも食事をしたが、アウシュヴィッツの記憶はなかなか薄れない。つきささってくるし、押し迫ってくるし、圧倒的に頭からおおいかぶさって迫ってくるんです。

しかし、何故ユダヤ人がこんなに迫害されたのかということを調べていくと、一方でユダヤ人と接触し、一緒に飲み食いしたり、パーティーにいったりしても実感がどうしてもピンとこない。知れば知るだけ遠くなるということが起ってくる。たとえば政治力学の中で解釈すればユダヤ人は存在しない。ユダヤ人というものはつくられるものだという。そういう解釈がある。国内の諸矛盾というものを国民の目から遠ざけ、自らの隠された意志を遂行するために敵があるんだ。ユダヤ人が敵なんだ、彼らが民族の血を汚しているんだ、悪い事をやっているんだというふうにすりかえていく。その結果として反ユダヤ、ユダヤいじめ、虐殺が起るという。主として唯物史観にたった説明です。階級闘争の先鋭化をぼかすためにユダヤ人という犠牲の羊をつくるんだという説明です。

今の社会主義国でマルキシズムがおこなわれているかどうかは全く疑問ですが、社会主義国になってからもほとんどの国家で依然として陰に陽にユダヤ人いじめが続いている。マルキシズムはもともと国家を地上から廃絶することを理想としているはずなんですが、むしろ理想とはアベコベに国家主義、民族主義というものがいよいよ濃厚激烈に強化されていくようだ。教会を作ったとたんにキリスト教が原点から遠ざかり後退していったのとそっくりです。そのまた犠牲となってユダヤ人がいじめられる。最近はソ連領土内から高級知識人、下級労働者を問わず、大量のユダヤ人がイスラエルに流れていっています。

だが、小説家というものは自分の目と実感をだいじにしなければならない。そこにその作品の源泉がある。徹底的に狭ければ狭い、広ければ広いその経験なり実感なりをつきつめていく。これは想像や虚構を排しません。それらも実感ですからね。それがいかにかたよっており、狂っていてもやがてはなんらかの普遍性に到達できるのではないかというときにはもうろうとした、時には強烈な予感があるのですが、ことにアウシュヴィッツ以後、私は実感というものを尊重するようになりました。

そうすると政治的ダイナミックスの中で説明されるユダヤ人いじめというものが、人間でいえばがい骨のような感じがしてくる。人間にはがい骨がなければならない。がい骨があってその上に肉や皮膚がかぶさって人間が成立しているのですから、骨は人間に欠かせない肉体の一部なのです。

ユダヤ人いじめの政治的解釈、唯物史観からくる分析は骨のところを示している。しかし、人間というものは骨でもあるが同時に人間でもある。骨の構造がわかったところで人間がわかったとはいえない。私はレントゲン写真で骨のところだけはわかっているつもりでいたんですが、見聞がかさなるにつれて、実感としてユダヤ人を憎むことができるかできないのかということになるともうダメです。わからない。

ユダヤ人も実に様々でアウシュヴィッツやダッハウや、マウトハウゼンなどのいろんな収容所で自分が助かりたい一心に、自分の仲間を売ったのもたくさんいる。きわめて当然のことながらユダヤ人自体も奇々怪々のことをやらずには生きてはいけなかった。そういう細かい記録を夜中に一人でよんでいると益々わからなくなってくるんですね。現在のイスラエルについてみてもニューヨークの貧しいユダヤ人の服屋が一〇セント、二〇セント、一ドルなどの小銭をドライミルクのあきかんにほうり込んで貯金し、イスラエルが危機に襲われて中東戦争が勃発して、エバン外相がアメリカに駆けつけて、「わが国を救うにはみなさんの協力が必要です。」と訴える。そうすると爪に火をともして貯めたお金を惜しげもなく寄附します。イスラエルの援助基金、ユダヤ基金にはこういう貧者の浄財がずいぶんあるのですが、それと同時にイスラエルのことなどにはそっぽを向いているユダヤ人もたくさんいます。これもまた事実です。

私はイスラエル人達に対してはよい印象だけを与えられています。しかし、人間をいい印象だけで判断していいかどうかについてはためらいがあります。いじめられたり、裏切られたり、ひどいめにあわされたりしたことで人間というものの裏口から入っていって理解する方法がありますが、イスラエルにいる間も、その後もユダヤ人にいじめられたり、ひどいめにあわされたり、裏切られたりしたことがないんです。むしろ、日本人はユダヤ人いじめをしなかった国民だから、ほめられることのほうが多いのです。信用したいのでもあろうし、お世辞もあるでしょう。イスラエル人にしても非常にしつこく、ごうまんな、いやなイスラエル人と徹底的に人なつこく、謙虚でやさしいイスラエル人との二種類あるように思います。二種類といっても一つのものの裏と表なんでしょうが、大別して二つのタイプがあるような気がします。

戦後になって、ドイツ人には「われわれはヒトラーにだまされていて、ヒトラーの妄想のままにふりまわされてしまった。われわれはユダヤ人を迫害する意志はなかったのだ。」と弁明する人がたくさんいますが、それがまた、はなはだあやしい。ヒトラーは妄想家ではあるけれどいっぽうでは徹底したリアリストだったから国民にアピールすることを知ったうえで反ユダヤ宣伝をしたので、それがみごとに成功した。ヒトラーに説かれ、演説され、徹底的にたたき込まれてみるとドイツ人はそれに納得し、感動し、高揚したのです。これはパブロフの条件反射の犬のおいしいえさだったわけです。はるかにそれ以上のものだった時期もあります。

やっぱりドイツ人の中には根深くユダヤ人憎悪、ユダヤ人恐怖、優越コンプレックスにせよ、劣等コンプレックスにせよ、何かが根深く巣食っているんじゃないかと思うんです。それはドイツ人だけではなく、ロシア人にしろ、イタリア人にしろ、フランス人にしろ、その他あらゆるユダヤ人と接触し、あるいは同棲したことのある民族はたいてい持っているのじゃないかと思います。ただそれが氾濫になるかならないかの問題です。

そのうち私は東南アジアをさまようようになり、これまたものすごい流血、残虐、すさまじい闘争が毎日毎日おこなわれていて、それをみるためにでかけて濃縮されたり霧散したりするようになりました。これまた見ると聞くとでは大違いの例でしたね。ヒトラーやナチスの問題について佐々木さんと対談しましたけれど、私の知識やイメージはかれこれ一〇年以前のものにすぎません。博識な佐々木さんのおかげで新しい知識を得ることができましたが、ユダヤ人問題についても、できたら日本人として実感できるあたりから説ける人から説いてもらいたいと思います。

ソルボンヌの壁新聞

サン・ミシェル河岸の小さな旅館には元外人部隊の夜勤番がいた。中背の四十五、六歳の男で、ハンガリア人である。十二歳のときにハンガリアからフランスに移住し、青年になってからは食うに窮して外人部隊に入る。アフリカ、アルジェリア、ヴェトナムと転戦して歩き、何とか生きのびられて除隊。いまは旅館の夜勤番で下腹の柔らかい生活をしている。夜の七時に旅館にあらわれ、翌朝の七時に消える。

毎夜のように私が酔って帰ってくると、彼は籐椅子から体を起してドアをあけてくれる。顎や胸のあたりにいつも温かい、きついニンニクの匂いを漂わせ、壁から部屋の鍵をはずして私にわたしながら彼は外人部隊独特の敬礼をしてみせ、ニヤリと笑う。暗い、小さな帳場で三こと、四こと、立ち話をする。彼は帳場に腕をおき、太い首をいくらか左に傾けて私の話を聞く。その荒れた右手の指の背には一本ずつ数字がイレズミしてあり、四本そろえると、『1922』と読める。生年のことか。

「インドシナの記念さ」

いつかそういって右腕のシャツをめくってみせたことがあったが、肘から上膊へかけて醜悪な肉のよじれが走っていた。ニャチャンのはずれでうけた傷だとのことである。

彼がヴェトナムでたたかっていたのは〝第一次インドシナ戦争〟である。相手はヴェトミン（ヴェトナム独立同盟）である。もっとも、彼はコンガイ（女）や果物や町の思い出話にふけるのを好んで、けっして政治やイデオロギーの話をしようとしないが、それは長い外人部隊生活の習慣からかもしれない。この軍隊はよく知られているようにいっさいのイデオロギーを排する。（ただし兵士個人がイデオロギーを抱くことは自由である。が、鉄の規律は徹底的な闘争と戦友愛への献身にあって、いかなる意味でも〝祖国〟は存在しない）

だから私は、私も知り彼も知っているいくつかの町や果物や女のことしか彼と話しあおうとしない。サイゴン。キャプ・サン・ジャック（現在はヴンタウ）。ダナン。ニャチャン。ユエ。バナナ。パパイヤ。パイナップル。ニョクマム。フォ（うどん）。ひとしきり話したあとで彼はタバコに火をつけ、ホッと肩で息をついて、ヴェトミンは勇敢な兵士だった、すばらしく強かったとつぶやく。いまもそうだ、何も変らない、すべておなじだと私がつぶやく。そしてとろりとしたボォジョレの酔いのなかで私はハンガリア人と日本人がセーヌ左岸の暗い灯のしたに頭をよせあって東南アジアの半島の話をしていることに小さな感慨を抱く。

「学生だ、ムッシュウ」

　ある夜ふけ、ベッドのなかでうつらうつらしていると電話が鳴って、彼のしゃがれ声が聞えた。何かあったらいつでも起してくれとたのんでおいてある。

「どこ？」

「ポリスと？」

「サン・ミシェル通りだよ」

「そう」

「ポリスはたくさん？」

「わからん。まだ間にあうよ」

「ありがとう」

「すぐいくんだね」

「ありがとう」

　暗い螺旋階段を眼をこすりこすりおりていくと、外人部隊兵はもう籐椅子に眠りくずれていて、私の足音でかろうじて片眼をうっすらあけうなずいてみせる。

　蛍光灯の街燈がぼんやりした蒼白い円をおとしている夜ふけの左岸を橋までいくと、一群の長髪族やGパンやサンダルやトックリ首たちがわらわらともつれあい、口ぐちに、

「サロォ！」（ちきしょう）

「サロォ！」

「ラッサッサン！」（ひとごろし）

わめきながらいちもくさんに走ってくる。サン・ミシェル通りの長い、ゆるやかな坂を一群はあちらの横町にとびこみ、こちらの横町にとびこみして、どんどん小さくなりつつ、汚ならしいコウモリの団体のように私のよこをかけぬけ、サン・ミシェル橋を走って右岸へとんでいた。

「おい、待て！」

「……！」

声をあげたが一人としてたちどまらない。めいめい傲然として孤独な、激しくもかつうつろなまなざしでチラとこちらを見て、そのまま右岸へかけこんでいった。そのあとからゆっくりとした、けれど圧倒的な、秩序ある足どりで機動警官隊の一群が棍棒やらティミード銃（すごい音を発する威嚇銃。実弾はとばない。いわば花火の親玉）を手に手に坂をおりてきた。その一群は蒼白な街燈のなかではキラキラ輝く、寡黙なカブト虫の一群のように見えた。このカブト虫の一群とあのコウモリの一群とのあいだには眼と咽喉をキンキン刺して吐気までこみあげるラクリモジェーヌ（催涙弾）の霧がひとかたまりとなって漂いつつ移動していった。しかしコウモリたちはもう右岸から左岸へ舞い戻ろうとせず、どこかへ消えてしまったので、しばらくぐずぐずしていてからカブト虫たちは坂をのぼって消えていった。深夜の寸劇はあっけなく終ってしまった。《サロォ！》、《ラッサッサン！》の聞き慣れた罵声のほかに、この夜聞きとめた新しい罵声は、誰かが、

「エレクシオン！」（選挙）

と叫ぶと、すかさず誰かが、

「トライゾン！」（裏切り）

韻《いん》を踏んで合唱しかえすものであった。思うにこれは明朝の国民投票に抵抗するフランス全学連のどれかの一派のヤケくそじみた、線香花火のような叫びであった。（翌日のル・モンド紙によると、約四、五〇〇人の過激派学生たちが国民投票に反対して〝マニフ〟〈デモ〉をしたが、ＵＮＥＦ〈フランス全学連〉幹部は解散を指令した。しかし過激派は承諾せず、警官隊と衝突し、催涙ガスによって排除された、とあった）

翌日。町を歩いたり、投票所をのぞいたりしてみたが、どこもかしこものんびりしていて、投票所に来る人の気配ではちょっとでも早く投票をすませてヴァカンスにでかけたいというところであった。そこで、北欧諸国の取材をすませてパリへ来た朝日新聞の秋元キャパと、これはまた、ロンシャン競馬場へいって《グラン・プリ・ド・パリ》（日本ダービーにあたる、とか）を見物することにした。

秋元君は例によってカメラを何台もぶらさげ、カメラ・バグをかついで、フゥフゥ汗をかきながら観客のなかをかけまわっていて賭けるどころではなかった。日曜版に〝平和よみがえるパリ〟という写真を送るよう命令されたのだという。一発ヤマ当てで大穴を狙うのだとハリきっていたのが、〝仕事〟となると、あわれ、ヤマト男はたちまちゼンマイがかかってしまうのであった。

私はもともと野球と競馬がイロハのイの字もわからないから、あちらへいってぶらぶら、こちらへ来てコカコラを飲み、ふとトイレに入ってみたり、ピアノ線の走るような馬の筋肉と眼の涼しさに感動したりしていた。パリの半市民、小市民、中市民、大市民、全階級がスタンドにつめかけ、馬が芝生をとんでいくと、もうめったやたらにウワーッウワーッ、オーッ、オーッと叫喚、罵倒、絶讃。

そしてブーローニュの森のあちらこちらでは足の踏み場もないくらい自動車。日光浴。バドミントン。水泳。昼寝。この日私の眼が見るかぎりド・ゴールの《パルティシパシオン》（参加）の資本主義でもなく共産主義でもない第三の新哲学は、《めいめい邪魔しあわないで遊ぶ》という原則のみが実行されているかのごとくであった。（もちろん私はただ一日の現象についてのみ書いているのである。休憩をしにセーヌの岸へ寝ころびにいったら、対岸の赤煉瓦の工場の壁に《人民政府！》の白いペンキ字があった。川では水上スキーに男や女が夢中になり、モーターの音ばかりが高くひびいていたが……）

日光に輝きながらトロトロと流れていくセーヌの流れとブナの森を眺め、秋元君と私が草むらに寝ころんで話しあう。

「パリは、どうだ」

「眠《ねむ》たい」

「そうかね」

「たのしいけれど眠たいな」

「いいところだがね」

「ひたすら眠いよ」

「アイスクリン、買おうか」

「何時間でも眠れるな、とにかく」

「モッタのアイスクリン、どうだ」

「いいね」


夜になってパリへもどってくると、凱旋門のまわりでは何十台となく自動車が回転し、いっせいにピーピーピープップッと信号音を鳴らし、三色旗をはためかす、窓からのりだしてラ・マルセイエーズをうたうの、たいへんな騒ぎであった。およそエトワール広場からコンコルドまでがピーピーピープップッにみたされて大叫喚である。

タクシーの運ちゃんに
「ド・ゴールが勝ったの？」

とたずねると
「そうです。大勝利です」

という。

「半分、それとも過半数？」

「圧倒的に過半数です」

「あなたはド・ゴール派、それとも反対？」

「ド・ゴール派です。コミュニズムはノン」

開票の中間報告があってド・ゴール派が大勝、中道派は見る影もなく、左翼は無残きわまる後退と、大勢が決定したのであった。

凱旋門のまわりにはたくさんの若い男女が集って巨大な三色旗をふりつつラ・マルセイエーズを合唱し、つぎからつぎへと繰りこんでくる自動車はいっせいにけたたましく信号音を鳴らす。車体に小さな三色旗をいっぱい貼った自動車や、ワンピースからむきだしのムッチリした肩にその紙を貼りつけたマダムや、たった一人で歩道にたってビラを両手で掲げる若者がある。

『共和国防衛のため団結せよ！』

『ド・ゴールはひとりぼっちじゃない！』
『無秩序を拒絶せよ！』
『フランス人のフランス！』

これはいっておかなければならないことだが、この夜凱旋門の周囲で合唱していたド・ゴール派の人たちは、少なくとも風貌や服装から見るかぎり、貧富、貴賤、老若、男女、じつにさまざまであった。いわゆるブルジョアまたはプチ・ブルジョアだけがド・ゴールを支持したのではなかった。とにもかくにも将軍はやっぱり〝国民的英雄〟なのだった。

翌日の新聞を買うと開票結果がでていた。前年度にくらべるとド・ゴール派は二〇〇席から二九九席、独立共和派（ジスカール・デスタン派）は四二席から五六席に大エスカレーション、中道派はほとんど名のみとなり、左翼連合は一一八席から五七席、共産党は七三席から三四席へと大デスカレーションとなった。史上空前の大ストライキをやって実力を発揮したはずの左翼が雪崩《なだ》れをうつような総崩れとなり、大半以上の国民に捨てられてしまったのだった。

投票だけで一国民の意志を断定することは危険である。条件によってはどうにでも変り得る無数の要素の複雑きわまるからみあいに対する単純きわまる答えが票であり、しばしば人はその内心のささやきとは反対の票を投ずるものである。そこで、あくまでも仮定と想像であるとしておいてこの選挙を見れば、フランス人はすわっている椅子をかえることを望まなかったのであり、過激な手段や急速な変化を愛さず、けっして革命は求めていず、いっさいの矛盾や軋轢《あつれき》にもかかわらず現状を肯定しており、何よりも、おそらくこれこそが決定的要因であろうが、左右の激突が直接の結果としてもたらすであろう流血の内戦をこそ恐れたのである。

ことに本質的に保守派である農民が内戦を恐れたのであった。その恐怖は深い経験に根ざしていて強い理由のあるものであった。だからル・モンドが第一声としてこの選挙を《恐怖の報酬》と要約したのはみごとに正確であった。共産党までが選挙スローガンに《内戦を防いだ党》をかかげたのである。機関紙のユマニテをみたす古臭い、たいくつな反帝国主義論の激烈な術語の数かずを思いだしながらこの優雅なスローガンを眺めると、何かしら狼狽した猫撫声みたいなところがあって、どうにも奇妙な対照を感じさせられる。(じっさいは共産党は狼狽どころか、自信満々であったらしいのだが……)

ド・ゴール派は老将軍をかこんでモエテ・シャンドンのシャンパンをポンポン連射して乾杯したにちがいなかった。しかし、翌朝、宿酔《ふつかよい》気味の眼をパチパチさせながらベッドのなかでよく考えてみると、ビックリ箱のなかがあまりにからっぽであることに気がついてギョッとなりもするのであった。今度の選挙はただ大ストライキの進行を食いとめることだけが目的なのであって、めくらむような大勝にもかかわらず事態は何一つとして解決されなかったのだった。

戦車隊をパリ郊外へ繰りだすまでになった今度の大闘争の原因となった数かずのもの、学生、教授団、動脈硬化症におちた学制、インフレ、工業力の停滞、輸出の不振、青年労働者の不気味な不満、頑迷な階級制……そうしたことは指紋一つつけられずにのこされ、ただヴァカンスのためにすべてが秋へ一時延期されただけなのだった。

共産主義と資本主義を同時に切って、椅子をかえずにしかも新鮮なものを手に入れようとするド・ゴール将軍の第三哲学〝パルティシパシオン（参加）〟は正体不明のまま国民に大いにアッピールするところがあったが、よくよく煮つめてみると、ただおたがいに話しあおうというだけのことのように見える。賃上げした分だけ物価高のために消えてしまうならポケットはおなじからっぽではないか。このインフレの昂進をどうしたらいい。もし条件がおなじならいつでもおなじ反応が起るものであるとすると、秋には何か起るのじゃないか。学生は《十月革命》とささやいて労働者に火をつけたがっているが、どうしたらいい。昨夜の乾杯パーティは、ひょっとしたら葬儀屋のパーティではなかったかしら。あの歌声は墓掘人夫の歌声ではなかったかしら……

さて。

これまでに私は五度パリに来ているが一度も壁新聞を見たことがなかった。しかし、ソルボンヌへいってみると医学部、文学部、理学部、全学部のあらゆる壁といわず、廊下といわず、トイレといわず、赤字、黒字入り乱れて叫びと囁きでいっぱいである。美術学校へいってみるとここで《孤独な芸術家の時代は終った！》とあるし、闘争の発生地の一つであるナンテール大学へいってみると校舎へ赤の横幕をかけて《人民大学》と大書してあり、階級教室の一つ一つの入口に《マヤコフスキー教室》とか《エセェニン教室》などとあり、誰が書いたのか白亜の壁にみごとな漢字で《高挙毛沢東思想！》の一行もあった。

これらの壁にあらわれた字は特定のイデオロギー、一冊の聖書のみからぬきだされていない。バクーニンあり、毛沢東あり、ジャン・ジュネあり、ヴァレリーあり、まことに絢爛《けんらん》多彩をきわめている。《神でもなく師でもなく、ロボットでもなく奴隷でもなく！》とある一行のよこに《風たちぬ、いざ生きめやも》の一句を発見したときにはなつかしさのあまり、しばらく佇んでしまった。

そこで以下に見たまま読んだままを列挙してみようと思う。思い思いに解釈していただいて結構である。全体からうける印象は混沌たる沸騰であり醱酵であり、しばしば新しい血液を求めての行動への希求であり焦躁であり、憤怒もあれば沈思もあり、駄洒落も半畳もある。これを春のハシカと見るのもいい。フランス社会の新しい脈動と見るのもいい。問題は若者たちにこういう声があることを左翼から右翼、週刊紙から単行本、どのジャーナリズムもこれまで一度もとりあげず、発掘せず、すべてが埋没したままであったことにある。いわばこれらは地下資源の噴出である。それが石油であるか、ただの水であるかは、まだ誰にもわかっていない。

《ソルボンヌ、学校の町、町の学校では、もしソルボンヌを燃やしたら?》
《革命には二種の人間がいる。すなわち、実践する人間と、それを利用する人間である。
ナポレオン》
《ブルジョアは恐れているぞ》
《われわれが強ければこわがっている人間もわれわれとともにあるであろう》
《一九六八年に自由であるとは参加することである》
《バリケードは町を封鎖するが道を開く》
《人は馬鹿か賢いかではない。自由であるかそうでないかである》
《教会はごめん》
《改革《レフォルム》は麻酔剤《クロロフォルム》だ》
《棍棒屋との対話は拒もう》
《われらの希望は絶望のみから生れる》
《愛してる!!!》

おお！
石を手にそういって!!!!》
《ぼくらはネズミだ（たぶん）
そこで嚙みつくんだ》
《誇張、それは発明の始まりだ》
《無政府、ぼく》
《万国の百万長者よ、団結せよ、風が回る》
《（書くべき時）ではない!!!》
《夢こそ現実なのだ》
《壁に耳がある。耳に壁がある》
《学生であることは易しい。そこにとどまることは？
それは墓場だ》
《毛沢東万万歳
（二千年も生きられんことを！）》
《バブーフ万歳！》
《アレをしろ
戦争はごめん》

《来たり
見たり
信ぜり》
《無》
《ローマ……ベルリン……マドリード……ワルシャワ……パリ》
《われわれは外部から破壊し彼らは内部から破壊する。OSPAAL。アフリカ・アメリカ人民との国際的連帯を》
《芸術は死んだ。ゴダールは何もできまい》
《ワルシャワの諸君、万歳》
《自由は与えられない。かちとるものだ。シャルル・モラス》
《ド・ゴール万歳
（マゾヒストの一フランス人）》
《国家は長い歴史を持ち血にみちている。クレマンソォ》
《もう一つの事物が他の事物のうちに考えられないならばそれ自体において考えられねばならぬ。スピノザ》
《風たちぬ、いざ生きめやも》
《神でもなく師でもなく、ロボットでもなく奴隷でもなく！》

《銃をはなさずに恋人を抱け》
《現在に生きよ》
《若い赤い女はいつも美しい》
《師でもなく、神でもない。神、それはぼく》
《マルクスを完結するな》
《この夏はギリシャへいかないでソルボンヌにとどまれ》
《恋をすればするだけ革命をやりたくなった革命をやればやるだけ恋をしたくなった》
《自動車＝武器》
《破壊の情熱！　創造の歓びである。バクーニン》
《君の仕事を見たまえ。虚無と苦悩が参加している》
《すべて異様でない外観の事物は偽りである。ヴァレリー》
《強姦《ヴィオル》と暴力《ヴィオランス》万歳！
（いや《ノン》）
（やって《シ》）》
《芸術は存在しない。
芸術それは君自身である。Ｂ・ペレ》
《セクス。

それはいいと毛《マオ》はいった。けれど、度をすごすな》
《力をたくわえろ。
ストをつづけろ。
社会を占領しろ。
もし何も変化しちゃいけないと思うのならぼくはウスノロだ。
もし何も考えたくないのなら
ぼくは臆病者だ。
もし何も変らないことが面白いと考えるならぼくは下司《げす》だ。
もしぼくが
ウスノロで臆病者で下司なら
ぼくはド・ゴール派だ。
フィガロ紙を除き全使用権許可》
（筆者注・フィガロ社は学生に襲われた）
《倦怠が発散する》
《赤旗や黒旗なしに社会が変革できないことを私はかなしく思う。しかしそれらはなく
さねばならない。ジャン・ジュネ》

まだまだ無数にあってここに全部を書きとめることは不可能であるし、これらの句は毎日消えたりあらわれたりし、状況によって内容も千変万化していく。ここへ紹介した分もひょっとしたらもう消えてなくなってしまっているかもしれない。ひょっとどころではない。とっくに消えてしまっているだろう。

彼らの師は引用句から見るかぎり、マルクス、毛沢東、プルードン、バクーニン、トリスタン・ツァラ、アンドレ・ブルトン、ニーチェ、聖オーガスチン、ソクラテス。その他無数である。ただ一つ、私の気がついたところでは、もっとも彼らに密接しているはずのサルトルからの引用句がどこにも見あたらないこと、またカミュからの引用句もないこと、マルクーゼもゲヴァラもないこと、むしろ現存作家では詩人のルネ・シャールからの句がよく眼につくということだった。これはどういうわけか、まだよくわからない。一人のフランス人の知識人はサルトルとカミュの文章は短く抽出して定句にするのにむずかしいからではあるまいかと暗示してくれたが、かならずしも私にはそう思えないふしがある。

コミュニスト指導者のほかに圧倒的に無政府主義者や超現実主義者の始祖たちの句が多いのがめだつところである。これはフランスの伝統であろうと思う。徹底的な《個人》の尊重からすべてが出発するフランスにあっては絶対自由主義である無政府主義の衝動は他のどの国に見るよりも深く、広く、繊巧であって、古典的なデェモンであるといえよう。

のみならず、コミュニズムそのものがスターリン、ポズナン、ブダペスト、ペキン、ハノイでさんざん自らの手で自らを血ぬり、汚してしまった現代にあっては容易にかつての無謬の神話を恢復することができない。感じやすく純潔な精神が《夢》を求めてプルードンやバクーニンを耽読するのを誰も抑止できまい。それがナイーブで子供くさい《夢》だと非難するなら、ではほかに何かあるかと問いかえされたとき、どう答えたらいいか。少なくともこれまでの社会主義の現実に反論の根拠を求めることは至難であろう。おそらく彼らが求めている新社会が、社会主義という言葉を冠せられるのなら、それはいままでのどこにもなかった形式のそれであるはずである。

しかし、今回の闘争で見るかぎり、フランス共産党と労働総同盟（CGT）は闘争開始後おどろくほどの短日で急速に事態を賃上闘争に切りかえてしまい、たちあがるよりはすわることを考え、なぐりあうよりは握手することを考えた。彼らは冷静で深刻で慎重な打算から体制内的体制外的体制内者であることに位置をさがし求め、《生活のかかっていない》学生たちの運動もはねっかえりの極左冒険主義、子供くさい、かつ有害な、有難めいわくな花火と規定した。

ただ大労組内の世帯も子供もテレビも自動車も持たない青年労働者だけが自分たちの不満に共通の、いささかフォルムの変った不満を学生たちに見いだし、共感を示したが、幹部はそれをたちまち分裂主義、分派活動としてコントロールしてしまったのである。学生たちが《夏期大学》、《人民大学》の言葉で構想するのは青年労働者たちとの団結、連帯である。目下のところそれはまったくおぼつかなく、たよりなく、よちよち歩きほどのものでしかないが……

学生たちはいっさいの形式における直接性をさがしもとめているように私には思える。彼らは実存主義をこえたがり、自身のかなたへ進みたがっているように私には思える。こういういいかたは集約的すぎ、あまりに抽象的すぎ、たちまち文学的すぎるの非難がふりかかることが眼に見えているが、許していただけるなら、彼らはカフカをこえたがっているのだといえはしまいか。すでに彼らにあってはカフカも現実をとらえる新しい形式の創案者ではなく、枯れて腐臭をたてはじめた前時代の冗漫な独白家にすぎないと感じられはじめているのではあるまいか。

山頂からころがりおちてくる岩を巨人が全身に汗を流して山頂までおしあげる。それが山頂にとどいたとたんに、ふたたびころがりおちる。巨人はまたそれを全身に汗しておしあげていく。またおちる。またおしあげる。またおちる。

この神話の巨人をシジフォスという。

大労働組合が変質しないかぎりフランスで学生がどれだけ憤怒しようと、叫ぼうと、何一つとして変革は起らない。いっさいはＣＧＴにかかっている。それはフランスだけではない。ドイツも、日本も、アメリカもおなじである。これらの先進工業国における学生運動に既成の処方箋は何もない。学生たちはそのことを知りぬいている。だからこそ、ソルボンヌの一つの壁のある箇所には、たったひとことで自身の行動を定着した句があったのを私は見た。彼らはいらだち、行方も知らず、かつ賢いのである。

すなわち

"SISYPHE !"（シジフォス）

さらば、ヴェトナム

この十年間にあったいろいろの経験と出来事はたいていが昨日の朝のそれのように感じられてならないのだが、メコン河には無量の水が流れた。はじめてヴェトナムへいったのは一九六四年の十一月で、本誌（『週刊朝日』）の臨時海外特派員としてであった。二回めが一九六八年、三回めが一九七三年。このあいだに一九六九年にも訪れようと思ってイスラエルからバンコックまで流れてきたことがあったが、ふとしたことで右足に骨折をしてしまって、果せなかった。六八年の分をのぞいてあとはみんな本誌にそのたびごとにルポを送り、掲載してもらった。十年間に編集長は何人も交替したけれど、ヴェトナムだけは私に任せて頂きたいとそのたびごとに申送ってもらい、いつも新編集長に快諾してうけついでもらえたが、生々流転、水泡のようなマスコミのなかで、これは稀有のことであった。いまROV（ヴェトナム共和国）の消滅とともに小生も積年、ひそかに自身に課しつづけてきた任を解きたいと心きめ、あらためて本誌編集部に深謝の微意を捧げるのであります。

これまでにずいぶんたくさんの国をわたり歩いて「経験」なる果実を蓄積してきたつもりだが、この国ぐらい意表をつかれたのは他に類がなかった。喜劇のすぐよこに悲劇があり、えぐりたてるような真実の一枚したに朦朧をきわめた影がよどみ、酷烈を味わった一時間後に腹をかかえて笑いころげたくなる事物を眺め、恐るべき博識と明智に出会ったかと思うと石器時代をやっとぬけだしたばかりといいたくなる原始に出会い、腐敗と清純の両極を一日のうちに味わったかと思うと、翌日は沈思と叫喚を同時に目撃する。慟哭と哄笑、昂揚と懈怠、都雅と残虐、決意と朦朧、権謀と無邪気、ことごとくが亜熱帯の日光や「紙の花」と呼ばれるブーゲンヴィリアの花のなかで渾沌の渦動を起しているのだった。どんな文体でも切りとってこれる現実があり、切りとられた現実はまがいようもなくその文体のなかで現実であるのだが、それを書きあげた翌日にニョク・マムのむんむん匂う町をよこぎってどこかの裏町へでかけて誰かと会うと、まったく正反対のまがいようもない現実に出会って、たちまち文体模索の放浪に迷いでていかなければならないのだった。文体を模索するとは、つまり、自身を模索することであり、鏡を眺めて霧のなかでのようにあらそうことだった。

この国の現実と戦争をコミュニスト側の思考にたって方程式で批評、解説するとなると、これくらい単純、明白なことはなかった。毛沢東主席の教科書と、それにおびただしい無味乾燥のおしゃべりをつけたしつつヴェトナム流に応用、発展させたボー・グェン・ザップ将軍の教科書を読んで引用したら、それですむのであった。その方程式自体は狂気じみた忍耐と執念のうちに作動されてみごとに成功した。おそらく今後もそれはアジア圏に似た条件の国があれば、やはり、成功することであろうと思われる。その点に関するかぎり私は六五年にも、六八年にも、七三年にも疑いをおぼえたことはなかったし、十年前に奇蹟的にジャングル戦から脱出して東京へ帰ってきてから書いた本の末尾に近い部分には、「この戦争は政府軍の負けときまった」と、一行、書きつけておいた。

その点での予感は基底の部分ではけっしてうごくことがなかったけれど、その後、〝個人〟については私は迷いに迷った。たくさんで多種の個人がこの国には首都にも農村にもいるのであり、それぞれの人びとと会って、バオ・ロック産のお茶をすすって話しあえば話しあうだけ、いよいよ私は迷っていった。〝観念〟はいくつもないし、形をなしているが、〝人〟は多様であり、無限界であり、無定形なのだった。それらの人びとの眼を見なければ私もうきうきしたお茶の間過激派でいられただろうけれど、眼を見たばかりにひきこまれ、その人びとのいくらかずつがまさぐりようもなくしのびこんでしまい、〝断〟がついに下せなくて、たじたじとなってしまうのだった。この国ではアチラ側でなければコチラ側、殺スのでなければ殺サレルのだと覚悟をきめなければならない様相を、ジャングル、市場前の広場、なんでもない町角、病院、水田のほとり、あらゆる場所で見せつけられたが、誰かの側にたつとなれば同時に朦朧とながらも誰かを殺す決意をしなければならないのに、私には誰を殺す決意もつかないのだった。

酷烈を目撃すればするだけ私はいよいよ非情の石灰質の殼を心にかぶせていったが、これまた思いがけないことであったが、同時にそのいっぽうではいよいよ多感になるのでもあった。その矛盾と相反に苦しめられることが、しばしばであった。

第一次インドシナ戦争でヴェトミンの少年スパイとしてホー・チ・ミン指揮下に日夜奔走していたのが、五四年のジュネーヴ協定以後は政府軍に入ってヴェトコンと日夜命を賭けて戦っているという若い少尉と話しあったことがあるが、元ヴェトミンが現ヴェトコンと殺しあいをやっているなどとは東京にいては夢想のしようもないことであった。また、敷居もトイレもない掘立小屋同然のあばら家に住む朴訥なカトリック信者の老いた村長が、ごわごわの手とはだしの足をそろえて、口重いが決然と、コンシャン（共産）がくれば全村あげてたたかうつもりだと淡々といってのけたことがあったが、これまた、夢想のしようもない、しかし、まぎれもない現実であった。

かりにいまは二つの例をあげたにすぎないが、この若い少尉のおだやかだが苛烈をひそめた声と、老いた農民の秋霜の皺にまみれたなかで光っていた眼に私はとらわれているのである。見なければまどわなくてよかったかもしれないのに見てしまったためにたじたじとなる。そういう眼を私はあまりに見てしまった。

西欧でも東洋でもコミュニストにはそっくりの習癖が見られるようだ。戦争をやらせるとみごとなのに、政権奪取後の平和にはひどい失策をひき起すという習癖である。平和は戦争よりむつかしいのである。

中国でもそうだったし、北ヴェトナムでもそうだった。ソヴェトでもそうだったし、チェコでもそうだった。どうやらキューバも農村問題では例外ではなさそうである。〝革命〟で得られた〝光栄〟とその後の〝悲惨〟をハカリにかけたら誰にも得失の測定が容易につけられないようなのである。新しい支配者を迎えたサイゴンでも政府があって人民があるというシステムそれ自体は何ひとつ変えることができなくて、今後の毎日を送ることとなったが、それがヴェトナムの農民の諺がいうように「お上は顔が変るだけのこった」となるのか、ならないのか。

まだ、誰にもわからない。

民主主義何デモ暮ショイガヨイ

近頃私はめったに新刊書店へいかなくなった。新聞広告を見て、買いたい新刊書があるとそこを切りとって人にわたし、いっしょにお金をわたして、ついでのときでいいですからといって買ってきてもらうようにしている。いつごろからかそういう習慣になったのである。

書物と酒は毎日欠かすことができない。日本にいようが外国にいようが、これは変えることのできない習慣である。一昨年、ヴェトナムで一五〇日ほど暮したが、読むものがなくなると小倉百人一首を読んですごした。なにげなくそれは思いついてスーツケースに入れて出国したのだったが、南の夜のじっとり濡《ぬ》れた暑熱と倦怠《けんたい》で溺死《できし》しそうになっているとき、気ままに一句一句読んでは床《ゆか》へ落していると、回想や想像がつぎからつぎへとわいてきて時間に果汁をみたしてもらうことができた。今度から外国へいくときは釣道具のほかにかならずこれを持っていくことにしようと思う。

新刊書店へでかけるのが億劫《おっくう》になったのは苦痛だからである。ピカピカ輝やく本が目白押しにならんで口ぐちにオレが、オレがと叫びたてている。その声が声なき叫喚の大渦となって眼と耳にとびこんできそうなのだ。それがイヤなのだ。おぞましいような、あざといような、いたたまれない感触が全身に這《は》いあがってくる。ときには店内へ一歩入った瞬間に窒息しそうになることもある。若いときには得体の知れない不安と焦燥《しょうそう》にとりつかれてわくわくおびえながら毎日をうっちゃっていたけれど、ときたま気力のあるときに新刊書店へいくと、モンマルトルの丘にたってパリを見おろしつつ、パリはおれに征服されるのを待っていると傲語《ごうご》したラスティニヤックのように、よし、これだけの本を全部読破してやるぞとふるいたったものだった。何かしら挑戦されたように感じて昂揚《こうよう》したわけである。

しかし、いまはもうつきあいきれないという気持のほうがさきにさきにとまわって待ちかまえるようなので、私はしがない古本屋へ入っていく。薄暗い古本屋には特有のしめっぽくカビっぽい匂《にお》いが漂よっているが、それも子供のときからの懐《なつか》しいなじみである。傷だらけで垢《あか》だらけの本の顔には辛酸をかいくぐってきた男の顔にときどき見かけるのとおなじものがあらわれている。転々とわたり歩き、転落に転落をかさねて、あと一歩で古紙屋に売られてパルプになるところを崖《がけ》ぎわで一歩踏みこたえてそこにならんでいるが、あくまでも何食わぬ顔でいる気配がうれしいところである。ここではベストセラー作家も、派手な新人作家も、どえらい老大家もみなおなじである。無政府主義的なまでのその権威無視が私には愉《たの》しい休息なのである。傷と垢のなかでのびのびできるのである。これが何よりである。友みなの我よりすぐれて見ゆるとき、しかもなぜかしら花を買いきて妻とたのしむ気にもなれないときは、古本屋がいいですゾ。

いまの古本屋は掘出物の愉しみが少くなって、むしろ新刊のゾッキ本屋にすぎない店が多く、埋蔵資源発掘の、山師の愉しみをあたえてくれる店が年々少くなるいっぽうなので、これはどうにもさびしいことである。蓄積らしい蓄積が物・心ともにどこにも見られない涸渇《こかつ》の時代の特長がこんなところにまで及んできたのではあるまいかということをときどき考えさせられることがある。そこで、それならいっそ、という心理にもそそのかされ、路上で雨ざらしになっている投売本をノミとり眼《まなこ》でさがすという意地悪い趣味が顔を覗《のぞ》かせる。しかし、このパルプ先生たちも私の経験ではいまからおよそ十年前かそのあたりから涸渇期に入りだし、現在ではどうにもこうにもとかしてトイレット・ペーパーにするしかないような本ばかりがむくれてそりかえってころがっている。末端がこうダメなら中枢《ちゆうすう》部もどうやら似たようなことなのではあるまいかと察しをつけたくなってくる。

昔、〝戦後〟が街にも、皿にも、本にも、雨にも旺盛《おうせい》にはびこって、息苦しくてならなかった頃、やっぱり私は古本屋が好きで投売りブックの箱を覗いて歩くのが好きだったが、山師としてはときどきいい本を屑《くず》同然の値で買うことができた。たとえば戦中と戦前に出版された本は八月十五日で大ガラをくらって以来、古本屋の棚からも追放され、そういう箱のなかで小さくなっているしかないのだが、そういう本のなかにはときどきおどろかされるものもあった。たとえば中国のことを書いた本を読むと、蔣介石《しょうかいせき》政権下の中国人をただもう救いようのない無知、貧困、飢餓、商売人根性だけでとらえ、当局の検閲を恐れて中国共産党にはひたすら触れていないか、関心がないかである。たまたま触れていても、この中国人の徹底的な唯美《ゆいび》主義と芸術家気質にコミュニストの高山の空気のようなモラリズムが食いこめるはずがないと断言しきっているなど、歴史の皮肉をおぼえさせられて、じつに勉強になったものだった。そういう暗い箱のなかで、あるとき、明治の頃に出版された、駄洒落《だじゃれ》づくしの英和辞書があった。これまたその頃の私に買えたのだから屑同然の値段だったのだろうと思う。いつとなくどこかへ消えてしまって、その後も思いだすたびに残念な気持になるのだが、この本の著者はなかなかタダのネズミではなかった。英語をかたっぱしから語呂《ごろ》あわせ川柳に仕立てているのである。

たとえばDの頁《ページ》を繰って、〝ドクター〟を見ると、《医者ヲ毒タアコレ如何ニ》とある。Mの頁を繰って〝マネー〟を見ると、《金ハアル真似、ナイ真似、苦シイ真似》などとあって、英音を読み入れつつ、日本語に転移し、意味を知らせながら同時に痛烈な風刺《ふうし》に仕立てあげるあたり、読んでいて飽きなかった。いまでもよくおぼえていて最高傑作と思うのは、やはりDの頁にあった〝デモクラシー〟である。これは、《民主主義、何デモ暮シヨイガヨイ》というのだった。デモクラシーをめぐる本読みインテリたちの厖《ぼう》大《だい》で蒼白《そうはく》な肥大した議論や論争や行方不明になりがちの思惟《しい》をこの一句は路上のただの人の視点からたった一行で止《とど》メを刺したといいたくなるくらいのあざやかさで本質を指摘している。こういう本が現在書かれたら受験生諸君もホッと一息つけるだろうし、私も眠れない夜を何とかうっちゃることができそうに思うのだが、誰かやってくれないものか？

6 『オーパ！』の周辺——〝鬱〟と並走した行動者

脱獄囚の遊び

いまは冬なので私は部屋にこもったままでいる。ワカサギ釣りやタナゴ釣りの好季節で、ブクブクに着ぶくれて寒風にさらされつつ氷穴のふちにうずくまってワカサギを釣ると、青い氷に淡い陽が射し、暗い水のなかでポケット・ナイフぐらいの小魚が右に左に走りつつあがってくるのが見える。白銀の小さな体に大きな、まじまじひらいた、黒い眼がつき、この魚は氷のうえに投げられると、三、四回跳ねただけで凍りついてしまうのである。これは稚いけれど繊妙なところのある釣りで、七輪、油鍋、一升瓶、大根オロシを入れたどんぶり鉢など持ちだして、一家総出、日曜日などには冬のお花見といいたくなるようなにぎやかさになる。とうちゃんが鼻水すすりすすり釣りあげるのをかあちゃんが七輪にかけた油鍋へつぎつぎほりこんでカラ揚げにする。この魚はカリカリに揚げるのがコツで、それができるなら一匹ずつ揚げても、かたまりでカキ揚げにしてもどちらでもいい。熱い御飯にそれをのせ、熱いダシをたっぷりかけてもらい、ハフ、ハフといいながら食べると愉しいのである。

けれど、私は、根釧原野の大湿原を流れる小さな雪裡川や、奥日光の半ば雪と氷で閉ざされた丸沼や、アラスカの荒野のナクネク河のことなどを考えて、うつらうつらしているることが多い。いずれも苛酷や非情のあった釣りである。みぞれ、氷雨、烈風、髄まで凍ってしまいそうだったのである。雪裡川では小舟で移動したのだが、丸沼ではポイントをここときめてしまって、たった一箇所に三時間、膝まで雪に埋もれ、杭と化してキャスティングをつづけたし、アラスカでは乳にごりした雪しろの河のなかに通算十三時間たっていたことがある。キング・サーモンは舟にのって河を上ったり下ったりしながらキャスティングやトローリングで釣れるのだが、これは人間がサケにたいして圧倒的に優利になれる方法なので、私は秋元啓一と相談し、わざと不利で、つらくて、むつかしい方法をとることにし、ボートに帰ってもらった。川にたちこんで釣ると、極地の寒冷で全身がパリパリになってしまい、サケがかかったとなると下流へ下流へと逸走していくのを追って川のなかにザブザブと走らねばならない。同時にサケの憤怒、狂乱にあわせて糸をしめたりゆるめたり、即戦即応、リールのスター・ドラグ（星型のブレーキ・ネジ）に指を走らせねばならないのである。何しろ生まれてはじめてのことだし、誰も教えてくれないし、本で読みためた知識はストライク（あたり）の瞬間に蒸発してしまうし、竿はマス用のズーム1だったし、糸はたったの十二ポンドだった。悪戦苦闘の末にようやく赤銅と青銀に輝やく巨体を河原のゴロタ石によこたえると、顔面蒼白、全身悪寒、脈搏異常、心音乱調、ワッワッと叫んで秋元啓一の手をとって跳ねまわったものだった。荒巻か、燻製か、缶詰、つまり、ぺちゃんこか粉ごなになったサケには子供のときから接しているが、生きているこの魚はマグロやブリのように丸まると太り、まるで魚雷か砲弾みたいなのだと、このときにはじめて知った。それは汚染を知らない河床からふいにあらわれた太古の貴金属の鉱脈であった。

部屋のなかにいて戸外の川や〝あの日〟のことを考えてうつらうつらしている人物のことを〝アームチェア・フィッシャーマン〟と呼ぶらしいが、いまの私がそうである。いまは冬であるうえに私は新しい長篇にとりかかっているので、書斎にこもったきりで、ほとんど人に会うこともなく、まるで隔離された病人のような毎日である。読むものといっては暗示をうけることを恐れて文学本は名作も凡作もすべて遠ざけている。なかには他人の作品からうける暗示のままに書いている作家もいて、それを読むと、いまミラーを読んでいるなとか、いまメイラーを読んでいるななどと、すぐにわかってしまうことがあるが、私はそういうことを自分に許せないし、いま自分が薄紙よりも脆い状態にあるとわかっているので、マンガや、食道楽の本や、『アメリカとカナダにおける魚釣り百科全書』などという本を読んだりしている。小説のほうのペンがなかなか進まないために、空想旅行のほうはどんどん進み、私はいったこともない北米とカナダについてマスキーならあそこだ、ガーバイクならここだ、コーホならどこの湖だ、ジャイアント・レインボーなら何州のどの川だなどと、ちょっと旅行社が開けるくらいまでの知識を持つにいたった。いわばアームチェア・フィッシングである。ドイツにいるときに私はこうやって夏枯れのひどい季節にホンマスのいる小川をいいあてたことがあるし、さきのキング・サーモンのナクネク河も東京の自宅の二階の机のうえでさがしあてたのである。だからといってべつにどうなるッてこともない、この種のカンだけが、どうやら私において生きているらしい。

けれど、私は謙虚にならなければいけない。この種のアームチェア・フィッシャーマンでは幸田露伴という偉才がいるからである。彼のその方面の遊びとくると、アメリカだ、カナダなどというものではなくて、約三〇〇〇年も昔の、まだ日本史がはじまってもいない太古に、太公望が、その太古の大陸の、どの省の、どの県の、どの河で釣りをしたか、その穴場はその河のどのあたりだろうかと、いちいち地名まであげ、おまけに、あそこはダメだが、ここならちょっとイケるだろうなどと、書いているのである。『太公望』という一篇の史伝である。数年前に釣りをはじめたときにたまたま人にすすめられて読んだのだったが、読みすすむうちに左のような穴場案内の一節に遭遇し、目をこすった。そしてその満々たる自信の筆致に、驚愕、哄笑、ついで、さらに目をこすりつつもうなだれることとなったのである。

海上は別として沂州で釣場は、沂州府の傍を流れて沂河に入る祊河の上の桃花淵、二郎淵、丁溝淵あたりで、地志から得た感じだけであるが、少しは竿を入れたい気もするが、日照県の近くに竹子河、大荘河、傅疃《ふさん》河などといふ河は有つても綸を垂れたい意《こころ》も起らない位だ。「水有り漁《すなど》る可し」といふ語《ことば》も有り、釣客は何処《どこ》でゝも釣るものではあるが、太公も日照あたりでは釣りさうも無い。

露伴は釣狂で、ことにスズキ釣りやクロダイ釣りが好きで、涸沼川などによくかよったと伝えられるが、日本からでたことはないはずである。中国大陸は一歩も踏んでいないはずである。けれど彼にはやみがたい《ファクト・ファインディング（事実調査）》の精神があったので、例の蘇東坡の詩にある〝松江之鱸〟の〝鱸〟は果してスズキであろうかどうか、ためしてみたくなり、上海からわざわざ缶詰をとりよせてみたというエッセイがある。その缶詰をひらいたところが、でてきたのはわが国の筑後川あたりで〝ヤマノカミ〟と呼んでいるカジカの一種であった。だから〝松江之鱸〟という魚はこんなザコではなくて、おそらくは〝鱖魚《けつぎょ》〟のことだと考えたいと洩らしている。（私は〝鱖魚《けつぎょ》〟そのものを目撃したことはないけれど、図鑑で見るかぎりでは、アメリカで〝ブラック・バス〟と呼ぶ魚、ヨーロッパで〝パーチ〟、〝パイク・パーチ〟と呼ぶ二種の魚、およびわが国の〝スズキ〟、これらの魚のそれぞれの特長を帯びているように思われる。縞、ヒレ、鰓、口、眼、全体の体形などに、それぞれの魚の面影が濃く読みとれる。

いずれもが近縁の種で、聡明、慓悍、貪慾、釣ってたのしく、食べてうまい。だから〝松江之鱸〟がもし、カジカでないのなら、鱖魚だということになりそうだが、それを〝スズキ〟だとしても、中国人の書く〝鮎〟がわが国ではナマズであるというほどの誤ちをこの場合は犯さないことになりそうである）

大陸は土質、地形が安定しているのだといってしまえばそれまでだが、それだって三〇〇〇年間には涸れた河もあるだろうし、消えた湖もあるだろうと考えたいところである。私は露伴がホラを吹いているのだろうと考えた。ホラは釣師の必須の精神で、おそらく釣技の一つだと考えてやっていいのだから、露伴はその水辺の精神をそのまま書斎に持ち帰って文章にしたのではあるまいか。鬱蒼とした古書や〝地志〟を探査しぬいたうえでのことだとして空想をたのしんだのではあるまいか。〝事実〟から発する帰納法、演繹法の埒外にこのような愉しき史伝の方法があるはずだといいたかったのではあるまいか。

おおむね私はそう考えて、かつは畏敬し、かつはヒクヒク笑いながらこの一節を愉しみのうちに通過したのだった。ところが、しばらくして、教えてくれる人があった。それによると、露伴は吹いたのではないとのことで、明確な人名が傍証としてあげられるというのだ。田中西二郎氏が雑誌『旅』に書いた文章によると、千葉大学の地理学者で山東省に数年暮したことのある人が、モンダイの日照県なるものは現に山東省沂州府に存在し、かつこの露伴の文章は現実の地形をじつに的確につかんでいるのに愕いたと述懐していたそうである。田中西二郎氏の文章を何とかして入手して読みたいものだと思うのだが、いまだに怠けてしまっている。

露伴にいわせると、八重事代主命は出雲の美保でスズキ釣りをして遊んだと伝えられ、その土地はいまでもちゃんとのこっているのだから、海でさえそうなのだから、大陸の河ならあたりまえサと、少しあとの箇所でちょっと肩すかし気味に書いている。それが肩すかし気味で、テレたように短いのは、さきの箇所で、〝少しは竿を入れたい〟とか、〝綸を垂れる気にもなれない〟などと、いわば張り扇の音をいささか高くしすぎたので、若干の不安におそわれたからであるかもしれない。あるいは、そうでないかもしれない。

日本にいていったこともない外国の、また外国へいっていったこともない一地方の一点を、穴場としてさぐりあてるのに、私は釣書や地図をよく観察したり、釣道具屋へでかけておっちゃんにたずねたりしたのだが、釣書で魚の性癖を知れば、地図を読むことそのものはたいしてむつかしくない。めざす魚が水温何度ぐらいでもっとも活潑であるかということがいまの釣書には書いてあるから、地図を見て、それならいまの季節だと高地地方であるか低地地方であるかと判断いたし、ついで、湖、川、水路、沼などがなるべくたくさんごちゃごちゃまじりあっているところ——アメリカ語では〝システム〟という。ルーレット・バクチの確率表のこともそう呼ぶが、大いに異るものと知るべし

——その、〝システム〟を、旅館の夜ふけに、右手にウィスキー、左手に赤エンピツを持って、うろうろさがすのである。こういう夜はじつに愉しい。さながらシャーロック・ホームズが腕にコカインを射って現場の部屋にあらわれ、虫眼鏡でカーペットを見ようとかがみこむ、その第一瞥のごときものである。

ただ、泣きたくなるのは、明智神のごとしサと釣竿片手に現場へかけつけたところが、地図ではあるかなしかの小川だったのがぼうぼうと寒風吹きすさぶ大河であったり、涙の半滴ほどの沼が眼路《まなじ》果てしもなき三角波たちさわぐ大湖だったりすることである。ヨーロッパではあまり狂わなかったが、アラスカでは狂いに狂ってしまって、室内にあって外界を断定することの〝賢《さか》しら〟のおろかしさ、的はずれぶりを、全身で教えられたものである。無機質の、冷めたい、凍てついた泥岸に何度、うずくまってしまいたくなったことか。おまけにサケは気まぐれで、河にたちこんでいる私の腿の左、右にサメのように背びれが出没するのに一匹も釣れなかったり、昨日は〝河筋一番〟といわれる成績だったのに今日は十三時間やってノー・ヒット、ノー・ストライクだったりして……

どうやら〝太公望〟というコトバも近頃の日本では廃語になりかかっているらしき感触であるが、古事を手すさびに渉猟した露伴の博大な考証によると、この人物は、その名さえまちまちばらばらに伝えられているという。おまけに、釣師であったかどうかも怪しいかぎりで、むしろ今でいえば餅屋、パン屋、おでん屋、もっととんで、きつい説によると、釣りどころか、ブタやウシの屠殺業をやっていたのではあるまいかとさえ推されるというのである。

『釣れますかなどと文王そばへ寄り』

をひねって露伴は

『ヒレを呉れなどと文王みせへ寄り』

とからかっている。

これを読んだ機会に露伴の史伝をいくつか読みあさることになり、じつに心愉しかったということを書きとめておきたい。私は無学な、小さな説を書いてメシを食う男だから、たまたま読んだものに子供みたいに愉しんじゃうことがしばしばなので、ふとすれちがった人に、ひたすらそれが現代人の与えてくれないものを与えてくれるからということだけで興奮して、恥をかいてしまうことが多い。露伴のエッセイ風の史伝もそうであった。入手できるかぎりの傍証は入手できるままに読み、考え、感じ、集めるが、彼はそれだけで太公望なり、王羲之なり、蘇東坡なりの人物像を彫りあげたとはせず、鬱蒼とした故実の、いかめしい基礎のうえに、ふいにざっくばらんな、しばしばつよすぎる断言調の、ときに講談風ですらある彼の洞察なるものを、その人にたいする情熱のうちに、無償にそそぎこんで完成するのである。これはツヴァイクが貴族の感性と修辞においてみごとにやってのけたことを、日本の一人の平民が、性格の解剖のみごとさにおいてはまったく同水準で、そして額面通りの直情、真率さにおいてやってのけたということなのではあるまいかと思うのである。しかも彼は暴風の吹きすさぶなかで一枚の竹の葉がどうそよぐかということに耳をかたむける柔軟と繊鋭をいつも忘れなかったから、たとえば蘇東坡兄弟が旅館の一室で詩を作って示しあったことについて、その純潔、無雑によせる熱情的な評価の箇所など、つくづくうらやましいと思わせられるものが、閃めいているのである。徹底的な〝ファクト・ファインディング〟の精神のかたわらに、どうやら露伴は、ある点からさきをいっさい〝幻談〟と見なす精神も据えていたから、その〝幻談〟の組まれかた、織られかたにも〝ファクト・ファインディング〟の精神を容赦なく行使しはしたものの、そこで事態が完成したとは感じず、さらに玄虚についてなごやかに愉しみ、もてあそび、かつ畏れる精神もまた、どうしてか、体得していたのだろうと思われる。

（〝玄虚〟は私の好きなコトバだが、ある人に教えられるところによると、古語としてはこのコトバは万物の根源としての虚無をさすものとして使われたが、のちの時代になって、ハッタリ、ごまかし、こけおどかし、英語でいう〝ブラッフ〟などの意に使われることになったそうである。両義ともどこかで一脈通じあいそうな気配があるという意識において、いま、使った）

露伴についての愉快な一挿話によると、ある日彼は、訪れてきた客に向って、君、太公望はどんな恰好で釣ってたと思う、まずこうだっただろうナといって、その恰好をやってみせたそうである。それは、右膝を折敷き、左膝を半ばたて、右手を腰のあたりにあて、左手を左膝にのせる、というポーズだったそうである。史伝『太公望』ではそこまで逸走はしていないけれど、これは〝玄虚〟を両義において晴朗にもてあそぶ彼の精神の一端がよくあらわれているエピソードで、ちょっと一杯飲んでいるときなどに考えると微笑せずにはいられない。この文章を読んでいなくてしかも釣りにちょっと心得のある人がきたら一度ためしてみてやろうかナと思う。

　ウォルトンは晩年にロンドンで釣道具店を開いてすごしたのではあるまいかと思われるが、ある年、たまたま歩いていてその某ストリートにさしかかり、壁に一枚の銅板が埋められてあって、〝STUDY TO BE QUIET〟と刻んであったのが眼にのこっている。この句を思いだすたびに私は、ときに、《静謐の研究》と訳してみたり、ときに《おだやかになることを学べ》と訳してみたりする。卿の『釣魚大全』の哲学はこの一語に濃縮される。私は川釣り、山釣りが好きで、それも果敢な闘志にみちた、華麗なマス族の跳躍を見るのが好きなので、釣場はどうしても山上湖とか、それに流れこむ渓流とか、幽谷の岩かげとかになる。マスとイワナが混棲しているそういう場所は岩から岩へとんだり、骨を刺す渓流をわたったり、崖を蔓や岩角にすがってよじのぼったり、よじおりたり、ときには全身水へ突入したりということになる。深い幽谷は切りたった両岸を蔽う原生林の影にみちていて、一歩一歩そこをさかのぼっていくと、女の両腿のなかをゆっくりと衆妙の門に向ってたどりつつあるような官能の連想をかきたててくれたりする。これは天地玄黄の創造に汗みどろになっている女媧の腿のあいだで小人のような人類がチョコマカかけまわって口だけは壮大なことをしゃべりちらかしていたという魯迅の短篇『補天』を思いおこさせるイメージでもあるけれど、たったひとりで幽谷をたどっているときの私には十七歳のときのような官能が、ときに煮えたつといってよいほどの純粋な熾烈さできざしているのである。だから、そのゆらめきの陽炎のことを思うと、とてもウォルトン卿のように、おだやかになることは学ぶことができないのである。そして、静かになればなるだけ耳は騒音を聞いてしまうものであるから、いよいよ私は下界の叫喚、分裂、汚濁、混沌のめちゃくちゃにみたされる。思い屈し、心まどう。奇怪の濁りでへとへとになる。なんのために山へ逃げてきたのかわからない。この汚穢を救ってくれるのは一匹のマスかイワナである。一匹のイワナがかかったと知った、その瞬間に、いっさいが竿のぶるぶるといっしょに霧散し、私はあてどなく充実しきって昇華される。一匹でいい。一匹さえ釣れればいいのだ。そして最初の一匹に、大小にかかわらず、すべてがあるのだ。私はスポーツとしての釣りしかしないのだから、釣った魚はまず大小にかかわらずみな頭を撫でて逃がしてやることにしているが、それでも、一匹も釣れなくて崖を山道までよじのぼってくるときの黄昏の暗鬱、退廃の重さは、どうにもイヤなものである。その日一日私の心に発生しつづけた汚濁をそのまま山小屋へ持って帰らなければならないのだから、つくづく衰亡して顎がでてしまう。

このような焦躁の腐臭にみたされていると、ウォルトン卿の名著も、心なごやかに微笑をもって読みたどれるものは、一年のうちに何日もない。焦躁、つまり、それが原因明瞭のものであれ、不明瞭のものであれ、現世の何事かにかかずらわずにはいられない血のさわぎがどこかにあるかぎり、卿のおおらか、のどか、まだるっこいかぎりのあの文章は、平静に持続して読みたどっていくことは困難であるし、苦痛ともなってくるのである。卿の文章とその哲学は誰かのみごとな比喩を借りると、春の日なたをロバにのってポクリ、ポクリと一歩ずついくようなものなのであるから、このあとに議論や解釈の声をたてないでただひかれるままに無心についていくためには、よくよく心が力を失ってしまっているときでないかぎり、まず不可能なのではあるまいかと、近頃の私は考えたがる。よくよく私は〝遊ぶ〟ことを知らないでいるのである。一瞬もくつろぐことができないのである。たゆたうこともできないし、放下することもできないし、油断することもできないのであるらしい。それでいて何ひとつとして確保、持続、耐久することもできないでいるのであるらしいと、感じられる。

宿酔の朝はつらいものだけれど、心身がへとへとに疲弊しているために、たとえば二度めに眠りなおすときなど、ときには軟泥に深く深くゆっくりと沈んでいくような快よさをおぼえることがあるが、この本も、ときたま、いろいろな条件が稀れに整ってくれると、そのまだるっこしさが滋味に転ずるような読みかたをすることができる。そのためには〝現代〟という悪酒をとことん飲んでみる必要がありそうだ。後代になって動乱や恐慌や戦争があるたびにこの本は版を重ねた、という挿話は、ひょっとしたら出版社の創作であるかもしれないけれど、そういう美しいウソならいくら聞かされてもいい。今度出た森秀人氏の新しい完訳本につけられた小伝によると、ウォルトンは、結婚を二回している。通算三十年のその結婚生活で彼は二人の妻と八人の子を失ったそうである。子は九人生まれたが生きのこったのはたった一人だそうである。三十年間に十回彼は葬式をしたということになる。彼はおだやかで愛想がよく、友達づきあいのいい人物だったらしいが、いくら好人物でもこうたてつづけに無常迅速、乱離骨灰を見せられては釣りにでもいくよりしかたなかっただろうと推される。そうと知らされてみると、卿がくりかえしくりかえし、ひたすら、現世を解脱して自然と幼児の日へ帰ることの浄福のみを説きつづけたわけが、ようやくまさぐれそうに思えてくる。憂愁の腐蝕跡をのこさないでその解脱を説くことができたという点を考えると、これはまたなかなかの覚悟の人物であったかと、思えてくる。

釣師というものは、見たところ、のんきそうだが、実は脱走者で脱獄者だ。仕事から、世間から、家庭から脱出しようとあがきながら、結局、脱出できないことを知って、瞬間の脱獄気分を楽しんでいる囚人だ。

これはずいぶん以前に読んだ林房雄氏の『緑の地平線』という小説で一人の人物が洩らしている感想である。これは全篇釣りづくしで書かれた、非凡のたくらみのある作品で、食談づくしで書かれた獅子文六の『バナナ』とならんで注目すべき奇作である。井伏鱒二氏の釣り随筆を読んでいると、釣師にはせっかちで好色な人物が多いという意味の説が紹介されてあり、かねがね名言だと思っていたところ、あるとき秋川渓谷の奥へたまたま釣りにいったときにたずねてみると、あれは林房雄がいったことです、とのことだった。

釣師は手錠をはめられるのを待っている脱獄囚だというこのコトバも、短気・好色家説とならんで、名言のように私には思われる。釣りにでかけるのは一つの旅にでかけることでもあるから、これは旅人の心懐でもあるだろうか。私が釣りか、釣りの旅かにでかけるときはこの憂愁がきっとどこかに分泌されているような気がする。それを感ずると、どこまで走ってもくつろぐことのできない自身の偏りぶり、こわばりぶりがまたまたイヤになってきて顔をそむけたくなる。荒野をさまよい、幽谷にわけ入っても、自身をうっちゃり、ふりきることのできる完璧の瞬間というものが訪れてくれるのはなかなかないことで、回数をかさねればかさねるだけ、いよいよそのことを知らされる。だから、最初の一匹の最初の一撃が待ちに待ったあげくにやってきたときはうわずらないでよく冷えた黄昏のドライ・マーティニの一滴のようにしてすみずみまで舐めつくしてやろうと思うのだが、いつも輝きわたる惑乱のうちにすぎてしまう。そうである。真実は死とおなじくらいにとらえにくいようである。

……きた！

と知って夢中でもがくうち、これではいけないと気がついて凝視の眼をすえると、もうそれは消えていて、私はふるえ、魚は足もとによこたわって吐息をついている。ここでもまた《見る》ことのむつかしさをさとらされる。魚は乾いた手でつかまれると全身を火傷したように感ずるらしいので、手を濡らしてから上流に向けて支えてやり、自分から力を回復して泳ぎだすまで待ってやるのだが、なかには失神状態でふらふらユラユラしているのがいる。そういうのは軽く指で頭をトントンとついてやると、ハッとたちなおり、一閃、影のようにひらめいて消えていく。私はその後姿を見送り、糸をリールに巻きとり、落日の射す崖をよちよちとのぼっていく。ほかにどこへいくすべもないから家へもどっていく。脱獄囚は自身で自身の手に手錠をかける。これ、さながら一文明の黄昏であるナ。

荒地を求める旅心

去年の夏、ある日、虫歯の穴のようにうつろなパリのキャフェで新聞を読んでいると、死海へ遊びにきていたアメリカ人の若い女教師がヨルダンの発射した迫撃砲弾を浴びて即死したという記事がでていた。三面記事程度の扱いなのでくわしいことはわからないが、アフリカで三年間教師をし、アメリカに帰国する途中、イスラエルにたちより、死海へ遊びにきて、シャワーの小屋に入ったところへ砲弾が落下したものらしい。

死海はごぞんじのように地球上でもっとも低い地点にあり、塩分が濃いために体がコルクのように浮いてしまう。プカプカ浮きつつ手をだすとそのままの姿勢で新聞を読むことができる。あまりに塩分が濃すぎるので生傷のある人は入ってはいけないのだが、いっぽう底にある軟泥が病気に利くとかで泥ンこまみれになって日光浴をしている人もいる。砂漠の日光が降りそそぎ、みなぎり、硫酸のような濃緑色の水がキラキラ輝くなかで、あたりには草もなく、木もなく、荒涼とした岩塩の禿山が壮大な沈黙を凝結している。

しかし、ここ二十年間、この海はイスラエルとヨルダンの国境線であったし、いまもそうである。発砲、銃撃戦、射殺ということがたえまなく発生する。ことに《六日戦争》以後はその回数がはげしくなった。双方ともに武器がエスカレートし、ヨルダン側は迫撃砲のほかにカチューシャ（チェコ製だという説があるが……）で一度に何発となくたたきこむということをやりだし、しかもそれは夜昼おかまいなし、いつ惨禍が発生するかしれないというのが現状となった。死海の両端のソドム近辺でもジェリコ近辺でもおなじ状況である。生物が棲めないので死海と名づけられたこの塩湖は名のままにそこを訪れる人にとって死の海となったようである。

そういうことはイスラエルを訪れた人なら誰でも知っているし、わきまえておかねばならないことである。イスラエル政府は国境《ボーダー》パトロール隊のその場その場の指揮に従うのなら死海を訪問することは誰にでも許可している。バスでもタクシーでも、お好みのままである。死は大手をひろげてあなたを待っている。カチューシャが落下したときその手はふいに締められ、一瞬に何かを粉砕し、音もなくひらいてもとにもどる。この国での死は乾燥している。容赦しないが瞬間的であり、事業を完成した瞬後にはもうどこかに消えてしまっている。アメリカ人の若い女教師はそういうことをわきまえたうえで口笛を吹きつつピクニックにでかけ、一歩踏みだして《彼方《かなた》へ》去ってしまったのだった。私はある感動をおぼえ、よく冷えたパスティスをゆっくりとすすってから、虫歯の穴へ入っていった。そしてほぼ一週間後にジェリコの近くの死海の岸にたっていた。

北海道の東部と北部には広大な荒野がひろがっている。ゆるやかな丘や、湿地や、低い灌木林がくねくねする川の岸を飾っていたり、という箇所もないではないが、しばしば、ただ暗湿で冷めたい不毛地がのっぺらぼうに地平線の果てまでひろがっているきりで、ときにはのたれ死したウマやヒツジの頭蓋骨が風雨に洗いさらされて石膏のように白くなったのが草むらにころがっていそうな——いそうでもあり、事実、ころがっている——そういう荒野があって、そのはしを申しわけなさそうに古い汽車がよちよちとすぎていく。若くて、鋭くて、純潔だが、自殺を考えるよりほかない稀薄さと透明さのなかで生きていた昔、たまたま私はそのあたりを通過したことがあったが、どこまでいっても変貌の気配を見せようとしないそのかたくなな荒野に眼と心を吸収されきってしまった。低く、暗く、広い北の空のしたの荒野にそのとき壮大な音楽がわきおこり、いつまでも声なく持続するのを感じた。大阪や東京から細胞に沁みこませて持ってきた汚水のような衰弱がそのときは消えた。北海道の田舎の町におちかかる黄昏には内地（？）では味わえない無残さと酷薄さがあり、はらわたをぬかれるような心細さをおぼえさせられる。その日の夕方、あるみすぼらしい町について、旅館をさがして歩きつつ私は滅入るような淋しさにむしられつつも、激しい昂揚を抱いていた。

一昨年（一九六八年）のこの雑誌の初夏のある号にイトウ釣りの文章を書いたが、釧路郊外の大湿原には眼のかぎり葭《よし》や葦が茂り、野生のタンチョウヅルが不思議な高い声で啼きつつ歩いたり、飛翔したりする。黄昏に川をボートでおりてくると飼育所から逃げだして野生にもどったミンクが丸い、小さな頭をもたげて川を泳ぎわたっていくのが見られ、貧しい様子だがまるまる太ったカワネズミがあたふたと、しかし傲然としたそぶりで泥の岸に這いあがって荒野へ消えていくのも見られた。その日は奇跡的に七五センチもあるイトウ（淡水産のサケの一種）を二匹仕止めたあとだったのでさらに私は昂揚していて、しのびよる夜にふるえつつも、水の音、風の音、ツルの叫び、遠いサケ小屋の灯、息、かじかんだ指、アノラックについた魚の匂い、すべてのものと《照応》し、かつてない豊饒さにみたされていた。いい獲物があってゆったりと舟にあぐらをかいてたどっていく帰途ほど純潔で充実した時間は他に例を求めようもないが、これに匹敵する《経験》はアラスカのナクネク河を白夜の黄昏に八キロのキング・サーモンを舟底にころがして舟着場へ氷雨のなかをもどっていった去年の六月のある日だけであろう。これを味わうと、一カ月後に見参したパリは、あれほどしばしば訪れて執していたにもかかわらず、どうにも、華麗なる肥《こ》え溜めとでもいうしかなかった。

死海のネゲブ砂漠。シナイ半島の砂漠。カイロの外の砂漠。上部シレジアのアウシュヴィッツの強制収容所跡の白骨の湿地。八達嶺の万里の長城のある望楼からの展望。上空から見おろしたシベリアの大森林圏《タイガ》。アイスランドの火山灰地。真夏でも陽の沈まないボーデ近辺の北極海の視野。こうした《無》、清浄で苛酷な《無》、その記憶が私の内部に定着されているし、ひろがっている。

しかし、荒地は何も地の果てばかりにあるわけではなく、東京やニューヨークやパリも《ネオンの荒野》であること、いまさらいうまでもない。深夜のパリをあてもなく歩きまわるのはどの観光案内書にも紹介されていないが、おすすめしたいもののひとつである。石だたみのゆるい坂を上ったり下ったりしながら、暗い、壮麗な、腐ったアパルトマンの角から角へとたどっていくと、靴音が壁にこだまし、石の森を散歩するようである。その暗い森のところどころに燐光《りんこう》を放つキノコのようにキャフェやレストランが小さな口をひらいている。その赤や青の灯のしたで、冬なら生ガキや生ウニにレモンをしぼりかけて立食いしたり、コントワールにもたれて玉ネギスープのドンブリ鉢をフゥフゥ吹いたりするのが楽しいのである。そして体に温かくてしっかりした燃料をつめこみ、タバコを新しく買いたして、水洩れのない、小さいが堅固な船になったような気分で、耳のうしろにひそやかなざわめきをただよわせつつ、ふたたび暗くて冷めたい溝のなかへ入っていくのである。

パリの荒野ぶりについてはもっともっと書きたいことがある。そして、心の荒野については一冊、二冊の厚い本を書いても、まだまだ足りないだろう。しかし、この稿はそれを書くのが目的ではないのだから、いまは荒地そのものの賞揚に枚数をついやすこととしよう。おそらく私が荒地を追って歩く衝動のかなたには、少年時代の焼跡の記憶がある。その衝動がひそんでいる。私は大阪の南郊に住んでいて、十四歳の頃に、いかにしてあの大災厄が発生し、私を占拠し、いかにして去っていったかをつぶさに目撃した。天王寺の丘のうえにたつと赤い荒野のかなたに地平線が見え、乱雲ごしに真紅の夕陽が落ちていくのを私は毎日つぶさに眺めていたのだが、餓死の潮のように迫ってくる恐怖に追いたてられながらせかせか、イライラと、歩き、蹴とばされ、こづかれ、おしのけられ、酔っぱらい、吐き、ふいに口走り、とつぜん黙りこみ、はたらき、旋盤をまわし、パンを焼き、期待していたにしてはあまりにあっけなく童貞を失い、とめどなく自慰をし、栄養失調でたちぐらみがし……あの数年の記憶が私を決定した。その記憶がいまだに濃くて、肩に爪をたてられたようなので、現在のこの日本の繁栄ぶりが、まったく信じられない。真紅の厚いカーペットを敷きつめた、ロココ式の白い壁のなかで、シャトオ・ヌフ・デュ・パープを切子のクリスタル・グラスですすりつつ、シャトォブリアンの生焼《セニャン》けを食べていても、耳のうしろのざわめきは、フィクションだ、すべてフィクションだ、信じろ、信ずるな……とつぶやく。壮大なホテル、高い塔、超高速列車、どこへいっても、何を見ても、私にはチャチな玩具としか見えず、明日それらいっさいが瓦解して赤い荒野と化してしまおうが――私はそれを見られるとしてのハナシだが――なにひとつとして私はおどろくこともなく、あわてることもあるまいかと感じられてくるのである。現在ではまったく無益の感覚かと思われるが私はどの程度までの餓え、どの程度までの貧困に耐えられるか、自身の許容度を知っている。知っていると思う限界よりもさらに人間はとめどなく許容、後退、忍耐できるものであるということを知っていると、思いこんでいる。

赤い荒野には《物》しかなかったが、そのことに私はおびえていたたまれなくなりながらも、どこかで、優しいと感じていたはずである。《物しかない現代の悲惨！》という文明批評家の蒼白な肥満の糾弾にときとして私は憤怒と侮蔑をおぼえることがある。この人は《人》にも《物》にも絶望したことがないのではないか。《人》に絶望した人は《物》をこそ優しいと感ずるはずなのである。なぜなら《物》は原子爆弾のボタンであろうと自転車修理用のペンチであろうと、つねにそこに確固とした形をとって存在し、つつましく沈黙し、《人》にふれられるまではけっしてうごこうともせず、変貌しようともせず、転向しようともしない。そしてふれられたときにはあらかじめ予測された仕事を、一連の体系をやってのけるだけであって、その結果が地球の破壊であろうが、川沿いの五月の道の散歩であろうが、けじめしない。《物》は冷酷であるがゆえに謙虚であり、実力にみち、優しいのである。このことを知っているのは労働者と農民だけで、知識人たちはまったく《物》にふれたことがないのだ。

ツルの叫びも、岩塩の山も、白骨の原も、《物》である。私は東京でもパリでも《物》の大群に蔽われて暮すけれど、正常な関係を結べるのは、ほんの瞬間でしかない。私を腐らせているあらゆる《物》を剝ぎとって、ほんとに《物》が《物》として生きかえってくるのは荒地でしかないのである。荒地は《物》を《人格》にかえしてくれるのである。ことごとくの《物》にことごとくの、あらねばならぬ《人》の形をあたえてくれる。吹きすさぶ氷雨まじりの風のなかで苦心工夫のあげく、賭けにも似た気持で一本の湿ったマッチに火をつけてタバコにうつした経験がおありだろうか。その瞬間に、マッチの軸に、その小さな爆発音に、あなたは《人》を感じていたはずだと思う。汚水の都会の生活では味わいようもなく、想像のしようもなかったことである。《マッチ》は《マッチ》であってはならないのである。それ以上の何かが感得できる場へ彼をつれていって、彼を生きさせてやり、その小さな焰で私たち自身を更新しなければならないのである。

たとえそれが葦であろうが、また、砂粒であろうが、荒野には《物》しかない。それゆえ、いま書いた理由で、荒野は完全に《人》の息吹きにみちているのである。『都会は石の墓場です。人の住むところではありません』といったのはロダンだが、スモッグとタイム・レコーダーのなかで神経をただ蒼白に肥満させているだけの私たちは、今後、いよいよ荒野を求めていかねばなるまい。荒野にしか《人》は感じられないのである。

ホテル、温泉、御休憩所、ネオン、自動販売機、くそくらえ。葦、ツル、カワネズミ、砂漠、地平線、真円状の夕陽。ようこそ。

そうお思いにはならんですか。

疲れたあなた。

飛びもどるブーメラン

釣りをするようになってから文壇外のさまざまな職業の人と知りあいになった。弁護士、医者、会社重役、中小企業の経営者、セールスマン、会社員、学生、どうしても職業をハッキリとうちあけたことのない紳士など、さまざまである。ふつう釣師は釣りをしているときには仕事の話はしないものというのが不文律になっていて、話すことといえば、どこの山奥にすごい穴場があるそうだとか、こないだとほうもない大物を逃してしまったとか、ヤマメの毛鉤のミノ毛にはコウライキジの肩羽がいいというけれどネズミのひげには勝てるものじゃないというような性質の話ばかりなのであるが、夜になって山の宿へもどってルンペン・ストーブのよこに寝そべって聞くともなしにウトウトしつつそういう話を聞いているのは心なごむことである。ときどきハッとさせられることもある。そういうときには、きっと、なるほどと思う。井伏鱒二氏はこういうところで作品をつかんだのだなと思うのである。

昨年（一九七一年）は思うところあって六、七、八と三カ月、新潟県の山奥の銀山湖にこもって暮した。これは奥只見川をせきとめてつくった巨大なダム湖で、ヘラブナ、ハヤ、コイ、ニジマス、イワナなどが棲んでいる。イワナはふつうの渓谷だと三〇センチ大になれば〝尺イワナ〟といって奇蹟扱いされるが、この湖では七〇センチ大のがでている。餌が豊富で水深も広さもたっぷりあれば日本のイワナもそんなに大きくなれるのである。アメリカとカナダにはイワナの一族で〝レイク・トラウト〟というのがいて、これは十キロ、二十キロにもなる巨人族である。湖の最深部に棲んで雪しろの時期のほかはめったに表層へでてこないという隠者だからトローリングで釣るしか方法がないらしいが、中禅寺湖の試験所でも飼育していて、若干を中禅寺湖に放流したそうだから、やがて噂さにのぼることとだろうと思う。

銀山湖は日本一の水量を誇る巨大ダムだがどういうものか当時は宿に電気がきていなかった。私は村杉小屋のよこにある県の林業課の小屋の二階を借りて寝起きし、夜になると石油ランプで本を読んだ。石油ランプで本を読むのは敗戦以来二十五年ぶりであった。その匂いや、かすかな火のまばたきや、火屋《ほや》の掃除など、なつかしいことや思いだす悲惨などがたくさんあるのだが、三カ月もつづけていると、すっかり慣れはしても、やっぱり眼が痛んでくることがあった。カゲロウ、羽アリ、ガ、チョウチョウ、カナブン、カミキリムシなどの住人がとほうもない数で窓へおしかけてきて、ある夜ためしに窓をあけてみたら、カゲロウと羽アリの死体でたちまち原稿用紙がまっ黒になってしまった。彼らはつぎからつぎへと波をうつようにしてランプにおしかけて火に焦がされて死んでいった。そんな小虫の死体でも何百とあって、夜ふけに白い紙のうえで眺めると、何やら凄惨の気配をおびてくる。

いまになって思いかえすと、あんなに原稿が書けないのならもっと釣りに精をだすのだったと悔まれてならないのだが、三カ月暮して一字も書けなかった。作品は薄明の遠くから顔をこちらに向けてふりかえってくれているのだけれど、どれくらい粗茶を飲んだり焼酎を飲んだりして寝起きしてみても、ついに一字もペンから分泌されることがなかった。これまでの私の経験では海辺よりは山、田舎よりは都会、広い大きな部屋よりは小さな狭い部屋、静寂よりはいくらかの騒音、清潔よりは不潔、洋室はまったくダメで和室でなければ、というのが書けるための条件であった。その原則がやっぱりはたらいているらしくて、清潔をきわめた日光を浴び、イワナの棲む最源流の清水を飲み、もぎたての山菜をどんぶり鉢で食べ、すわるのと読むのにあいたら竿を持って湖へでかけ……という暮しをしていると、イメージの群れは磯の波頭のようにわきたって跳躍するが、いざ机に向うと、字は夜露よりはかなく消えてしまった。そこでルンペン・ストーブのところへおりていき、マーガリンをサカナにして焼酎をちびちびすすりつつ、釣師や山男たちの法螺話を聞きながら、じわじわとうつろに腐っていった。

作品が顔をこちらに向けてふりかえってくれていると感じながら一字も書けなかった理由はいろいろあると思われるが、動機《モチーフ》と静　機《キエチーフ》が一箇の果実の肉となり種となっていなかったのが最大の理由であるはずだった。しかし、山をおりて東京へもどり、穢れた秋と濁った冬を費して文体に着手してから悪戦をかさねていくうちに、これまでの十年間にルポを書きすぎたのではあるまいかと、思いあたるようになった。小説の文脈とルポの文脈は、その生理の深い箇処、柔らかくて感じやすい箇処、息でいえば出る瞬間と消える瞬間の気配、そういう箇処で一致しつつもハッキリと峻別されねばならない相違がある。小説はルポを含んでよいし、そのことで肉汁が厚くもなり深くもなるが、ルポは小説を含んではならない。もちろんルポも言語を選択する行為なのだからノン・フィクションといってもあくまでもフィクションの一種であるという身分から逃げることはできないのであるが、いくら警戒していても、知らず知らずのうちに、小説を排除しつづけていくために、遠くへいきすぎると、帰ってくるのが容易でなくなるのである。惜しまれてならない作家で帰ってこれなくなった人に坂口安吾がいる。

何かを得るためには何かを失わねばならないという苛酷な鉄則は文明でも革命でも文学でも同様であるらしい。さまざまな国をわたり歩いてノン・フィクションを書きつづけた結果、知らず知らずのうちに私はフィクションの生理を怖れることを忘れてしまっていたらしい。〝理論〟と〝分析〟を警戒しすぎる永いあいだの習慣のためにうまくいあらわせないけれど、〝経験〟というもののなかには、事物もイメージも含めての話だが、フィクションの形式を要求するものと、ノン・フィクションの形式を要求するものとの、二種があるように思われる。それはひそやかだが強力な呼び声を持っているように思われる。どの経験がフィクションを求め、どの経験がノン・フィクションを求めるか。そのわかれ道はその場にたってみなければ私にはわからないのである。あまりにひそやかすぎるためにその場にたってみてもよくわからないことのほうが多い。むしろわからないことばかりだとさえいいたくなる。それがカンでさばけているうちはいいのだが、〝経験〟の数と質をかさねつづけていくうちに、やがて朦朧となってくる。にぶくなり、図太くなり、粗くなり、言葉の慢性下痢症に陥ちこんでいく。何よりも警戒しなければならないのは言葉を怖れなくなることである。これがあとになって骨がらみになってくる。言葉に病みついてフィクションを書きだしにかかるまで私はそのことにさほど気がついていなかったように思う。これもどうやら自覚症状がでてきたときはすでに手遅れだというあの種の病気の一つであるように感じられる。

私は密室にもどることを決心した。何よりもまず自身を隔離し、孤立させ、凝縮させなければならなかった。顔だけしか見えていないものの手や足を言葉でまさぐるには人づきあいをしたり、おしゃべりをしてはならなかった。他人の作品を読むと暗示をうけていけないので文学がかった本や雑誌はことごとく遠ざけ、いったことのない国の魚の習癖や穴場のことを書いた本と中華料理のメニュだけを読むことにした。何カ月かそれに沈潜した結果、私は頭の平べったいカナダの大ナマズを釣るにはどこへいってどんな仕掛けで狙えばよいかということについてかなりの真実が語れるくらいのベテランとなった。こういう本は毒がないうえに清純な想像力を刺激し、繁茂させてくれるのでありがたい。前世紀の怪獣、怪魚、怪鳥、怪人について書かれた吉田健一氏の本もありがたかった。中華料理のメニュは『王府』と『四川飯店』のを熟読し、翫味した。これも精神の衛生にいい。何しろ文字が奔放、荘重、華麗なので、どんな御馳走だろうかと考えをめぐらし、かつ、食べたい、食べたいと思いつめるものだから、それはきっと何がしかの迫力や重錘を作品に配ってくれるであろうと思いたいところである。

気がついてみると四〇歳になっているのである。私は愕然ともし、狼狽もおぼえた。自身から逃げる努力から生まれる作品もあるし、自身へ潜る努力から生まれる作品もある。これまで私は内心ひそかに自身にいくつかのタブーを負わせてきたことがあり、逃げる努力で、遠心力で、小説なり、記録なりを書いてきた。しかし、これからは、それらのタブーをひとつひとつ解除して書いていこうと、決心した。十年間封じこめているうちにそこに何が蓄積され、何が流失し、何が変貌したのか、私にはわからないのである。けれど、織機もかえ、糸もかえねばならないと感じさせられるところへきたらしいとはまさぐれるのである。ブーメランは手をはなれて飛んでいくと、空のどこかでくるりとひるがえり、その一瞬に力を更新して、飛びもどっていく。それをうけそこねると投げた人間が倒されてしまう。第二の処女作をやっと先日仕上げたところだが、いよいよむつかしい兇器を扱うこととなってきた。

毒蛇はいそがない

ただ今紹介されましたように私が開高です。小説家であります。近年は東南アジアや、アフリカや、中東などの、戦争をしている国の最前線を見てまわってルポルタージュを書くことが多かったものですから、私のことをリポーターだとか、ジャーナリストだというように見る人がいるらしいのですが、自分では小説家だと思っています。小説家にとっての栄養源は旅と女と酒だといわれます。これは昔からの鉄則のようです。私としては、旅、酒、女、精力、時間、何でもいいから浪費をすること、それが文学を養うのだ、作品の肉を厚くしてくれる、コクをつくってくれるのだと思いこんでいます。けれど、小説を書くためと意識して浪費をしている、そういう浪費では二番手のダシしかとれないように思えます。取材のためではない、書くためではない、生きていくのに浪費しか知らない、そういう浪費をかさね、しかもその人物がたまたま小説家であったら、これは一番手のダシがとれます。ここのあたりがじつはなかなかに容易でないのです。じつにむつかしいことです。私も四十代になってやっとそのことが、いくらか、骨に沁みて感じられるようになってきました。

小説とか文学と呼ばれるもの。小説家とか文学者とか作家とか呼ばれる人種。これは何だろうか。いったい文学は芸術なのだろうか。そうでないのだろうか。ときにはそうであるように思える。ときにはそうでないように思える。ときにはそうであると同時にそうでないと思えることもある。いったい小説というものを定義しようとなると人生そのものとおなじくらいにむつかしくなるものなのです。一九六〇年代のはじめ、つまり、いまから十二、三年も以前に私はソヴェト作家同盟に招待されて大江健三郎君と二人でモスコーへいったことがありますが、そのときある出版所の編集室へいって、お茶をだされるかだされないかに、〝文学トハ何ゾヤ〟とたずねられたことがあります。私はとつおいつ考えたあげく、そういう質問はガラスの玉をペンさきで突っつくようなものだと答えました。先方は意味がわからなくて当惑していたようでしたが、インキが飛び散るだけということだと説明したら、いくらか納得顔でした。だから私は、昔、戦前、小林秀雄さんが、小説家とは読んで字のとおり小さな説を書いてメシを食う男のことだといった、そのことばをさしあたってとっておきたいのです。政治家、哲学者、科学者、経済学者、宗教家、それらのえらい人たちの手からこぼれおちてしまうもの、こぼれおちずにはいられないもの、そういうところをひとつひとつ拾って歩いて字に変え、物語に変える。とりわけ男と女のあいだのこと、ただでさえこんがらかってしようのないことに世話焼きの小説家が首をつっこんできて、事態をますます紛糾させてみせる。そういうことしかできないし、そういうことをせずにはいられないでいる種族、それが小説家であるようです。世のため人のためには何の役にもたたないかもしれないけれど、だからこそ、それゆえに貴重であるという、けったいとしかいいようのない種族です。

物心ついた年齢の頃から私にはやっかいな癖があります。人と会うとハシャイで、口達者で、いきいきとし、潑溂となる時期と、人にも会えず、口もきけず、閉じて、下降して、ひたすらノメってしまう時期、この二つが交互にやってくるのです。世間では〝躁鬱病〟と呼んでいるようですが、ハッキリ病気だといいきれないところもある。開きっぱなしのサイクルのあとに閉じっぱなしのサイクルがくることもあるし、一日のうちに瞬間ごとに二つのサイクルがくることもあります。いつそれがやってくるか。予知できるときもあるし、できないこともある。いい年をしてるのにいつまで経っても慣れることができません。きたとわかったときには降伏するしかないのです。いまはこうやってたくさんの人のいるまえで図太い顔つきでしゃべっているのだから、しいて分類すれば〝躁〟期にあるということになるでしょう。けれど東京へもどってからこの反動としてひどいデプレッションがくるか。こないか。それが予知できないので私は不安です。

一九六八年の晩秋頃からひどいデプレッションがきまして、私は人にも会えず、口をきく気力もなく、無気力をきわめているのに神経がささくれだち、毎日、部屋に閉じこもったきりでウィスキーを飲んですごしました。女房の顔を見ただけでカッとなると同時にグッタリとなる。もっともこれはいまにはじまったことではないのですが。何もせずに一日窓ぎわで寝たり起きたりして、海綿が水を吸うようにウィスキーをすすり、酔って寝てさめると、また飲みにかかるということを繰りかえしていました。夕方になると、幻聴なのか何なのか、よくわかりませんが、裏の空地でワッワッと声のない拍手喝采が起るようなのです。一冬じゅうずっとそれがつづいて、いよいよ病院行きかと思っていたのですが、春がいくらかぞめいてくると、何とか外出できるようになってきました。それで、徹底的に自分を逃げ場を封じてイジメてみようと決心し、アラスカの荒野へサケ釣りにいくことを思いたちました。『週刊朝日』の編集長に会って、自然の発見だと説得しますと、OKがでました。それと同時にビアフラ戦争と中東戦争の最前線も見てきてくれといいますから、それもOKしました。一つのテーマではもったいないというのですネ。綜合ビタミン剤ののみすぎじゃないでしょうか。

釣師というものは法螺《ほら》を吹きたがるものですし、小説家はウソをつくのが天職ですから、今日は釣りの話はよしにします。私は小説も書き、釣りもしますから、法螺とウソのダブルではいくら何でもおとぼけがひどくなるでしょう。それに悲痛、陰惨をきわめたビアフラ戦争と中東戦争の話もしなければいけないのですけれど、私にあたえられた時間はたったの四〇分か五〇分ですから、そのこともゆっくり話をしていることができません。ビアフラ一つをとっても餓死者一〇〇万から二〇〇万といわれます。私の経験と見聞はごくわずかなものですけれど、それだってこまかく話をしていると、とても四〇分や五〇分では納まりそうにないのです。戦争というものは当事者と非当事者とではどう埋めようにもないギャップがあるのだということを私は経験をかさねるごとに痛感させられるものですから、ことにしゃべりたくないのです。これは自分の経験と見聞を誇るというよりは、むしろ、知れば知るだけだまりたくなるということです。以前の私は見聞に酔って人につたえたい一心だったのですが、近頃では自分の見聞もミルクの皮にすぎないことが気になってしようがないので、口をひらこうとすると、うつろになってしまいます。

けれど、このときの旅行では、幸運にめぐまれました。めぐまれっぱなしといったほうがいいかもしれません。釣竿を持つと持たないとではこうもちがうかといいたくなるくらいです。スウェーデンでは釣道具会社の別荘をまるごと貸してもらって、自分の家と思って暮して下さいといわれ、外見は丸太小屋ですけれど地下にはサウナとポーカー・ルーム、居間にはバーと食堂と寝室が完備の、カーペット敷きの家を提供されました。川ではサケとマスとパイクが釣れます。そのあとで西ドイツへいって、バイエルンのオーストリア国境寄りのフュッセンの高原をふらふら歩いておりますと、釣狂の若い紳士に呼びとめられ、結構なコッテージへつれていかれて、ハイボールを飲みました。この紳士は〝トリウンフ〟、日本で〝トリンプ〟といって売ってるブラジャーやパンティーの会社の副社長だと名乗り、君たちが気に入ったからこの湖とコッテージと下男とボートを貸してやるから好きなだけ遊んでいけというのでした。西洋では湖や川が世襲の私有財産として扱われますから、ドイツ語では〝プリヴァート〟、フランス語では〝プリヴェ〟といいます。この色男の湖はバーンヴァルト湖といいましたが、彼のプリヴァートだから、彼のサインした許可書がないと遊べないのです。釣狂にはせっかちで色好みのやつが多いというのがわが国での定説ですが、これが万国共通であるらしいことはこのギュンター・スピースホッファー氏の職業からしてもよく察せられます。どうやら彼は気質と職業を一致させることのできた稀れな条件の人物であるらしい様子でありました。

流れ流れてバンコックにたどりつきますと、ここでもふいに愛されてしまいました。チェンマイ王族の一人で、たいへんな親日家のアンポール殿下という人に気に入られてしまったのです。この人はホテルに暮していたのではタイの生活はわからないといい、それはまったくそのとおりなのですが、ある日とつぜん運転手をさしむけて、私たちのリュックや釣道具を全部お邸にはこばせてしまいます。お邸の庭のなかのパヴィリオンの一つをあてがわれ、これはバス、トイレ、テレビ、冷房完備の結構なものでしたが、毎日毎日そこで寝起きして朝からツバメの巣をスープですすって暮すということになってしまいました。そして毎朝アンポールさんがタイの新聞を読んであゝいうことがあった、こういうことがあったと教えて下さる。タイ女の女友達の悪口をいったために日本の商社員がやにわにピストルをキャバレで五発射ちこまれるという事件がありました。バンコックはコルシカみたいだと私がいいますと、殿下は、タイの諺を一つさしあげますから、これを守っていたらいいとおっしゃる。どういう諺かといいますと、『二十五歳までの女は自分を殺す。それ以後の女は相手だけを殺す』というのです。それ以後三十五歳までの女は自分と相手の双方を殺す。それ以後の女が積極的行動にでたケースで念のために女の年齢を調べてみると、日本へ帰ってから新聞の三面記事を読んで女が積極的行動にでたケースで念のために女の年齢を調べてみると、大体この諺のとおりでした。よく気をつけて下さいよ。

殿下はまた私がタイを去るときに、『毒蛇はいそがない』というタイの諺も教えてくださいました。この諺は、自信のあるやつはゆっくりしてるもんだということと同時に、けれど目的はかならず仕遂げてみせるのだという凄味も含ませているように思われます。ゆっくりしろということをいうのにわが国では『いそぐ乞食はもらいが少い』といいます。自分を乞食にたとえるか、毒蛇にたとえるかはみなさんの趣味におまかせいたしますが、これはただの趣味やことばの好みではすまないことだと思います。この諺を知ったところで私たちの生き方は変らないかもしれませんが、人間というものは、ちょっとしたことがちがうと、えてしてそれが大きな違いになるものです。私は小説家ですからことばの輸入をしたい。この諺が日本のものになってくれることを希望したい。この諺を毎日の暮しのフトした瞬間にざれごととして口にだせるくらいの精神を持ちたいものと思います。

心に通ずる道は胃を通る

何年か前にアマゾンへ行ってそのことを、『オーパ！』という本にしました。「オーパ！」というのは、ブラジル人が、驚ろいたり感激したりする時に、何であれ口をついて出る言葉が「オーパ！」なのです。日本語でいえば「おや！」とか「まあ！」とか「あれ！」。感嘆符です。感嘆語です。讃辞《さんじ》です。

この本がとてもよく売れたので、出版社は気持をよくして、続いて第二弾をやろうということになりました。柳の下にドジョウが二匹いるというわけ。

『オーパ！』の第二弾だから、「オーパ、オーパ!!」というのではじめたわけです。数年間、これを続けていますから、お読みの読者もいるかもしれません。

それで「料理」で行ったらどうだろうかということを考えたのです。私が釣《つ》った魚を、少なくとも一匹はその場で料理して食べたらどうだろうか？

私は原則として、見知らぬ魚を釣ったら一匹はキープしておきますが、二匹め以後は全部逃がしてやるという「キャッチ&リリース」という方式をとっております。

（私の妻もそういう精神を持ってくれていたらよかったのにと思うのですが、もう四十年も前の話を今さら繰り返しても仕様がありますまい！）

キャッチ・アンド・リリース catch and release ね。

古い文体で申せば「放生会《ほうじょうえ》」といいます。

そこで、大阪あべの辻《つじ》調理師専門学校の校長である辻静雄氏と話をしたところ、「大賛成」といって、学校《うち》に若いのがいるから、是非これを錬《きた》えてやってくれといって、差し向けられたのが、あべの辻調の日本料理の教授である谷口博之さんです。

彼は、辻静雄校長の紹介するところでは、胴長足短《ママ》――胴が長くて足が短かいというのです。（その上私の発見したところでは、彼は扁平足《へんぺいそく》でもあります。）

谷口教授は、私の前に登場したのを見ると、髪を七・三にぺたっとなでつけて、香港《ホンコン》の床屋さんみたいな感じがありました。しかし、鼻の頭がちびて丸くなっているところを見ると、これは相当な助平やな、したがって、かなり料理がうまいに違いない、この若さでとこう思いました。

私の直感は時々あたるのです。

最初に行ったのが、セント・ジョージ島でした（一九八二年六月）。これはベーリング海峡のまっただ中にある火山の噴火でできた孤島で、木が一本もない、山がない、草がない、川もない、あるのは岩ゴロゴロ、その上にかぶさっているツンドラと苔《こけ》だけである。

日本海の海流の最末端がここで息絶える。北極からベーリング海峡を越えて下りてきた冷たい冷たい海流とそれがぶつかって、のべつ濃い霧を生む。激しい雨を生む。一年に三日も晴れたことがないという。

教授は、二十日近くこの島に滞在したのですが、私達の食事のメニュをしゃかりき作ってくれて、その間一度もメニュがダブルこともなかった。この点、私達が、はじめて接触する扁平足の人物（彼は自分のことをいびつな完璧《かんぺき》主義者と呼んでいます）にしては見事でした。

それから、カリフォルニアの奥に行ったりサンフランシスコのはずれに行ってみたり、コスタリカのジャングルのほとりへ行ったり蒙古《もうこ》へ行ったり、こうして私達といっしょに流れ歩いていています。「女」も「酒」もない、何にもない、ただ、「ダニ」と「魚」がいるだけとか、「マラリア」と「魚」がいるだけとか、「毒グモ」と「魚」がいるだけとかいう奥地に入って、十日も二週間も暮らします。その間、教授は、私達にダブルことのない食事を作ります。

………

あらゆる状況と彼は戦いました。

たとえば、彼は「女」には強いが「蛇《へび》」はこわいというくせがある。蛇を見るとキャッといって飛びあがって、尻尾《しっぽ》をまいて逃げだすというくせがあるのですが、コスタリカの山の中で、食うものがなくて毒蛇三種を持ってこられた。それがニョロニョロ地面を這《は》っている。さあ、教授、これの皮を剝《は》いで、骨からはスープを作ってくれ、身は白身の鶏の極上以上にうまいから、唐揚げにするなり何なりやってくれと私がいいますと、彼は庖丁《ほうちょう》を握ったままで、震えだしました。

しかし、ヤレ！　ヤレ！　と皆にけしかけられるし、やらなきゃならないし、切羽詰って追いつめられて、とうとう彼は、おっかなびっくり、蛇に手をだしその皮を剝ぎ、身を削《そ》ぎ、骨からスープをとり、そして三時間程すると、台所ともいえぬ台所から出てきて、感嘆した顔で、

「先生、すばらしいスープですわ。すばらしい白身ですわ。やっぱり、人間は汝《なんじ》の敵を愛せよという言葉の通りですね。僕《ぼく》はこれで、蛇がこわいという病気を克服できました。

ありがとうございます。今度から、蛇を見たら必ず、食べます」ということを口ばしりました。

彼の料理した蛇のスープをすってみると見事でした。蛇の骨からとったスープは、クリヤ・スープ（澄んだスープ）、淡くてうららかでしかもリシェッス（こく）がありました。

彼は、美味求真の日本古式の伝統の懐石割烹《かいせきかつぽう》に通じているかもしれませんけれども、かくて、西洋料理、中国料理の真髄にも迫りつつあります。何よりも彼の貴重な財産は、世界の名だたる淡水魚をとれたその場で料理した、たったひとりの、稀有《けう》な、グラン・グラン・シェフに今なりつつあるということでしょう。

＊

「文は人なり」という言葉があります。

格言というものは、一面そうであり、一面そうでないという特殊性をもちます。その一面にあたる事実を経験した時には、その格言は見事に的中しますけれども、それからしばらくたって、ショックから立ち直った時に考え直してみると、必ずしも格言はあたっていないなと思わされます。半欠けの道端の道しるべみたいなものが、格言の特徴でありますす。私は文を商売にしていますから、特にそう感じるので、今まで、文章と人を読み誤ってまいりました。だから近頃《ちかごろ》「ことわざ」をつぶやく時、三度考えてからでないとつぶやくことができなくなりました。

しかし、同じことを言えば「味も人なり」であって、料理もその人その人の「でき」「ふでき」があります。料理人の心に何か切羽詰ったものがあるとか、窮迫しているものがあるとか、身辺風雲急を告げるとか、いろんなことがあると、その作るおすましなりスープは塩からくなってきます。意識的無意識的にそうなってしまうのです。そしてそれを止《とど》めることができない……

私は、教授が出してくれるスープをジャングルの淵《ふち》やら、アラスカの岩の陰ですすりながら「ははあー、教授は、夕べどんな夢をみたな」と考えたりするくせができてしまいました。いつも窮迫した状況の中での彼の手品のようなマジック・アートをみてきたのです。しかし、この本（『日本料理のコツ　関西風おかず』）の中にあるのは、教授が、冷静公平な心を持っている時に作れる料理のすべてだろうと思います。彼が、平常心で完璧なキッチンで作ればこうなるであろう料理だろうと思います。

読者の皆さんに完璧なキッチンがあるとは思いませんけれども、何らかのマイナス条件というものは、必ずプラス条件を生みだすいい条件なのですから、この本からいろいろヒントを得られることだと思います。

扁平足のまねをする必要は強《し》いてありませんけれども、一遍、ここに書かれてある処《しょ》方箋《ほうせん》通りにお作りになってはどうかしら？　これらはすべて足が地についた料理であり、作品であります。ひとりものの男なら、単身赴任の先で作ってみてはどうかしら？　ただし鼻の頭が尖《とが》りすぎてると思った時は少しすりへらしてから、お作りになったら、もっとうまくなると思いますヨ。

秋の奇蹟

ベトナムの戦場へいくとか、アマゾンのジャングルにもぐりこむとか、そういう激しくてつらい旅行をおわって日本に帰ってくると、おおむね私は、毎日、書斎にたれこめたきりの暮らしである。散歩もせず、ジョギングもせず、パーティーにでかけることもない。昼のうちはウトウト眠るか、スパイ小説を読むかで、夜、それも深夜になってムックリ起きて机に向かって頰杖《ほおづえ》をつく。あれこれよしなしごとに思いふけり、気がつくと朝である。

かれこれ、もう二十五年間もこういうことを繰り返しつづけている。ときどき、コレデハイカンと思って発作的に海岸へ散歩にいったり、東京へ映画を見にでかけたりするが、ヘトヘトにくたびれて拠点にもどってくると、やっぱりトロトロ眠りと深夜の妄想に沈降（または昂揚《こうよう》）していくしかないのである。善き市民にとっても近年のわが国には季節らしい季節があると感じにくい暮らしかと察したいが、こういう隠者めいた暮らしをしている男には、とりわけ季節は遠い。春のサクラも秋のモミジも知らないで居眠りするか、内的独白にふけるかだけなのだから、たとえば〝秋向きの随筆を一つ〟などとたのまれてうっかりひきうけると、何を書いていいものやら、ボンヤリしてしまう。

しかし、覗《のぞ》き見屋としての旅人の、覗き見屋にしか見えない、眼《め》を洗われた経験のいくつかを書くことはできる。たとえばカナダのオタワである。この国の首都はしばしば誤解されているように、トロントでもなければモントリオールでもなく、オタワなのである。ここはハイウェイが交錯し、白色セメントとガラスと鋼鉄の高層ビルが林立する、おきまりの現代都市であって、帰国してからはほとんど何も思いだせないのである。しかし、この市のシェラトン・ホテルからカーで十分もいくかいかないかという場所にリドー川という運河が流れている。

これはかれこれ一〇〇年前に掘られた運河であるが、何日かかけて観察すると、野生のミンク、野生のハクチョウ、野生のリスなどが、草、水、木のなかに明滅、出没するのがよく見えてくる。川には藻がぎっしりと茂っているが、秋になると枯れはじめる。この運河にマスキーという怪物が棲息《せいそく》している。これは淡水棲のカマスであって、湖のトラとか、河の大強盗などと呼ばれる。魚、ネズミ、小鳥、カエル、うごくものなら何でも林立する白い牙《きば》でとらえて呑《の》みこむ。

巨大な怪物であるくせに女のように気まぐれなので、釣り師たちは夢中になって追っかけるが、近年、少なくなり小さくなるばかりである。千回キャスティングして一回姿を見られたら、釣れなくてもそれだけでクラブへかけこんで乾杯したらいいなどといわれたりしている。こういう怪物がトロフィー・サイズに育つということは、その川がよほど栄養でゆたかであるという証拠なのである。狂気のように朝からその川にかよって二日間、だまってキャスティングを何百回かやったところ、一メートルをこえる怪物が食いついてきて、ジャンプし、バケツで浴びせるようなしぶきを頭から浴びせてきた。

大学生がジョギングをし、橋の上にはたえまなくカーが走り、ときにはせかったらしい救急車の声もひびく。そんな場所で足のないワニといいたいくらいの古怪の魚が釣れるのだった。その年の夏は暑熱つづきで、魚が闘志と食欲を失い、いたるところでシケ、不毛、天候異変、災厄がいいかわされていたけれど、これは〝秋〟のはじまり、豊饒《ほうじょう》の〝秋〟の前兆であった。いい釣りができるときは、えてして雨の直前だが、このあとで猛烈な氷雨が音たてて落下しはじめ、歩道に白いしぶきがたつほどであった。私は骨まで冷えこんだけれど、心はあてどない発揚で、湯気をたてそうになっていた。

そういう秋もある。

どこかには。

河は眠らない

川のなかの一本の杭と化したが
　絶域の水の冷たさに声もだせない
　芸術は忍耐を要求する
　　――ビデオ作品『河は眠らない』冒頭より

私個人の体験からすると、三十代はずっとベトナム戦争、それからアフリカのビアフラの戦争、中近東の紛争、いろんなのを追っかけて回っていたんだけれども、くたびれてしまった。戦場へ行くんだけれども、書く文句が、アフリカ、中近東、東南アジアと様相は違うんだけれども、戦争の現場のことを書くとボキャブラリーが決まってしまう。同じボキャブラリーの言葉の繰り返しにすぎない。それで、もうすっかりいやになっちゃって、勝手にしやがれ、という気になったんですね。それで釣り師になったわけです。

しかし、釣りの現場に立つという、現場主義という根本的なところでは変わっていないと思う。戦争が川に変わっただけのことじゃないか、戦場が水に変わったというだけのことじゃないか、という気もしますね。

自然の森やら川やらの中へ入っていって、いろんなものが見えてくるのは三十五歳以後ぐらいじゃないのかしら。一応いろんなことをやっちゃって、人生に限界がそろそろ見えてくる。あとは死ぬのを待つばかり、同じことの繰り返しだ、というふうな印象に襲われてくる。そういうときになって森に入っていくと、いままで見えなかったものがどんどん見えてくる。そういう気がするな。だけど、いろんなことに絶望すると森の中へ入ると新しいものが見えてきて、絶望が別のものに転化するということになるんじゃないのかしら。

初めてキングサーモンをルアーで釣ったのがナクネック川です。あれが六八年。冷たい雨の中で川の中に潜り込んで腰まで浸かって、岸にウイスキーの瓶を立てといて、三十分置きに岸に上がってきちゃ一口ガブリッと飲んで、また入り込んだけど、全然温かくならない。酔いもしない。一日やって、夜の十一時ごろかな、村の宿へ帰ってきて、キッチンを通り抜けようとすると温かい空気に触れて、一挙にそれまで飲んだ酒が頭に上ってしまってね。そういうことで、やっとの思いでたった一匹、三十ポンドぐらいのを釣り上げたんだけれども、あれは忘れられないな。

一回釣ったら二度と忘れられない。それから、この魚を逃がしてやると、その思い出をそのまま家へ持って帰ることができる。自分の家の裏庭を、この見事な、偉大な川が滔々と流れているような気持ちになる。

釣り上げると魚と川との縁が切れてしまうけれども、自分が逃がしてやった鮭の卵が子供を産んだ、孫を産んだ、曾孫を産んだ、今年はもう第五世代ぐらいになっているだろうか、そういうふうな思い出で夜中に酒を飲むことができる。だから逃がしてやりなさい。ただし、見事なのがかかれば一匹持って帰ってよろしい。

食べることに興味を持たない人というのはいないと思うけれども、まあ私は小説家だからね、「食べ物と女の話が書けたら一人前だ」という言葉があるんで、なぜそうなのかというと、これは難しいわけなの。女ぐらい書きにくいものはない。食べ物ぐらい書きにくいものもない。よく物書きで御馳走に出くわして、言う言葉がないとか、筆舌に尽くし難いとか、声を呑んだとか、言葉を忘れたとか、こういうことを書いている人がいるんだけど、これは敗北だな。物書きならば何が何でもこね上げて表現しなければならないと思う。

「総じて言うて人生は短い。だからランプの消えぬ間に生を楽しめよ」――アルツール・シュニッツラーという人が言いましたが、すかさずたくさんの声が、「私ならランプが消えてからにしたいわ」という答えが戻ってきそうであります。全くそのとおりなんでありますから、私が言うまでもない。現代の日本の若いジェネレーションは、私よりも遙かに賢く、遙かに奔放に楽しんでるでしょう。言うことはありません。やれるうちにやりなさい。それで、十年たって振り返ると、偉いことを俺はやってたな、ということになる。

いまは君はアニマルでもあるが人間でもあるんで、やりたいことをやりなさい。あとで後悔しなさんな。やりたいことをやりなさい。グラスの縁に唇をつけたら、とことん一滴残らず飲み干しなさい。あとで戻ってきてももう滴は残ってない。いまのうちに飲み尽くしてしまいなさい。まあいろいろ修行しなさいや。

「どういう酒が一番うまいんだ」ということをときどき酒の飲めない人に聞かれることがあるんだけども、こんな女がいたらさぞや迷わせられるだろうな、と思いたくなるような酒がいい酒なの。黙ってても二杯飲みたくなる酒がいい酒なの。日本酒は辛口、甘口という言葉があるんだけど、もう一つ、日本酒をつくっている人の間ではうま口という言葉が、奈良の酒どころには流布されている。うま口というのは飲んで飲み飽きない酒ということ。だから、うま口の酒、うま口の女、うま口の芸術、うま口の音楽を求めなさい。そのためには、のべつ無限に宿酔い、失敗、でたらめを重ねないと、何がうま口であるのかがわからない。

現代は考えることのできる人にとっては喜劇、感ずることのできる人にとっては悲劇、こういう時代です。いつの時代もそうかもしれないがね。それで、考えることのできる人と感ずることのできる人の数を比べてみると、いつの時代も感ずることのできる人はごく少ない。だから喜劇の時代だということになるな。

何かを手に入れたら何かを失う、これが鉄則です。何物も失わないで何かを手に入れることはできない。それは失ったものに気がついてないだけ、あるいは手に入れたものについて気がついてないだけ。失ったものと手に入れたもののバランスシートは誰にもわからない。

（註）ビデオ・エッセイ、開高健『河は眠らない』制作＝（株）博報堂・（株）ビッツ、演出＝青柳陽一→映像に添えられた開高健のモノローグを文字に起こした。

7 美味求真プラス——飲食と性をめぐる

越前ガニ

越前海岸一帯は山が荒磯のすぐうしろまで迫ってきている。山肌を削って作った道路が磯沿いにくねくねと走っているが、背に山、腹に海という地形だから道路のよこには小さな旅館や漁師の家がマッチ箱を並べたように散在しているだけで、工場やコンビナートなどの建てようがない。だから、汚染問題は、沖を走る潮流がどこかよそからはこんでくるのでないかぎり、ここ当分は発生することがあるまいと思われる。旅人の眼にはそう見える。漁師宿に泊って、朝、顔を洗うと、その水は簡易水道だと教えられる。家のすぐうしろに迫ってきている山の水をパイプでひいてきたものなのである。その水源地のあたりの渓流にはヤマメやイワナが棲んでいるのだから、ここは海岸にいてヤマメの呼吸する水が飲めるという珍しい地点なのである。いまやわが国の都市の水のまずさはひどいものであるから、峻烈で翳りのない水が海の魚の生きたままを食べられる地点で飲めるということは、それだけでもありがたい。

小生の深夜におけるひそかな回想と瞑想が教えるところによると、神は、とまではいわないにしても、自然は、醜い生きものに美しい肉をあたえようとしているかに思える。

これを魚について眺めてみると、どうだろうか。たとえばライギョはひどいギャング面《づら》で鰓に寄生虫を持っていてうっかり食べると病気になったり、イボができたりするけれど、煮るなり焼くなり、適切に処理したその肉は白くて豊満である。ナマズもまたみんなに気味わるがられるけれど、これをブツ切りにして鍋にほりこんだ〝ズー鍋〟や蒲焼というものはなかなかによろしいのである。スッポンも妙な顔をしているけれどその肉と卵とスープについてはコトバがくちびるにでるよりさきにノドへすべってしまう。アンコウ、オコゼ、フグ、カジカ（海の。北海道の）、イカ、タコ、ナマコ、ウニ、かぞえていくと、思いあたると同時にツバがわいてくる連中ばかりで、そちらに興味をそそられていると、まともな顔のよりもヘンな顔のほうが海には多いではないかと思えてくるほどである。醜怪凶暴の極に達したかと思えるのにあのウツボがあるけれど、これも蒲焼にしてみるとウナギよりはるかにコクがあるうえシコシコした歯ざわりもたのしめてうまいものなのである。磯釣師は外道がきたといってウツボが釣れるとハンマーで頭を粉砕して捨ててしまうけれど、私にいわせると食味はイシダイのそれよりよほどいい。

エビやカニの類も水中の生きものとしてはとうていまともな顔とはいいかねるけれど、肉のうまさとくると、絶品である。シュンのホンマグロのトロの霜降りになったところがどうのこうのといっても、とうてい及ぶところではあるまいと思われる。そしてこれまで食べたエビについて考えてみると、ロブスター、イセエビ、ニシキエビなどと呼ばれる巨人族よりは北欧のフィヨルド・シュリンプとか、ヨーロッパで食べるクレヴェットとか、日本のシバエビとかいう小人族のほうが文句なしにおいしい。巨人族のエビは外見がみごとで息を呑みたくなるし、肉は白く豊満なのがブリブリひきしまっているけれど、味は大味で、どこか一本シマっていず、ことに南方のそれは妙な脂くささがあっていけない。

ぬくときに舌うちするよな大年増

何かしらそうつぶやきたくなるようなところが巨人エビにはある。エビだけではない。南方のたいていの魚がそうである。ように思える。

これは海のエビだけではなく川のエビもそうなのではないか。メコン川にはクルマエビより大きい川エビが棲んでいて、ヴェトナムの田舎やタイの田舎へいくと渡船場の飯屋できっと洗面器に盛って並べているが、そのみごとな姿に釣られてサテ、サテと手をこすりつつ食べてみると、たいていガックリさせられる。あのあたりではこれの皮をむいて、肉をちぎって、細身のウドンにのせ、それにドクダミやセリの葉をちぎってのせ、ニョクマム（魚醤・日本のしょっつるにそっくり・上等品は辛くて透明だが下等品は鼻持ちならない腐汁である）——をパッパッとふりかけて食べる習慣である。そして食べているうちに足や皮がでてくるとつまみだして、ものうげに肩ごしにうしろへポイと投げる。トリのときも、イヌのときもそうする。骨はものうげに肩ごしにうしろへポイポイと投げるものなのであるらしい。

ニョクマムもそうである。これは大きなカメのなかに魚を敷き、それに塩を敷き、また魚を敷き、また塩を敷き、といったぐあいに層また層をなして何段となく積んで重石をする。そうやって腐らせ、醱酵させてできた汁を醬油や味の素のようにあらゆるものにふりかけて食べるのであるが、即製のよりは何年となく貯わえて寝かしたものは水より澄み、しかもまろみが味にでてきて、いいものなのであるが、逸品となると原料はエビで、それも小さなやつがよく、アミエビ、シバエビで作った永年貯蔵のそれはたいへんな値がする。しかし、大半の住民が食べているのは未熟気味のものであり、ことに兵隊の食べているのになると黄いろくドロッとした、膿汁《うみ》にそっくりの、魚の腐汁でしかないような段階のもので、こいつの匂いとくると、うたた寝のナポレオンの鼻さきでちらつかせてやりたくなる。おそらくこの匂いがあまりに親しい記憶と経験を思いださせるのであろう。はじめてサイゴンへいったとき日本の記者諸氏は私に、ニョク（水）、マム（魚）と教えないで

「ぬくまんとおぼえるんです」

と口ぐちにいった。

私は真摯に眼を瞠り

「温マン！……」

と思った。

カニはどうだろうか。小さいのがいいか。大きいのがいいか。小さいカニとなるとサワガニで、近頃はカラ揚げにして食べたりしているけれど、珍しいということをのぞけばとくにどうッて味のものではない。カニの話になると、よく上海の川ガニが話題になり、それに酒を少しずつ注《つ》いで溺死させた〝酔蟹〟が中国菜の話題になる。これはいい季節に香港へいくと、大陸から送ってきたのに出会える。この川ガニは日本のよりずっと大きいが、毛が生えていて、腹のフンドシのところを一匹一匹藁でくくってある。それが生きてプクプク泡をふいているのを何匹となく大皿に入れて持ってきて客にどれがいいかと選ばせる。しばらくしたらホカホカ湯気をたてるのを持ってくる。それを手でつかみ、足をちぎり、中国醬油にちょっとつけてから、せせったり、すすったりするようにして肉と汁を味わう。これは日本のカニとはちがった、ねっとりとした、いい脂のある、コクの深い味わいで、さすがと感心させられる。〝酔蟹〟は日本でいうと佐賀の〝がん漬〟にそっくりで、川ガニの塩辛と思えばよく、食べるというよりは酒の肴の口よごし——いいものだが——そういうものである。しかし、多年にわたって精練しつづけてきた私の想像のそれにくらべると、ひどくアテがはずれた。竜肝鳳髄、熊掌燕巣と、よく、中国料理の御馳走のことをそう呼ぶので、竜の肝や鳳の髄はハナシだとしてもこれだけは食べておかねばと張切ってクマの掌やウミツバメの巣を食べてみたが、これまたアテはずれで、波止場の苦力《クーリー》のシナ粥のほうがよほどおいしかったことがある。定評にそむかない美味というものはなかなかないものである。

昔、子供のとき、みんなむやみにハコベやマメカスなど食べてすきっ腹をおさえおさえ、〝進め一億火の玉！〟とか、〝ほしがりません、勝つまでは〟などといってた頃、某日私は『暗夜行路』を読んだ。この名作のある箇所には女を表現するのに〝どこか遠い北の海でとれたカニを思わせるようなところがあった〟という意味の一行があった。いい女だ、ということをいってるのである。『心に通ずる道は胃を通っている』というのはイギリス人の諺だが、この名作は女をカニにたとえているのだからこれ以上の卒直はないと思われる。私はこの一節を読んでカニのような女とはどんな女だろうと思ったが、何しろ明けても暮れてもハコベやマメカスばかりだから、どうにも想像がつきかねた。

「……母《かあ》ちゃん、どこか遠い北の海でとれたカニを思わせるようなところのある女て、どんな女のことをいうねン？」

母は性別からいえばどうやらオンナであるらしいのでそうたずねてみたいが、これまた明けても暮れてもマメカスを食べ、モンペをはき、救急袋を腰にさげ、全身泥まみれになって防空壕にたまった水をかいだすのに汗みずくというありさまだから、とてもたずねられない。たずねたところで答えようもない。

オトナになってからあちらこちらと旅行をするようになり、旅先でカニさえあればこの一節を思いだすので、そのたび探求にふけってみた。すべてのカニは水揚げしたてがいいのであって、タラバガニも毛ガニも花咲ガニも、みなおなじである。そこで、網走ではタラバガニ、釧路では毛ガニ、厚岸では花咲ガニと食べ歩いた。それぞれが東京で食べるそれとはまったくちがって、白い肉には爽やかで甘い海の透明な果汁がたっぷり入っていた。私は毎度毎度御飯を食べないでひたすらカニだけ食べて探求にふけった。しかし、北海道出身の人にはまことに申訳ないが、『暗夜行路』の人物が思いうかべていたのは道産のカニではないような気がする。いまではハッキリ答えられると思うが、このカニはやっぱり冬の日本海のカニであるとしたい。〝遠い北の海〟は日本海のどこか北辺ということに考えたいのだが、どうだろう。

おなじ日本海の一つのカニと私は思いたいのだけれど、鳥取の人は〝マツバ〟と呼び、福井の人は〝エチゼン〟と呼んでいる。新潟では〝タラバ〟——タラのとれるところでとれるから——と呼んでいるのではなかったか。この二月に福井県へいって越前岬のあたりで越前ガニを食べたが、そのとき人びとはこれは山陰の〝マツバ〟とはまったくちがうのだ、種族も味もまったくちがうカニなのだ、その相違は一目見てわかるほどの性質のものなのだと力説してやまなかったが、私にはたしかめるすべがなかった。私としてはやっぱり一つのカニではあるまいかと思う。ただし、すべての魚がそうだけれど、育つ場所がちがえば味はまったく変るのだから、その味のことをさしてエチゼンガニはエチゼンガニだと叫ぶのなら、それは無邪気なお国自慢として大いに結構である。何しろ日に日にわが国では〝お国自慢〟が消えつつある。それもおびただしく、かつ徹底的に。

貴重なお国自慢が名称だけで議論のツバで汚されては面白くないから、いまかりにエチゼンもマツバもタラバもひっくるめて日本海のカニと呼ぶことにする。このカニは絶品である。いいようがない。シュンに食べてごらん。それも産地へ体をはこび、できたら朝の一時、二時頃、沖から舟が帰ってくるのを波止場の魚市場のガランとしたところで待つのである。闇を寒風がヒュウッと吹きぬけ、沖では激怒した潮が波がしらに白いウサギをとばしながら走っている。やがて舟が入ってくると、ドラム缶にがんがん沸かした湯のなかへとれたてのカニをどんどんつける。とれたてのカニは妙に色の薄い、淡褐色の甲殻類であるが、一度熱湯をくぐると、あのあざやかな赤になる。それをこうコンクリ床《ゆか》にならべて仲買人のあいだで競《せ》りがはじまる。それはちょっと活力のみなぎった光景だが、あなたは一歩うしろへさがる。そして、ホカホカ湯気のたつカニの足をポキポキと折り、やにわにかぶりつく。海の果汁がいっぱいにほとばしり、顎をぬらし、胸をぬらす。ついで左手のゴロハチ茶碗に市場のオンさんから辛口の酒をたっぷり注いでもらい、チクリとする。カニをひとくちやり、酒をひとくちやる。カニはそのまま頰張るのがいちばんだが、酢につけるのもよろしいし、ショウガ醬油につけるのもよろしいよ。だけど、そのままでいいんだ。それがいちばんだ。

　湯につけるまえの、とれたてのままのカニはどうであるか。これは透明そのものであって、味といえるほどのものは何もない。あまりに純粋すぎて〝味〟がとどまっていられないらしいのである。ためしにその状態にあるのをヤマメの水で〝洗い〟にしてみると、新鮮であればあるだけ、身が冷めたさのあまり米粒大にハジけてしまう。それはじつに貴重なものではあるけれど、味がなにもないので、足一本分だけを食べて、よしにする。何といってもカニはゴタゴタ手を加えないで二杯酢か三杯酢でやるのが最高である。殻をパチンと割ると、白い豊満な肉《しし》置きの長い腿があらわれる。淡赤色の霜降りになっていて、そこにほのかに甘い脂と海の冷めたい果汁がこぼれそうになっている。それをお箸でズイーッとこそぎ、むっくりおきあがってくるのをどんぶり鉢へ落す。そう。どんぶり鉢である。食べたくて食べたくてウズウズしてくるのを生ツバ呑んでこらえ、一本また一本と落していく。やがてどんぶり鉢いっぱいになる。そこですわりなおすのである。そしてお箸をいっぱいに開き、ムズとつっこみ

「アア」

と口をあけて頰ばり

「ウン」

といって口を閉じる。

雄のカニは足を食べるが、雌のほうは甲羅の中身を食べる。それはさながら海の宝石箱である。丹念にほぐしていくと、赤くてモチモチしたのや、白くてベロベロしたのや、暗赤色の卵や、緑いろの〝味噌〟や、なおあれがあり、なおこれがある。これをどんぶり鉢でやってごらんなさい。モチモチやベロベロをひとくちやるたびに辛口をひとくちやるのである。脆美、繊鋭、豊満、精緻。この雌が雄にくらべるとバカみたいに値が安いのはどういうわけかと怪しみ、かつ、よろこびたくなる。きっと雄は姿のいいところを買われてあの高値を呼ぶのだが、私にいわせると雌のほうがはるかに深く広大で起伏に富んだ味を持っているのである。これも料亭でだされるみたいに小鉢でチビチビやっていたのでは部分も全容もわからないけれど、どんぶりに大盛りにしてガブッとやると、一挙に本質が姿をあらわすのである。磯ぎわの漁師宿の二階で、コタツに入って背を丸め、窓へうってかかってくる波しぶきを眺め、暗澹たる冬の日本海とわが心のうちをのぞきこみながら……

「ええなあ、それはなあ……」

水上勉氏は嘆息をつき

「好きな女子《おなご》といっしょになあ」

とつぶやいたきり、長い長い沈黙におちていった。氏は老若にかかわらず第二の性のことを〝オナゴ〟と呼ぶ癖があるが、いま沈黙のなかにどのような肉置きの長い腿があるのであるか。それは冷めたいけれどジッと抱いてシーツの織目か畳の目を眺めているうちにやがて雪洞のように灯がついてくぐもった熱をいちめんに放射してくるのであるか。そして果汁のほうは、ほとほとこぼれてくるのであるか。勉氏は〝かなしい〟と書こうと思っている。またしても。

暗い空。激しい沖。風のこだま。黄昏の荒磯の晦暗。これらが冬の越前海岸とカニを構成しているのであるが、夜長を火鉢のそばで古書など読んですごしたかったら、雄のカニの甲羅を炭火にのせ、その中身の〝味噌〟に少しずつ酒を入れて煮るとよろしい。お箸のさきでかきまぜているとやがてトロトロの灰緑色のものができあがるが、ちょっとホロにがいところがある。酒の香ばしさが熱い靄となってゆらめいている。これをお箸のさきにちょっとつけては舐めつつ辛口をちびちびやると、スイス料理のフォンデュを思いだしたくなり、リンドウのリキュールであるエンチアンの香りが鼻をうったあの夜がよみがえってくるようではないか。あのときインゲボルグは強い足音で部屋をでていったが、あけはなしたままのドアに恐しい闇があったではないか。

「ホントカね、おい」

と聞かれたら、古書をおき、ものうげに火鉢から顔をあげて、

「……」

床の間の水仙を眺める。

こうして私は志賀直哉氏の美しい比喩のうちのおいしい半ばをようやくにして探求し終ったのであるが、あとの半ばをまだ知らないでいるのである。つまりほのかな甘ばしい脂を刷いた肉置きゆたかな、白くて長い腿、冷めたいけれど豊満な果汁にみちている、ジッと抱いていたら雪洞のように映えてくる、そのような腿のあることをまだ知らないのである、だから私は越前海岸のおいしさについてだけ、あと若干のコトバをつらねておこうと思う。何しろここの沖では暖流と寒流がぶつかっているから魚族が豊富である。福井県の海の三大宗をあげろといわれたら私はカニとウニとサバだと答えたい。これまで書きつづけてきたとおり海内無双であるが、ここの固練りのウニも無双である。一であって二がないといいたい。選りすぐりのウニを酒だけで練りあげて桐の箱に納めたそれは、お箸が折れそうなくらい古風にがっしりと固いが、ひとくち舐めると、口いっぱいに芳香がはびこり、むせそうになる。生ウニのうまいところはほかにいくらでも知っているが、加工したウニならここの老舗のをまず舐めて、それから議論をはじめたいというところである。

つぎにサバをあげるか、カレイをあげるかで、議論がわかれることと思う。ここのカレイも逸品なのである。しかし、アマエビ、バイ、カレイは日本海岸一帯にわたって逸品であるし、カレイについては九州に城下カレイという逸物があるから、これはオロしてもかまわない。そうなると、若狭のサバである。これには異論のでる向きが少いだろうと思う。若狭湾も福井のうちで、まさに日本海なのだが、ここのサバは江戸の頃から高名であった。京都の老舗『いづう』のサバずしはここのサバの一本釣りものをしめて作ったものとして名声をほしいままにしてきたのだが、サバは浜焼きにしてもすばらしい味がする。秋のよく脂がのったのを無造作に太い竹串に刺して浜の榾火《ほだび》で焼いたの、腹の皮が金色に焦げて脂をジュウジュウ落しているのをフウフウふきながらショウガ醬油で食べてごらん。

「そうや。開高よ。それや。昔、江戸の頃はなァ、若狭のサバを山越えで女子が京都へはこんでいったもんや。京都へつく頃になってシメたサバがちょうどええかげんの味になる。〝サバを読む〟というのは一つにはここからでたコトバやねんデ。女子がサバを背負って峠を越えていくと、そこに雲助やら何やらがいてわらわらととびかかり、強姦しよった。古文献にようでてるわ。そやからナ、若狭のサバと女子はな」

水上勉氏は落ちかかる髪をはらって、暗い床の間の水仙を眺め、しばらくしてから

「かなしいのや」

とつぶやいた。

越前海岸は冬のさなかに水仙が咲くので有名である。吹雪のたたきつける暗い山肌に

この花が咲くのである。宿では風呂にこの花を束ねて浮かべているところがある。闇があちらこちらに溜まっている廊下を歩いて部屋に入り、コタツで猫背になりながら、比類ない海の果汁をすすりつつ、うつけるままに夜を迎える。

この冬をそうしてすごせたら。

ワイセツの終焉

『開門紅《カイメンホン》』という中国語はおめでたいときに使われる言葉だという。読んで字のまま、門がいっぱいにひらかれて、覗いてみるとその内奥に何やら赤いものがちらちら見え、まことに盛大なるさまをさすらしい。今年の七月、コペンハーゲンの駅裏界隈へいってみると、ソレらしき店という店の窓はことごとく『開門紅』であった。何十匹、何百匹という黒猫がいっせいに口をひらいて赤い舌を見せているのであった。店内に入ってみると床から天井まで、ことごとくその種のカラー印刷物で飾られている。その表紙がことごとく開門紅で、あるいは挑むがごとき、あるいは誇るがごとき、大胆な女の眼が門と山のかなたからこちらを見おろしている。それが何十冊と知れず壁を埋めているところは、パーティーにいってスモーク・サーモンのカナペの大皿をだされたみたいである。

まことに盛大なるさまである。しかし、ふとした瞬間には、頭から呑みこんでやるゾと襲いかかられそうな、エロティシスムからはるかに遠い、不気味な深淵を感じさせられることもある。

ここ五、六年、ひそかに入手しつづけた資料によって、これら〝ストックホルム・アッピール〟（埴谷雄高氏の命名による）のエスカレーションぶりを観察したところでは、去年（一九六九年）あたりまで、開門紅は開門紅でも来訪者は門前に佇んでステッキでほとほとと叩く、という段階であった。いや、乱入・浸透をほしいままにしているものもないではなかったが、全体の数からいえば少かったのである。ところが今年は、予想通り、開門・突入・噴出、四十八態ことごとくをきわめてしまった。また、ホモ、レズ、黒人男対白人女、白人男対黒人女、黒人男対黒人女、黄人男対白人女、白人男対黄人女、その他、考えつける組合わせがみな見られるようになった。あとはマゾ、サド、それに獣姦ぐらいであろうか。これとても時間の問題にすぎないと思われる。なかには二人の男が一人の女をサンドイッチにし、前門を狼が、後門を虎が、同時に貪っているというのもあって、写真撮影のときにはさぞや何度もやりなおしをして、苦心だったたろうと、考えたくなる。

こうした〝ストックホルム・アッピール〟もピンからキリまであって一概には論じられず、やはり良貨より悪貨のほうが多いという定則からまぬがれられないでいる。しかし、共分母みたいなものはある。それは、陰惨、不幸、貧困の匂いがまったくないこと、また、人種偏見がまったくあらわされていないこと、これが二大要素といえるだろう。したがって、いくら頁を繰っても、スポーツ写真を見るのとおなじことである。レスリングの写真、柔道の写真を見ているようなものである。この世界にも有名スターと無名スターがいるから、かりに「プライヴェート」誌によく登場するラップランド人との混血のアイナ嬢が化粧バグを片手にスタジオにいそぐところを見かけると、紳士たちはキャフェのテラスからコーヒー茶碗ごしに微笑で見送り

向う通るは
三四郎じゃないか
…………

とつぶやくぐらいであろう。

〝ストックホルム・アッピール〟の功罪をスカンディナヴィア人に論じてもらうことがあったが、幾種かの意見のうちの共分母は、性犯罪が激減したという指摘であった。ポーノグラフィーが公認、公開されたところで、それだけでこの種の犯罪が減るとは、私には信じられないが、この事実の背景には、やはり、北欧の社会の豊かさと自由さを考

えるほうが妥当なのではあるまいか。個人が男も女も豊かであるからフリー・セックスになるのだとはかぎらないだろう、という意見を述べる人もあったが、この人はすでに豊かさと平等を体得してしまっているから、それは空気のようなものであって、いまさら感ずることができなくなっているのだと、私などは臆測したくなる。つまりそれくらい私においては貧困と不平等の感覚が沁みついているということかもしれない。

スカンディナヴィアの紳士たちは外国人の私が北欧諸国を無料の淫売窟だと見なさないでくれと、口をそろえてくりかえすのだった。われわれも君たちとおなじで、結婚後はけっして自由ではないのだ。われわれはただセックスを自由に表現し、公開し、自由に論ずる。そういう自由があるだけなのだ。あとは他の諸国と何も変らないのだ、とくりかえすのだった。私は少くとも男というものは本質的にポリガミックであると思いこんでいるので、結婚したからといってそれが止まるわけではなく、止めようたって止めようがないこと、あたかも禁酒法と同様であると思いこんでいる。したがって、セックスの衝動をあらゆる種類のコンプレックスから解放し、あらゆる種類のワイセツに史上空前の止めをさした北欧人に満腔の敬意をおぼえているのだが、この点についていまだに、というよりはいよいよ、清教徒的な厳格が純化、昂進されていくらしい気配があるのは、どうにもフにおちなかった。この点から見れば本邦は個人収入においては世界第23位という怪奇なまでの低国であるが、はるかに寛容の雰囲気にみたされていると、いわざるを得ない。本邦こそはフリー・セックス国である。神なき民のおおらかさである。

　これまでのどの世紀から見ても北欧は〝言論と表現の自由〟を極限と感じられる段階にまでおしすすめ、拡大し、今後もさらに——もうあまり未開の分野はのこされていないが——それを進行させつづけることだろうと思われる。彼らは性を陰微で強力な魔術からあけっぴろげのスポーツにしてしまった。汗と垢と分泌物の匂いにからみとられたワイセツを徹底的に一掃してしまった。性の魔力の半ばを削《そ》いでしまい、消毒してしまったのだ。〝ストックホルム・アッピール〟は、文学書と哲学書の紙のなかだけで死んでしまいはしたが巷ではまだまだ強固に生きて人びとを支配しつづけている〝神〟とたたかうべく、ヨーロッパ本土に浸透していく。ワイセツは、しかし、遅かれ早かれ、〝神〟を殺しはしないまでも去勢するであろう。そして、ワイセツもまた、同時に去っていくであろう。いっさいのワイセツが公認されると、人びとはさらに純化された〝愛〟なる神を口にしはじめ、ある朝、《変レバ変ルホド、イヨイヨ同ジ》とにがくつぶやくのではあるまいか。

救われたあの国、あの町 正露丸、梅肉エキス

子供のときは病弱そのものだったが、家が郊外に引越してからは毎日のように釣り、掻掘《かいぼ》り、トンボ釣りなどでまッ黒に日焼けし、体質が変った。そこへ中学二年生のときから勤労動員に狩出されて、明けても暮れても貯水池掘りだ、材木運びだと、汗まみれの土方暮し。敗戦になればなるでパン焼工だ、旋盤見習工だと肉体労働。おそらくこういう生活のためと、粗食のためとで、肉体そのものが一変し、二変し、病気知らずになってしまった。躁鬱気質を病気と見るなら精神病者と考えなければならないが、これについては大量の頁が必要なので、今は省略させて頂く。

小説家になってからも、躁鬱と二日酔いと、ときたまの風邪をのぞけば、病気らしい病気はしたことがない。しかし、四十五歳をすぎると、胆ノー結石で石といっしょに胆をぬきとられ、同時に体内のあちらこちらに痛みが走ったり、きしみ音がするようになってきた。そこで、いつからともなく、海外へ出かけるまえには人間ドックに入ってすべてのパーツをしらべてもらう習慣となった。それで自信もつくし、用心深くもなる。ただしこれも善悪二面あって、日頃は何ということもなくやっていけてるのに肝臓がチ

ヨットとか、肺がスコシ……などと医者に指摘されると、それに神経を巻きとられて、のめりこみ、ほんとに病気になってしまう人がいる。まさに病イハ気カラの例であるが、ススキの影をゴーストだと思ってしまうのである。御用心を！……

二十年近くの昔にレントゲンで腹を覗かれ、腸が平均よりぐっと短いという事実を教えられた。これは生まれつきだからどうしようもないことなのだが、おかげで人よりもしげしげとトイレにかようこととなる。つまり腸が短いために雲古が長時間、滞在していられず、すぐに出してくれ、出してくれと小さな手で裏口をお叩きになるのである。そしてこの旦那はせっかち屋だから一度いいだしたらあとにはひかず、今ダ、今ダとダダをこねる。おまけに何歳になっても神経過敏で、それが旦那をあおりたてることとなり、いよいよトイレにかようこととなる。原稿の締切日が近づくと、ほとんど一時間おき、三十分おきにトイレにかよう。軟便、水便をとおりこして、とっくに出るものは出つくしてるものだから、空便としかいいようがないのだが、トイレにいかずにはいられない。原稿仕事がなくても都会で暮していると、たいてい軟か水である。それが釣竿を持って山に入り、谷川のせせらぎやウグイスの鳴声を聞くと、とたんにストップする。むっちりとした、こなれもいいがシッカリと手ごたえも愉しめる健便となるのである。これは祖国でも外国でもまったくおなじである。文明の爛熟度、濃度、抑圧度はアタマより一足さきにお尻で判明する。

したがってバッグのなかにはいつも下痢止めの薬瓶が入っている。正露丸かワカ末である。正露丸の蓋をとってその古風なクレオソートの匂いをかぐと、古い香水瓶から過去の記憶がたちのぼってくるといって呻めいたボオドレールのように、これまでにその薬といっしょに暮したあの国、この国、あの町、この都、無数の記憶が小ネズミの大群のようにわきだしてきて圧倒されそうになる。ごぞんじのようにこれは明治以来のわが国の兵隊の腹を何百万、何千万とくぐりぬけることでキタエられてきた薬だから、下痢止剤としてはもっとモダーンで、もっといい薬があるのかもしれないけれど、そのネバネバした小さな団子にはまったりと底厚い信頼感が託せそうな気がする。キラキラしたクスリというものは何となく不安な感じがするものだしネ。××丸と、あくまでも伝統を捨てようとしない頑固さが、いまどき、うれしいじゃないか。昔なら〝がん〟とルビをふらずに〝ぐゎん〟とふった字である。

梅肉エキスも昔から卓効のある民間薬として知られていて、抗生物質万能のこの時代にも立派に生きのびているようである。しかしこれは人工的に合成したり、何やらを混合したりしたのではなく、徹底的に梅そのものをトロトロと煮つめた〝まごころ〟作でないと思わしい効果がないようである。アマゾンへ釣りにいくときまってからたまたま遊びにきた弘明寺の美松和男君に梅肉エキスの話をすると、彼はだまって聞き、つぎに来たとき、ハイ、これといって一瓶をさしだした。話を聞いてみると、シュンの、最盛期の梅をどっさり買いこみ、一粒ずつ洗ってフキンで拭き、傷やシミのあるのを捨て、大釜いっぱいにつめこんで文火《とろび》で何時間となくクックツことこと煮つめたのだという。その厚情にたじたじとなり、とりあえず手元にあったボルドォとブルゴーニュのいいのを一本ずつ贈呈したかと思うが、あの激暑と悪水の国で食あたり、水あたり、下痢、腹痛などが訴えられたとき、それぞれ一舐めさせると、気持がいいほどよく効いた。そこで残りを大事にとっておき、つぎの南北両アメリカ大陸縦断のときにも活用させて頂いた。

二日酔いになったらどういう手をうつか。これは禿げをどうしたらいいかとおなじくらい大昔からの難問である。なってからあわててもすでに遅いのであって、飲むまえにそれにふさわしい予防策を講ずるべきじゃよと、賢い人はおっしゃる。たとえばそのフルコースの一例を申上げると、今日はヤバいことになりそうだと思ったら、飲むまえにトーストにバターを靴の半革ぐらいもコテコテ塗りつけたのを濃い牛乳といっしょにやる。そうすると胃の内壁に脂肪の膜ができて、アルコールの浸透を防いでもらえる。飲みにかかったら原料の異なる酒をチャンポン飲みしないこと、醸造酒よりは蒸溜酒を選ぶこと、それもなるべくスッキリした、淡白なのを選んで飲むこと。それから飲んで、騒いで、タハ、オモチロイと狂いまわったあげく家へもどって寝床にたおれこむときに、かならず大コップに水をなみなみと一杯か二杯飲むこと。もしそのとき忘れたら夜なかに御叱呼にたったときにやること。そのときも忘れたら翌朝眼がさめたときにやること。多年の数えきれない武者修行のうちにそういう処方を編みだしたのだが、たいてい間にあわないか、忘れるか、ツイツイ浮かれちゃって……ということになる。どうしても、ツイツイ。ということになる。

そこでつぎにツイツイ二日酔いになってしまったら、どうするか。これを議論しだすと、百人百説、みんな口ぐちに自家処方を述べたて、それだけで酒のサカナになるくらいである。アルカセルツァーという白い錠剤はコップのなかでぶくぶく泡をたて、舌に荒涼とした、むきだしのコンクリ壁のようなニヒルを残す薬だけれどよく効く。もしそれがなかったら、熱い番茶にボタボタのぶざまな、太り気味のお婆ヶのオッパイの先端はこうでもあろうかと思えるような、皺だらけの大粒の梅干、これを入れ、よくつきくずして、お茶といっしょにすること。それからムカムカ、ヅキヅキ、ゲロゲロをこらえこらえ、何でもいいから食べること。つぎに熱い風呂に入ること。手元にある胃腸薬をのむこと。お風呂の湯気のなかで失心しそうになりながら、もう酒は二度とやらないぞと、ひたすら思いつめること。祈り上げること。誓いぬくこと。そしてそのあと、恐る恐るちびちびと迎え酒をすする。

マ、そんなところか。

以上の処方のうちでも遠い国へいくときにお茶の缶と梅干をそろえて持っていくのは

なかなかできにくいことであるから、アルカセルツァーなり、胃腸薬なりは、ドリンカーとしては必携の常備薬だということになる。正露丸もこの点ではなかなか効くので、いよいよ手放せない親友である。お茶、梅干、アルカセルツァー、正露丸、牛乳、バターこてこてのトースト、熱い風呂、以上の何もないところで大酒を飲んだときは、寝床にたおれこむまえに水を一杯か二杯たっぷりと飲むことである。これで翌朝のダメージがずいぶん軽くなる。アルコールが大量に体内に入ると、いわゆる脱水症状が起って、あちらこちらが焼けるのだ。それをなだめ、おさえ、中和、鎮静させるのが水である。水はここでもやっぱりありがたいのである。これを忘れてはいけない。酒を飲んだら水を飲め。これが十戒の第一戒である。エホヴァがそうおっしゃったかどうかはわからないけれどバッカスはそういいましめておられるンである。

それならはじめから飲むときに水割りをやればいいじゃないかという説がある。それはそれで理屈になっているし、正しいのでもあるが、水割りにするとせっかくの酒の味がこわれてしまうということがある。これは面白くないので、ストレートで一口やったらそのあと氷水を一口やるというぐあいにやればよろしい。これだと酒の味が一〇〇パーセント味わえたうえにそのたびそのたび舌が洗われてフレッシュになるから一五〇パーセントの鑑賞がたのしめる。そのうえ二日酔いの防止にもいいのだから二〇〇パーセントたのしめるということになるのだが、如何かナ。

なお、一言つけたしておくと、水割りだと肝臓の負担が軽くなると思いこんでいる人がたくさんいるが、体内では水は水、アルコールはアルコールと分離されて作業がすすむので、ストレートだろうと、水割りだろうと、肝臓が負担しなければならないアルコール荷《か》はおなじである。むしろ水割りは口当りが軽いのでかえって飲みすぎるという結果になりやすい。

眼にのこるドリンク場面の数例。

『ホブスンの婿選び』のロートン。
『大いなる幻影』のシュトロハイム。
『リラの門』のブラッスール。
『地の果てを行く』のギャバン。
西部物のリー・マーヴィン。

酒の王様たち

一

七月中は登り坂一方の暑熱がたちこめていてもたってもいられず、家でも道路でも電車でも、すべての物が匂いをたてて肉薄し、どこへ逃げていいのかわからなかった。音楽と新劇には訓練がないので私は弱いけれど、嗅覚だけはいくらか心覚えがあり、中年になってても衰えることがないので、悪臭にはひとかたならず苦しめられる。胸苦しいのは梅雨期と夏で、こういう季節に男や女に近づいていくと、ことに女に近づいていくと、髪から足の趾まで、すべての箇処が匂いをたてているものだから、熱帯の密林がのしかかってくるようである。

汗と弛緩と中年の疲弊でヘトヘトになっているところへ身辺に思いもよらぬ突発事故が発生したので、したたか辛《から》き思いを膚に刷りこまれ、限界をまさぐりようのない反省に蔽われるということがあって、この七月は私にとってはにがいかぎりであった。けれど事故はようやく一見収縮の方向に向いだしたので、どうにかこうにか部屋のなかにすわれるようになってきた。しかし、八月になりはしたものの、心の弛緩と疲弊をどう手のつけようもなく、のめりこみ、錆びついてくるばかりである。マトモなことを書こうにものめりがさきへさきへとたちまわるのでトリモチに吸われたハエのように足も羽も剝がれてしまう。（トリモチもトンボも見られなくなった時代にこういう比喩を書くあたり、お年も知れようし、疲労も察しられよう）。

だから。

酒の話でも書くとするか。

明治時代は〝和魂洋才〟を叫んで、社会に新鮮な刺激にたいする飢渇感がみなぎり、熱っぽい醱酵があらゆる分野に見られ、それが鹿鳴館のダンスにもなり、アナーキズム運動にもなり、汽笛一声にもなり、日露戦争にもなりした事情はみんなよくわきまえているが、いっぽう、奇妙キテレツな風俗もそれにつれて出現したから、場末の行方のない叛骨を抱いたゲイジュツ家たちはたちまちこれにとびついてオッペケペ節などをでっちあげ、早くもニヒルな塩味の漂よう蒼白い頰をひきつらせて毒笑のための毒笑に夜な夜なふけったものであるらしい。その頃、酒界においては、もっぱら一升瓶と、焼酎と、屋台と、スキヤキ屋の高歌放吟が主勢だったのだが、いっぽう、ここにも〝和魂洋才〟がノミのように跳ねまわり、めったやたらに外国の酒を輸入するかたわら、めったやたらに国産洋酒も出回った。〝国産洋酒〟というコトバそのものが原義にたって凝視すれば矛盾そのものなのだけれど、お国にみちわたる好奇の熱気からすれば、ドッてことはないのだった。

〝ウィスキー〟といったって、そんじょそこらの焼酎屋が蒸溜は〝和魂〟、レッテルは〝洋才〟という好奇の一発主義《やまあて》にそそのかされてのゴタマゼ事業だったから、たかが焼酎にカラメルでコハクの色をつけ、そこへ自分でもよくわかっていないサムシングを微量投入してから瓶詰めし、赤や、金や、黒など、何やらゴテゴテと派手に印刷した横文字のレッテルを貼りつけて売りだしたものだった。だから、そのうちの一つは、スコッチの向うを張ろうというので、レッテルの一隅に、〝バッキンガム宮殿で瓶詰めされました〟などと一行、英語で刷りこんだものであった。真ッ赤なウソとわかりきったことを堂々と名乗りあげるあたりの魂胆はなみなみならぬもので、いまでもこういうレッテルのウィスキーが酒屋の棚にあったら、ちょっと買ってみたくなる。これから数十年たって第二次大戦直後の闇市にはアメリカ兵の氾濫といっしょにレッテルのどこかに〝Made in USA〟と刷りこんだマヤカシ・ウィスキーが流れたことがあった。当時は——いまでもあまり変らないが——何だってかんだって〝米国製〟とあればありがたい一心で国民はとびついたものだったが、そこを焼酎屋はうまく利用したわけである。

ＭＰが踏みこんで訊問してみると、この焼酎屋のおっさんはあわてず騒がずレッテルを指さし、〝USA〟とレッテルに書いてはありますけれど、よく見て下さい、ＵとＳ、ＳとＡのあいだに点がありません。つまりこれはわが社の名をたまたま横文字にしたからこうなったので、米国製という意味ではありません。ウサ商会製という意味なのです。このわが社は〝宇佐商会〟というのです。といって、その場を切りぬけたそうである。このエピソードは当時少年だった私たちをいつでも朗らかな哄笑にさそってくれたものだが、しかし、よく考えてみると、ハッタリ精神の血は明治の祖父から脈々と頂いてはいるもの の、手口からいえば、やっぱり祖父のほうが雄大、奔放で、ナンセンスという貴重なものを楽しむ感覚があったと思いたいのである。

こういうハナシはどの国にもある。トーマス・マンの『詐欺師フェリックス・クルル』を読むと、ドイツぶどう酒で一代の産を築いた父の商売のコツは、ぶどう酒のレッテルをめったやたら華麗・荘厳なものにする、ただその一つにあったという説明があって、ナルホドと深夜、微笑をうかべずにはいられないのである。この父親の売るシャンパンを飲むと翌日きっと頭がピンピンと痛んだとのことである。きまじめ一本槍のはずのトーマス・マンの森厳なる作品群のなかでもこの詐欺師物語は未完のままで終ってしまったけれど作者がいきいきと男の本能にたって書いた気味が行や句読点にかくし味として漂よっていて、珍しくパリ風のおどけが愉しめるので、この箇処をも含めて読者諸兄姉《みなさん》に一読をおすすめする次第である。レッテルだけでドイツぶどう酒をバカ高値で買いこまない用心のためにも……

まったく〝レッテル〟というやつは人の眼をだます。近頃はすべての商品が過当競争で、そこへ《暮しの手帖》などという痛烈な正直者がいたりするものだから、明治や戦後の阿呆なマネはできなくなり、すべてのメーカーは〝品質本位〟を争いあうよりしかたなくなってきて、それはそれで結構なことだが、何しろわが国人《くにびと》は古来、好奇の心ははげしく、うちこめばとめどなくなるところがあるので、それが洗濯機やクーラーなどという、手でさわれもするし、肌で感ずることもできるブツについてのみ執着しているあいだはいいが、これが無限界、無辺際の信仰やイデオロギーの分野にまでひろがると、それすらとどのつまりは〝レッテル〟にすぎないのに身も心もなくうちこんで暴走する危険がある。長い目で見れば一時しのぎのことに一生を諸世代、諸国民は葬ってきた。

二

前項でトーマス・マンの『詐欺師フェリックス・クルル』に触れ、クルルの父が一代でぶどう酒で産を築いたのはひたすらイカサマ酒を売ったことにあるが、それが二日酔液であるにもかかわらず売れつづけたのはただレッテルがやたらに華麗・荘厳であったためだと書いておいた。これは原作者のトーマス・マンの記述を頂いてそのままに書いたわけなので、私がそのアタピン（飲むとアタマがピンピンしてくる）酒を飲んだうえでのことではなかったから、責任はすべてマンにある。マンがどれだけの酒通であったか、私は知らないが、おそらくそういうことを書くことでマンはおふざけ気分のうちにもレッテルを信ずるな、わが舌に従えということの警告を発したかったのだろうと思いたい。

そのあとつづいて人というものはレッテルに酔いやすいもので、それは何も酒だけのことではなく、信仰もイデオロギーもことごとくおなじだという一行を書きたしておいたと思う。レッテルに惚れていい気持になってズップリひたったあげく翌朝アタピンで苦しみ、あの酒はひどかったがオレもひどかったという反省に陥ちこむのは医者、刑事、弁護士、小説家、エッセイ屋、みな、おなじである。そして、しばしば、これを飲めばアタピンになって七転八倒することがわかりきっているのに、ついつい飲まずにいられなくなるというのも、おなじ習性からである。酒呑みというさびしいセンチメンタリストがいて、そいつらに飲ませる酒と場所があり、それらによってがつがつ生計を得ようとする口達者な人物がいるかぎり、これはいつまでもあることだろうが、政治と宗教の世界でも、ま、変ることはあるまい。変るとすれば、せいぜいスローガンだけのことだろう。

昔、どこかで読んだハナシだが、南米の某国で、ぶどうがやたらにできる国があり、それから果汁をしぼって酒にしてやたらに儲けた男がいたというのである。この男はやがてその国のぶどう酒の王様となるのだが、人民たちはしきりに薄暗い酒場で、王様の酒は酒じゃない、何かまぜものをしてあるのだ、だから飲んだ翌朝はきっとアタピンになるのさといいつづけたが、人民は心もノドもつねに渇いているので、どんどん飲まずにはいられず、したがって王様はどんどん王様になっていったが、王様はいよいよ臨終ということになったとき、ベッドのまわりに子や孫をのこらず呼び集め、息もたえだえに

「いいか、おまえたち」

といった。

「ぶどう酒はぶどうからつくるものだよ」

といったそうである。

詐欺師が最後のベッドでめざめて、正直は最善の策なのだよと訴えるハナシは、だまされつづけの人民としては当然のことながら、でっちあげたいハナシであろう。そうでもしないことにはそれまでに日夜をわかたず飲みつづけてきたマヤカシ酒についての、そしてそれをその場その場で飲みつづけてウムとか、イケルとか、マアマアなどといいつづけた自分たちの立場がなくなってしまうではないか。ペタンコになった財布のことを思うとイマイマしいかぎりではあるが……

しかし、酒の道はとりもなおさず人の道でもあるので、この道では〝人〟の混沌そのままを反映して、いつの世にもしたたかの曲者を生みださずにはいられないのである。

某年、某月、某日、パリで朝遅く眼がさめ、三日月パンと牛乳入りコーヒーを飲みに街へ這いだし、たまたま新聞を買ったところ、四、五人の紳士がつながって映っている写真があった。三日月パンを食べつつ牛乳入りコーヒー飲んで記事を読んでみると、これらの紳士はみなイタリア人で、キァンティの王様である。王様たちはキァンティが売れるのをいいことにして自然のぶどうによらないで人工でこれを増産、増量する方法を発明し、もっぱらそれによってここ数年間、巨額の富を築いていたが、最近発覚して法廷へ送られる身分となったというのである。自然のぶどうをどう人工でゴマかしたのか、そのあたりの詳細は記事に書いてなかったが、ぶどう園をでたときトラックは三台だったがナポリを通過するとそれが七台になっていたという暗示的な、愉快な記事が書いてあった。（これがやっぱりナポリであるということに留意して頂きたいナ）

その妙なキァンティを飲んだ人たちがアタピンになったかどうかは書いてなかったので、やっぱりナポリ人は伝統主義者でヒトをだましつづけておるのだなと私は教えられ、不思議な安堵をおぼえてベッドにもぐりこんで惰眠のつづきをむさぼったものであった。イタリア人なら当然そういうことをするであろうという感懐があり、むしろ当然そのものであり、かねがね感ずるところがたまたまちょっぴり実現されただけのことだという、あえかな的中感と満足感で私は、むしろ、のびのびと手や足をシーツのなかでのばしたくらいであった。フランス人が勤勉になり、イタリア人がウソをつかなくなったら、そろそろ覚悟をきめたほうがよさそうであるからネ。

すると、数年後に、某月、某日、東京の新聞で三面記事を読むと、ボルドォの旦那衆が何人かよってたかってイカサマぶどう酒を売ったかどで御召しになったとのことである。記事は短いからよくわからないが、旦那たちは自家のぶどう酒に安物のぶどう酒をまぜて増量を計っていたというのだが、旦那の一人が法廷で証言したところによると、誰もそのマヤカシに気がついたものはなく、お客はみんな満足していましたとのことである。どんな酒をどれだけどの酒にまぜていたのかということはわからないけれど、どうやら旦那はぶどう酒業者としての良心をさほど痛めることなく収入をたのしんでいたらしい気配であった。

しかし、シャトォ物の《ヴレ・ド・ヴレ（正真正銘）》のぶどう酒についてはまずこういうことは起らないと考えておいていいように思われる。中級から下級にかけての品ではよくこういうことがある。だからといって、呑み助の私の舌覚にたっていわせて頂くなら、マゼモノをしたからといってそれだけで酒品が落ちるわけではない。ときにはアルジェリアの安酒をブレンドすることでかえって腰が強壮になる酒だってあるのだ。イケナイのはマゼモノをしてるくせにマゼモノをしてないみたいなふれこみやレッテルをつけること、ただそれだけのことなのである。ぶどう酒の鑑定は一つしかない。レッテルではなく、舌だ。君がウマイと思えば、酒はそれで成就するのだ。〝王様〟が何を企もうと、それはそうなのである。

でも。

たまには極めつきを飲んでおくといいゼ。

正月　歓声と銃声の記憶

海外諸国での正月の話、ことに食いしんぼうのほうのソレを、といわれてひきうけたのだが、さて書こうとしてみると記憶らしい記憶が何もないので、うろたえた。師走のいそがしさに浮足立ってついうっかり「ハイ」と答えたのを後悔したくらいである。

わが国には〝正月料理〟という言葉も物もあるけれど、ヨーロッパ諸国では聞いたタメシがない。もともと正月そのものを特別に盛大に祝うという習慣からしてないのだから当然だろう。人ごみのなかを歩いていてときたまパリなら〝ボン・ナンネ！〟、ベルリンなら〝ノイ・グート・ヤール！〟と挨拶しあっている声が耳に入る。それくらいのものである。正月は挨拶のなかにしかない。言葉にあるだけである。そういってもけっしていいすぎにはなるまいと思う。

むしろ舌が言葉のほかによろこぶものがあるとすればクリスマス・イヴだろう。〝クリスマス料理〟は言葉もあるし、物もある。パリでは〝ガトー・ド・ノエル〟というお菓子が売りだされるし、ロンドンではあたためたプディングを食べる。前者はチョコレート菓子で、チョコレートの薪のうえに赤ン坊のキリスト様がのっかっているというもの。見たところとぼけたかわいらしさがあるので、たった一度だけ買ってみたけれど、味はドッテことなく、二度と手をださない。

わが国の〝正月料理〟には正月以外のときにほとんど作りもしないし、食べもしないという物がいくつもあるが、あちらのクリスマス料理はべつにそんなことはない。ふだんでもよく食べている物を食べる。それも特別に盛大な御馳走という物でもなさそうである。しかもたった一晩のことで、三日間連続して食べるわけではない。

一度だけだったが、パリで日本びいきのフランス人の家庭に招待され、今日はノエルだからといってブタの頭をだされたことがあった。ブタの頭は市場によく売っているが、丸ごと大鍋で煮こむのである。それをテーブルのまんなかにおき、めいめいが手をだして、頬を剃いだり、面《つら》の皮をむいたりして皿にとるのだった。ふつうノエルの料理といえばアヒルのローストを思いうかべるぐらいだけれどこれは変っていたし、面白かったし、なかなかうまかった。食事が進むにつれてブウブウちゃんの顔がどんどん変っていくのは一つの奇観であった。お宅でも一つ、いかが？

正月の思い出で私にとって濃厚なのはやっぱりヴェトナムだった。ヴェトナム語の〝正月〟は〝テット〟だが、〝テット休戦〟とか〝テット攻撃〟などという言葉はわが国の新聞や雑誌にもよく出没して、ごぞんじの通りである。正月だから双方が申し合わせて休戦するのが毎年の吉例だったが、一九六八年にはオトソ気分でうつらうつらと眠りこけているとサイゴンの解放戦線がなだれこんできて凄惨な市街戦となった。サイゴンだけではない。全土にわたって一斉にそうなったのである。ワシントンはクリスマス・イヴに軍隊をひきつれて川をわたってイギリス軍に殴りこみをかけたことがある。《戦争と恋にはルールがない》という古くからの名言があるが、現代でも人は祭日によく死ぬのだ。

ヴェトナム人には正月が二度ある。陽暦の正月と陰暦の正月である。しかしあの人たちが御馳走を作って、酒を飲んで、人殺しをやめるのは陰暦の正月のほうである。この正月は二月である。目抜きの通りには〝テット！　テット！　テット！〟と大書した横幕がかけわたされ、グエン・フエ通りは花で埋まる。花商人がつぎからつぎへと花を運びこみ、甕、土ガメ、ドラム缶などに山盛りする。それもハイビスカスやブーゲンヴィリアなどという南方の花のほかに、キク、スイセン、ウメ、カーネーション、バラなど、まさに百花斉放なのである。

一九六五年にはじめてこの光景を目撃したときには私は口がきけなくなったほどである。その頃、一日に双方とも平均一〇〇人の死者をだしているという噂があり、サイゴンからたった六五キロのバナナ畑で四日間つづいた戦闘では、そのうちの二日間に機関銃弾だけで約二九万発消費したという米軍の発表があったが、サイゴンは、花、花、花。

あちこちで爆竹がはじけ、人は笑い、飲み、散歩する。ジュース屋はモーターの音をたててサトウキビをしぼり、講釈師はヤシの実の胡弓をかき鳴らして一席唸っている。ペット屋のテナガザルは背中を掻きつつまじまじと眼を瞠って混沌と眺めている。

一〇〇〇年
中国の奴隷だった
一〇〇年
フランスの奴隷だった
…………
…………

チン・コン・ソンが作ってカン・リが歌ってたいそうヒットした悲歌の一つにそういう一節があるが、この歴史のためにヴェトナム人は、うなだれつつも美食家になった。奇妙な表現になるかもしれないがこれは事実である。

東西の食いしん坊の二大宗にしごかれているうちにヴェトナム人はグルメ趣味をすっかり身につけた。富めるは富めるなりに、貧しきは貧しきなりに、食べ物を吟味したり、語ったりするのがこの人たちも好きである。この国の空気は酸素と窒素とニョクマムでできているといってもよろしいほどだが、ニャチャン産の小エビだけで作ったのがいいんだとか、フークォック島産のカー・コム（シコイワシ）だけで作ったのがいいんだとか。マ、その声の甲ン高いこと。それからまたこの頃にはヒヨコが入ったままの卵をゆで卵にするという世界にゴマンとある卵料理のなかでもちょっと類のない習慣があるが、そのヒヨコは何週間めぐらいがいちばんよろしいかの論になると、これまたにぎやかであった。

ふつうの家庭の御馳走でもあり、常食でもあるものの一つはチャジョだが、これは御飯のオネバを干したものでエビや肉をくるんで油で揚げたものである。それをまたレタスなどでくるんでニョクマムをちょっとつけて召上る。軽快な春巻といいたい味がして、うまいもんである。平日にも正月にも、家でも料理屋でもよく食べる。うっかりそれを中華料理の春巻の一変種だといったばかりに、あるとき私はサイゴンの大学生に、中国は中国なんだ、ヴェトナムはヴェトナムなんだ、われわれは断じて中国人の馬のよこを歩かないんだと、冷めたく形相すさまじく嚙みつかれたことがあった。一〇〇〇年間の痛恨はそんなところにまでしみこんでいるのだ。今後のあの国の動向を占いたかったら、それを一つ、頭にたたきこんでからにしたほうがよさそうである。

最後の晩餐　i

さて。

味覚をペンでなぞることは小説家にとってはたいへん勉強になる。ボクシングのチャンピオンは試合があろうとなかろうと縄跳びをしたりランニングをしたりしなければならないし、画家もデッサンの修練を怠けてはならない。それとおなじで小説家もペンを錆びつかせてはならないのである。そのためには女や味についてのエッセイが何よりかと思う。女については吉行淳之介学兄の硬、軟、直、曲のさまざまを尽したデッサン集がすでにおびただしくあるので、大阪という食都に生まれ育った私としては味の研究をとりあげたわけである。いざ手がけてみると、これがじつに至難の業であることをしたたかにさとらされてヘソを噛んだ。何しろ私は言葉の職人なのだから、どんな美味に出会っても、〝筆舌に尽せない〟とか、〝いうにいわれぬ〟とか、〝言語に絶する〟などと投げてはならぬという至上律に束縛されているのである。それを紙に書いてオデコに貼りつけてから皿にたち向わねばならないのである。何が何でも筆舌を尽し、こねあげなければならない。これが至難の第一である。同時に、ただ食べてたのしむのではなくて何か書くために何かを食べるというのはまったくウンザリさせられることで、終始ソワソワとして落着かないことである。これでは食べたやら飲んだやらもわからない。それでいて書斎に帰って筆舌を尽さなければならぬとくるのだから、毎度毎度、ペンを投げだしてはしぶしぶ拾いあげ、拾ってはたまらなくなって投げた。至難の第二。そこへ持ってきて、知らない人は私の顔を見るたびに、うまいもンを食べて、それを楽しんで書いて、それで原稿料をもらって、結構ずくめですなァと、おっしゃる。この誤解はいくら説明しても解いてもらえないとわかったので、近頃では何もいわないことにし、よくよく何かいいたいときには、エエ、もう、世間の人がバカに見えて困りますと、お土砂をかけてグンニャリさせることにしてある。こういうのは職業の苦痛ということがわからないハッピー人種で、まことにうらやましいけれど、川の向う岸におられるようである。山の高さを知るには峯から峯へ歩いたのではわからない、裾から一歩一歩攻め登らなければならないというのと似ていて、名酒の名酒ぶりを知りたければ日頃は安酒を飲んでいなければならないし、御馳走という例外品の例外ぶりを味得したければ日頃は非御馳走にひたっておかなければ、たまさかの有難味がわからなくなる。美食とは異物との衝突から発生する愕きを愉しむことである。日頃から美食ずくめでやっていたら、異物が異物でなくなるのだから、荒寥の虚無がひろがるだけとなり、あげくの果ては、斉の桓公のように、人肉を食べてみたいといいだすことになる。（ニューヨークやパリでは徹底的に秘密にしてそれとなく食べさせる店が存在すると聞かされることがあり、そうだろうナと、頷きたくはなるのだが、まだ私はやったことがないし、そんな店がどこにあるのかも知らない。食べたという人に会ったこともない。）

長く長くつづいた味覚エッセイの最終回は中華料理なら杏仁豆腐、フランス料理ならスフレかムース、それに匹敵するような軽快な洗練のおめでたい話で仕上げたいところだが、事もあろうにおどろおどろしい人肉嗜食でやるというのは、幼少時に苛烈を味わわされた私の貧乏人根性と、もう一つは、誰でもが知っている人口過剰の知覚のためである。地球は陸も海も砂漠も山岳も、いたるところ穴だらけになって、含み資産が日に月に目減りするいっぽうだが、人口だけはむんむんザワザワ増えつづける。無限に拡大再生産される有機物といっては人間と雲古だけである。この後者のモノについてはわが偉大で執拗な中村浩博士が日夜、取組んでおられて、クロレラを開発し、あとは味覚と満腹感をどう解決するかだけだというところまで到達し、ついでに人工的に雲古を実験室でつくってみたら一〇〇グラムつくるのにじつに二万エンかかったという。しかも、それでいて、できたものは苦心工夫の甲斐もなく、妙に白っぽくてパサパサして、天工（？）の、あの、ねっとりとした豊饒さが香りにも質感にも欠けていたそうである。しかし、その研究のおかげで、どんな貧乏人の雲古でも、たとえ原材料が一杯の素ウドンであれ、三個のしのだ寿司であれ、でてくるまでには最低二万エンかかるのだという一つの認識が数字で確保された。この雲古、御叱呼というものが、日本国だけで一年にざっと丸ビル二十五杯分、生産されるが、完全に使い捨てである。アメリカのトウモロコシやカナダの小麦が排ガスのための異常気象で不作を強いられ、全世界が似たような結果に陥ちこみ――あまり遠くないのでは、という予感がするが――味覚も満腹感もあったものか、ただ生きのびられたらそれでいいという日がきたら、中村博士が多年にわたって蓄積したデータに人びとは駆けつけることとなるだろう。そして、また、そうなれば、全世界で人口調節のために楢山節を歌わなければなるまいし、人肉の調理法や加工法をテレビで日曜の朝に放送しなければならなくなるかもしれないのである。SFや逆立ちユートピア物語の作者たちはとっくの昔からその問題を蒸返し焼直しして書きつづけているのだが、いっせいにペンをおく日がくることとなるだろう。北半球は飽食で身動きもできなくなっているのに南半球の子供たちはいたるところで栄養不良のために身動きできなくなっている現状を見れば、〝喫人《チーレン》〟はすでにとっくに始まっているのだといったっていいようなものなのだから、杏仁豆腐としてカニバリズムを私がとりあげても、さほど悪趣味や不作法と罵られることはあるまい。

今回と次回にとりあげるのは現実に発生した事件についてであって、文学作品についてではない。文学に登場した人肉嗜食のテーマはわが国だけでも、野上弥生子『海神丸』、大岡昇平『野火』、武田泰淳『ひかりごけ』、いくつもある。外国にも、いくつもある。たいそう洗練されたエンターテインメント作品も、いくつもあるし、SFやディストピア作品となると、数えていられないくらい、ある。書店でも、自宅でも、あなたは寝ころんだまま、手をのばしさえすればいいのである。そういいきってもいいくらい、たくさんある。しかし、これから眺めようとするのは、現実に発生した事件である。のっぴきならぬ事実と情念をさぐってみたいのである。これまた飢饉、海難、籠城などで世界史のあちらこちらにさまざまな実例があるけれど、事件の骨格だけが伝承されている例ではなくて、極限の体験者たちがまだ現存していて、事件が本質だけではなくて匂いも味もまだマザマザと保持されている、そういうのを一つだけとりあげて、眺めてみたいのである。一九七二年にアンデス山中で発生した、あの事件についてである。これは一人の若いイギリス人のカトリック作家が十六人の生還者全員の一人一人に会って周到かつ慎重な記録を書きのこしたので（P・P・リード著・永井淳訳『生存者』平凡社）、手をのばしさえすれば四〇〇頁にわたって詳細を読むことができる。詳細といっても、それは、少くとも渦中から脱出してモンテヴィデオという近代都市に移され、栄養、肉親、友人、安穏、エアコンなどにとりかこまれて何週間かをすごしてから、事件を回想して人の口で語れる範囲内のことを語ったものであること、インタヴューアーが体験者のウルグアイ人たちとおなじカトリック教徒ではあるものの、生れも育ちもイギリス人であること、インタヴューは数週間であったということ、最低それらの条件に束縛された上での作業であったことをわきまえておかねばなるまい。それにしては著者はなかなかいい仕事をしたと、私としてはいいたいのだが、体験者たちはきわめて当然のことながら、後日この本を読んで、不満を述べたそうである。

この飛行機は双発のプロペラ機で、ジェット機ではなかった。もしジェット機だったら墜落したときに全員即死していただろうと思われるが、推力の弱いプロペラ機だったために後尾を吹きとばされつつもアンデスの深い雪の斜面を胴体滑走してストップし、生存者たちはその残骸を家として以後七〇日間を送ることとなった。飢え、渇き、寒気、大雪崩、猛吹雪と試練また試練がつづき、一人また一人と死んでいく。最後に十六人だけが生きのこることになるのだが、自殺者は一人も出ていないという特徴がある。たがいにはげましあい、冗談をいって気力をふるいたたせ、寒さをしのぐためにおたがい向きあって体をなぐりあったり叩きあったりして血行を促し、あらゆる苦心をして〝団結〟を保持しようと努める。自分の足で歩く力もないまでに衰弱しながらもこれだけの人数があれば視線や意識をまぎらすことができて、自殺の機会がたとえ心に生ずることはあっても、そのたびにまぎらされたことだろう。それと同時にこの人たちは熱心で強烈なカトリック教徒であり、子供のときから自殺を禁忌とする教えをたたきこまれて育った人たちであるという事実にも注意したい。一切の事象と自身のあいだにつねに

〝神〟があり、一切の思惟は発生してから定着するまでに、かならず一度、〝神〟を漉《こ》すのである。

これは肉なんだ。ただそれだけのものなんだ。彼らの魂は肉体をはなれて、いまは神とともに天国にいる。あとに残されたものは単なる死骸で、われわれが家で食べている牛の肉とおなじものだ。もう人間じゃないんだ。

ぼくにはわかっている。もしぼくの死体がきみを生かす役に立つとしたら、ぼくは喜んでそれを利用してもらうよ。もしぼくが死んで、きみが死体を食わなかったら、どこにいようとそこから戻ってきて、きみの尻を思いっきり蹴とばしてやる。

いよいよ死体を食べるよりほかに生きのびる方策はないときまったとき、彼らの一人、二人は勇をふるって、そういう。これはきわめて当然の、自然そのものの反応で、何の疑念も生じない。あらゆる人種がおなじ状況におかれたら、おなじ反応を見せることだろうし、私もおそらく——自殺願望をおさえることができたら——おなじ言葉を口にすることだろう。ひょっとしたら仲間を笑わせて気力をふるいたたせたくなり、おれはビールもよく飲むし、ときどきサウナにいってマッサージしてもらってるから、松阪牛そこのけだヨ、などと一言つけたすかもしれない。

これは聖体拝領のようなもんだな。キリストが死んだとき、われわれに精神的な生活をさせるためにその肉体を与えた。ぼくの友だちはわれわれに肉体の生活をさせるためにその肉体を与えたんだ。

そういって、ためらう仲間を説得する一人もいる。その説得はうけ入れられ、それまで人肉を食べることをためらっていた人びともようやく頷いて生干肉に手をだすようになるのである。さきの二人の、〝ただの肉なんだ〟と〝おれを食ってくれ〟の意見は容易に頷けるし、私も口にすることだろうが、この場合の〝聖体拝領〟という見解は、おそらく観念としても言葉としても私の口にのぼることはないのではあるまいかと考える。これはキリスト教信者に独特のものである。事物があって、つぎに〝神〟または〝キリスト〟があって、それから人がある。死体があって、キリストがあって、それから人がある。キリストに漉されて死体は死体でなくなる。天恵となる。肉となるのだ。魂がなくなったのだからそれはもう人ではなくてただの肉なんだといい聞かせるだけでは動機にはなれないのである。〝神〟で漉そうが漉すまいが結果はおなじことじゃないかという見解はそれ自体で動機となれる強力さを持ってはいるが、人というものをどう理解するかということになると、いささか短絡でありすぎる。〝神〟というフィルターで漉さなければ死体が肉になれないというのは偽善であり、自己欺瞞ではないのか……という呟き、もしくは嘲りが聞えてきそうである。その率直さを私は認めるが、いっぽうでは、その率直者もいざ友人の臀部をガラス片で削りとって飛行機の屋根で風干にした肉を、はじめて食べようとするときには、内心、何らかの超越的観念、自然神とでも呼ぶべき一つの抽象を設けて、それで漉して、死体の肉化をやらずにはいられないのではあるまいか、とも想像するのである。口にもできず、ペンにもひっかけられない、ひょっとしたらあとで思いだすこともできないような、教会も、司祭も、聖書も持たない、名も国籍もない〝神〟が、やっぱり登場するのではあるまいかと、思うのである。

死体が肉になるかならないかは最初の一片を呑みこむか呑みこまないかにかかっていたようである。最初の一片が呑みこまれると、あとは肉となり、習慣となった。禁忌はつぎつぎにとかれていった。はじめのうちは臀や、腿や、腕などが食べられていたが、そのうちに内臓も、脳も、骨髄も食べるようになり、雪がとけて腐りはじめた肉も食べるようになり、削って風に乾すだけだったのが、焼いたり、煮たりの工夫もできるようになった。骨にくっついている肉を最後のひとかけらまで掻きとってしまうと、斧を使って骨を割り、針金かナイフで髄をとりだしてみんなでわけて食べた。ほとんどの死体の心臓にこびりついている血の塊りも食べた。小腸の中身を雪の上にしぼりだしてからこまぎれにして食べた。〝味は強烈でしょっぱかった。あるものはそれを骨に巻いて、火で焼いてみた。腐った肉はあとで食べてみるとチーズに似た味がした〟。肝臓にはヴィタミンCがあるはずだというので食べ、脳にはグルコースがあるというので食べた。これは死人の、いや、肉体の、額に横に切れ目を入れ、頭皮をくるりとうしろにめくり、斧で頭骨を叩き割ってとりだした。その脳を肝臓、腸、筋肉、脂肪、腎臓などのこまぎれにまぜてシチューにしたほうが、〝味もよく、食べやすかった〟。ひげ剃りカップをシチュー皿にするものもあったが、割った頭蓋骨の上半分を鍋のかわりにするものもあった。コカ・コーラの空箱があったのでそれで火を焚き、アルミ板をのせ、そこに肉をのせて焼いてみると、〝それほど長い時間焼いたわけではないが、ほんのりと狐色に焦げた肉は途方もなくいい味がした。それは牛肉よりも軟らかく、味はほとんど変らなかった〟。

P・P・リードの叙述はセンセイショナリズムや劇化を極度に排し、淡々と事実に語らしめる方針に終始し、生還者たちをとくに英雄扱いしないで、あくまでも〝人間〟として描いている。その信仰心も、友情も、仲間割れも、罵りあいも、起ったことを起ったままにペンでなぞっている。食べられた死体はあくまでも〝肉〟なのであるから、その人びとの名前を明記しなかったのは当然とはいえ周到な配慮であったし、性器と顔だけは食べなかったという一語はさりげないけれど鋭い指摘で、やっぱり禁忌は最後まで何かの形でのこっていくものであることを教えてくれる。そして、はじめのうちはただ肉を削って風に干したのを目をつむって呑みこむだけだったのが、次第に〃味〃を求めて煮たり、焼いたりの工夫がはじまるという記述を読むと、人体という孤島に漂着したロビンソン・クルーソーの物語を読まされるようである。それが〃文学〃ではないというひたすらの一点に読者の注意が凝縮される。こんな雪原の極限状況のさなかでも人はただ生きていくためにだけ食べるのでは満足できなくて、脳と腸のシチューをつくったり、肉をステーキにしてみたり、骨でスプーンをつくったりするのである。また、軍隊や、刑務所や、流刑地や、強制収容所や、ジャングルや、孤島などで暮すことをしいられた人びととおなじように若者たちは神の議論と同時に食談に夢中になる。牧場出身の若者は飽きることなくチーズの話に没頭し、全員が、めいめい、家庭料理、自分で作れる料理、許婚者のオハコ料理、かつて食べたもっともエキゾチックな料理、これまで食べたもっとも変な料理などの話に没頭する。食いしん坊の一人はモンテヴィデオの料理店の料理を一軒ずつ語りはじめたところ、とうとう総数九十八軒になったという。神と、料理と、脱出が若者たちの明けても暮れてもの大学のテーマとなる。人間を定義するにあたって、かつては《頭の人《ホモ・サピエンス》》、《手の人《ホモ・ファーベル》》、最近では《遊ぶ人《ホモ・ルーデンス》》、さては《動く人《ホモ・モーベンス》》などと、時代を追うにつれて細分化がはじまり、これからさき何種のホモが登場することかと案じられるのだが、人肉をむさぼりつつ牛肉の話にふけっているこれらの若者には、おびただしいことを考えこまされる。〝心の糧〟という言葉は不用意に乱用されすぎて正体も形もわからないまでに手垢にまみれてしまったが、極限では食が、食談が、まさに、それだけが、心の糧となるのである。《腹のことを考えない人は頭のことも考えない》といったのはサミュエル・ジョンソン博士だが、みごとに核心をついている。若者たちは飢えと、寒気と、共食いのさなかで食談にふけることで、かろうじて自身を解放し、他者を解放し、苛烈をひととき、うっちゃることができたようである。舌で心をみたすのは日常・非日常・具体・抽象を問わず人がふけるたわむれでもあり、真摯でもあるが、この点はよくよく考えておくがよろしく、また、覚悟もし、日頃からの訓練もかさねておくがよろしいと、愚考される。カトリック信者であろうと、なかろうと、この一点は動かない。〝神〟で漉そうと、漉すまいと、これだけは純粋蒸溜されて滴落する。疑う人は雪山へ登ってみるがよろしい。体力のいささか劣った友人を選んで、いっしょに。

解説　「虚」と「実」の間

小玉　武

今、『〆切本』（左右社）という一冊が話題になっている。

〆切りに責められる作家たちの苦悶や悶絶ぶりを、断り状、詫び状、言い訳、お願い、恫喝、懺悔、告白、そして反省日記まで、彼らの文章を累々、取り上げてアンソロジーを編んだ。さらに続編が出ていて、夏目漱石や谷崎潤一郎などを含めて、合わせると百七十人ほどの書き手が登場している。

けれど、幸いなるかな、昭和三十年代から読者の間ではよく知られていた、開高健のどこかユーモラスな、〆切り逃れの〝断り戦術〟の一文は収載されていない。本人は書けなくて煩悶しているのに、読まされるほうには戯文としか伝わってこないような悲痛なエッセイが、知る人ぞ知るように開高には何篇かある。そんな切ない〝迷文〟が、すくなくとも既刊のこの二冊に載らなかったことを、開高健のために喜んでおこう。さて。

じつは開高健ほど、書き下し小説が書けなくて苦しんだ作家は、広く近・現代の文学史に当たりエピソードを点検しても、まずまれだったと言ってよいだろう。それでいて開高は、決して寡作な作家ではなかった。

すぐれた短篇も多い。初期の「パニック」「裸の王様」「流亡記」、そして第六回川端康成賞を受賞した「玉、砕ける」、さらに中篇と言ってよいかと思うが、雑誌『文學界』に連載した「日本三文オペラ」など、数えあげられる作品は多く、いずれも他の作家の追随をゆるさぬ傑作であり、異色の小説世界を構築している。

しかしなぜか、敢えてなぜかと書きたいのだが、開高は晩年のほぼ十年間を、巨大サーモンや幻のイトウ釣りに集中していた。国から国へ、たいていは版元が中心になり、チームを組んで釣魚の旅を続け、アマゾンはもとより南北アメリカ両大陸縦断までやってのけた。そのつど、ルポと写真満載の大型本を出した。またそれが面白くてよく売れるので、結果として膨大な作品群が残されることになった。東京・池袋の西武百貨店で展覧会が催されたこともあった。

しかし、そのためともいえようか、晩年、小説家開高健の存在感は、どうしても希薄にならざるを得なかった。年来温めていた肝心の長篇小説の執筆は、いっこうに捗らなかった。

その頃の開高健に釣竿担いで荒野を行く釣師か、あるいはＣＭに登場する冒険家のイメージが定着してしまうぐらい釣魚の旅を続けた理由の一端が「小説が書けない病」からの逃避であったのだと、もっぱら指摘されてもいた。わたしもそう思わないこともなかったけれど、このことに触れる段になると、どうしても妙に力が入ってしまう。

＊

小説家としても人間としても、開高健にはとても正直なところがあった。

後世に残しておきたいようなエピソードも少なくない。彼が小説を書きながら、まだ壽屋（現・サントリー）宣伝部のキーマンとして、コピーライターの仕事をしていた頃には、個性的なクリエーターたちの中にあっても奇行と感じられるようなところもあった。

その時代、すでに『裸の王様』で第三十八回芥川賞を受賞して、文壇へのデビューを果たしていた。つまり開高健二十八歳、二足の草鞋を履いていた苦しい時期である。公私ともに多忙で、さらにちょっと複雑で、私的な込み入った事情もあったようで、追い込まれるような日常であった。けれども洗練された服装を心掛け、パイプを燻《くゆ》らせ、エスプリを効かせた小噺などをさりげなく口にする独特のダンディズムが、彼のトレードマークでもあった。そうであったからこそといえるのだろうが、いかにも開高らしい笑みを含んだ伝説《エピソード》を、いくつも残しているのである。

ここは少し順序だてて、書いたほうがよいだろう。

それというのも、小説家として登場した頃から、開高を取り巻く周辺はとびきり話題が多く賑やかだったが、なにせ五十年以上もむかしのことなので、若い読者のためにすこし補っておきたいと思うのである。

ほかならぬ、くだんの芥川賞をめぐっても、東大仏文の学生作家だった大江健三郎の『死者の奢り』と競《せ》り合って、ほんの一票の差で大江に先んじて開高は同賞に輝き、世間の注目をあつめた。そもそも二年前の一九五六年に、石原慎太郎が『太陽の季節』で衝撃的なデビューを果たして以来、芥川賞が社会現象として話題にのぼる文学賞になっていたからだった。

果たせるかな、開高受賞の直後の第三十九回で、大江健三郎が異色作『飼育』を引っ提げて受賞すると、マスコミはこぞって「開高・大江時代」の到来を喧伝した。読者のほうも、このいささかドラマチックな〝芥川賞騒動〟の曲折に関心をもって囃したてた。まだ戦後の荒廃した空気が其処此処《そこここ》に漂っていた時代のことである。生活文化をうたうウイスキー会社のエース・コピーライターと、現役東大仏文科の学生作家が、華やかに文壇に登場したのだ。当時は、フランス文学科、ロシア文学科はとくに異彩をはなっていたのだ。

当然のことながら、二人は〆切りに追われる超多忙の日々を送ることとなった。開高は壽屋宣伝部の嘱託として、出社は週に三日だけにしたが、しかしコピーライターとしての仕事では相変わらずヒットを飛ばし、広告賞を受けて話題をさらった。彼はこの仕事が好きだった。たとえば、こんなコピーがある。

「人間らしく　やりたいナ　トリスを飲んで〈人間〉らしく　やりたいナ〈人間〉なんだからナ」

この作品《コピー》は、一九六一年二月の全国紙の一ページ広告になった開高の代表作で、今も広告の世界では輝いている傑作だ。本人の意思ではなかったが、没後、開高は山口瞳とともにコピーライターズクラブの殿堂入りを果たしている。生前、二人は会員ではなかったのだが……。

ところで、わたしが壽屋宣伝部に一九六二年新卒のコピーライターとして入社したのは、開高健が文壇デビューをして五年ほどたった頃だった。むろん、芥川賞受賞前後の逸話の多くはわたしが入社するまえの出来事が多く、のちに宣伝部の〝伝説〟の一コマとして聞いたことなども多い。

とはいえわたしは、開高健が昭和三十三年、芥川賞を受賞した直後から、当方はまだ学生だったが、比較的に身近なところで、何度も開高健に接する機会があった。これはすでに別のところでも触れたことだが、このエッセイのアンソロジーを編むにあたっても、やはりそのことにかなり影響されていると思わないわけにはいかない。

くどくなるのを承知で、敢えて具体的に触れておこう。不思議な縁と言うほかないからである。

わたしが大学一年の五月、それは開高健ら何人かの話題の作家たちを招いた文芸講演会を、入部したばかりのサークル「早稲田大学新聞会」が主催したのだった。むろん、開高はデビューしたばかりである。

そのとき会った開高健の風貌は忘れることができない。鋭い眼ざしで辺りを眺め、痩せていて、いかにも二十八歳の新進気鋭の雰囲気を漂わせていた。クールで颯爽としていて、なんとも魅力的だったことをおぼえている。わたしは詰襟の学生服こそ着てはいなかったが、まだ瞳の澄んだ瑞々しいジャーナリスト志望の生意気な一学生だった。そのとき、偶然にも開高の世話係をすることになったのである。

講演のあと、開高は多くの学生たちに囲まれて、頬を紅潮させていた。

その後も、大学新聞の編集活動を通じて、折々、切れ味のいい原稿を同紙に寄稿して貰うという縁が続いた。しかし何年かあとに、開高と同じ職場に勤務することになろうとは、夢にも思わなかった。

思えば〝文学史〟的にも貴重だったのは、大江健三郎のほか、遠藤周作や吉田健一、山本健吉にも、その日、大隈講堂での文芸講演会に登壇してもらったことだ。大江はまだ芥川賞を受賞していなかったので、大きな講堂での講演は初体験だったはずだ。他大学を含め学生たちの関心は高く、立ち見が出る騒ぎだった。六〇年安保闘争のちょうど二年前の五月六日で、そんなことを学生がやった時代だった。政治と文学が、突出した季節だった。

＊

さて、一九六一年秋、壽屋宣伝部に入社が内定すると、翌年四月の入社式の半年以上も前から、開高健や山口瞳のもとで、わたしは広告制作やPR誌『洋酒天国』編集に関わった。ウイスキーは爆発的に売れていて、販売部も宣伝部も、いつも人手不足だった。だからそんな期間まで含めると、開高が退職するまでの二年数カ月ほど、わたしはいわば修業時代を彼の下で、同じ職場で仕事をしたことになる。今にして夢のような、不思議な経験だったと思われるし、開高健と壽屋での〝邂逅〟ということ自体が、まさに奇遇だった。

〆切りに追われる作家としては当然のことだろうが、開高は時として、まったく出社してこない週もあれば、一転、毎日のように慌ただしく出てくる週もあった。変則的な勤務ぶりで、周囲を慌てさせていた。

ウイスキー会社ということで、どこか社則がゆるかったのではないか、と思われる向きもあるかもしれない。しかし決してそんなことはないのである。大阪に本社を置く企業としての壽屋の社内ルールは、なかなか厳格だった（現在のサントリーも、もちろん同様だ）。そのことについて、開高健やアンクルトリスのイラストレーターとして知られた柳原良平らは、愛社精神は旺盛ではあっても、折々軽いぼやきを回顧談として綴っている。

幸いだったのは、宣伝部長が洋画家の山崎隆夫だったことだろう。この天性のアーティストで明敏な上司が、才能ある部下たちに深い理解を示したからだった。そして、もちろんあの人——若き開高健の才能を最初に見出して、スカウトしたトップ経営者、佐治敬三の暖かい視線があった。

文壇へのデビュー当時から周囲は、開高健が〝大物〟だから、会社でもそんなことが許されるのだろうとみていたようだ。しかしながら、開高はすべてにとても勤勉で、本来時間厳守の人で、佐治敬三が驚いたほど、キマジメさを発揮していたのである。

けれども、そうはいいながらも、やはり実生活では追い込まれてしまうこともあった。もちまえの躁鬱症もあって、押し寄せて来る気分の波の干満の差に苦しみ、〆切りの重圧による神経症が昂じていた。嘱託になったとはいえ、開高はクリエイティヴな仕事を、それまでのようなスタイルで進められる状態ではなかったのだ。結果として、変則的な勤務ぶりに陥らざるを得なかった。売れっ子作家にとって、こうした極限状態は、人によって軽重の差こそあれ、むしろ慢性的な病気のようなものなのだろう。——

この日、開高健は、多分、気分が〝躁《ハイ》〟になっていたに違いない。

昭和三十年代らしい時代のざわめきが、オフィスの中にも入り込んできそうなある日の朝の職場でのことである。少し遅れて出社してきたけれど、開高は、さっぱりした顔をして、ご機嫌だった。だからその時、宣伝部で必要に応じて不定期に開かれるこの部署独特の〝地獄〟の企画《アイデア》会議に、開高はめずらしく出席した。

毎度のことながら、宣伝部に隣接する撮影用のスタジオで、車座になって制作グループ全員、といってもたったの八名くらいが集って、鎬《しのぎ》を削る知恵《アイデア》くらべの激論を闘わせていた。開高は、進行役の英文毎日の出身で、歌舞伎役者のようなマスクで貫録のある今井茂雄制作課長の隣にどっかと座る（課長は、旧制中学で庄野潤三と同級生だった）。ちょうど大阪弁を生かした広告コピーについて、議論が白熱化していた直後で、会議は迷走気味というより、ほとんど頓挫状態であった。やりとりの一言が、命取りになりかねない凄《すさ》まじい応酬が続いていた。それでも最初は、うんうんと混沌としはじめた議論を頷きながら聞いていたが、その時はもう、走り出さんばかりに開高は身を乗り出していた。

開高健の大声は有名だった。丸谷才一、井上光晴らとともに、その頃から〝文壇の三大音声〟としてつとに知られていた。本人は、普通以上にソノーラス（響きのよい）な声と、心得ていたようだが、開高を知る誰もが「それはおかしい！　単なる大声だ」と言っていた。開高はやおら、その鴉の叫びのような大声で、いや、ソノーラスな声で、と言い直そう、「……断りの名文句、知ったはりまっか？」と、話し出した。唐突に、である。

「東京弁を使《つこ》うたらあかんのや。これで行くの……、〈ああ、もう、そんな、殺生なことといわんとくなはれ！〉――こういうて、トカゲがシッポを切って逃げ出すようなぐあいに、相手に口走るのや。もちろん、会うよりは電話のほうがええでんな。諸君！　姿が見えんよってな。大阪弁は編集長には、よく効きますぞ！」

一同、大笑い。開高はあらたまると標準語が出るのだ。しかし、アイデア会議では、もっぱら大阪弁だった。開高にとって、もとより会議の議題は関係なく、この日も開高さんの漫談を聴く会になってしまったが、広告企画は最終的にはうまく収まったという。その一つが文芸雑誌『群像』の表4（裏表紙）を飾るトリスウイスキーの広告だった。後年、わたしも担当するハメになった。

アイデア会議は、時に激論が激論を呼ぶ、〝地獄〟といえばもとより大げさ過ぎるけれど、実際にそんな様相を呈していた。

見方をかえれば、おおらかな空気が職場に漲《みなぎ》っていたということでもあろうか。そんな時代があったのである。だがここで大事なのは、そのようなことではない。この話を開高健が、あまり時をおかずして、その頃筑摩書房から出ていた雑誌『言語生活』に、「曲球と直球その他――大阪弁と東京弁」と題して、素直に、あまりにも正直に書いてしまったということなのである。

この〝言葉の専門誌〟にはピタリの、というより、やや皮肉の効いた味なエッセイとなったことは言うまでもない。本書冒頭の一文をご覧いただきたい。何とも率直に、いや純情といえるほどに、自分の大事な〝お断りの奥義〟、または〝〆切り延ばしの戦術〟とでもいうべきタネ明かしをやってしまっている。これが開高健だった。

＊

ともあれ『輝ける闇』『夏の闇』に続く、闇三部作の後続作品としての三作目『花終る闇』は、毎年のように、年初に刊行を予告されながら、遂に〆切りは数十年守られることなく、開高は享年五十八にして没した。作品は「未完」に終り、波乱を遺したまま幕を下ろした。完成させた二つの「闇」と付く作品は、読者と文壇から圧倒的な支持を得た。何カ国かで翻訳出版され、現代の古典といってもよい、文字通り開高健の代表作となった。けれど闇三部作としては、遂に完結をみなかった。

じつはこの顚末は、単に文壇のエピソードとして終わらせられない深い意味があろうかと思われる。それは開高健の苦闘が、文学における永遠のテーマである「虚」と「実」に微妙に関わっているからなのだ。

そして、何よりも象徴的なことに、『花終る闇』は、事実に即しては、決して書けない理由、別の言葉でいえば「謎」があった（拙著『開高健――生きた、書いた、ぶつかった！』では、この点に絞って事実に当たり、少し掘り下げている）。

開高健における「虚」と「実」――この二つの難題は、創造の神が知ろしめす文学という深淵に、じつは今も、謎を秘めたままひっそりと潜んでいるのである。

その一方で、開高健は、旅や読書や美酒嘉肴や身辺百般をめぐるエッセイの名手であったことは、今さら言うまでもない。興味深いことに、デビューした直後の開高健は、小説だけでなく、批評やエッセイや時事コラムなどを達者にこなす出色の作家として注目を集めていた。各社の編集部は、開高のその種の原稿を欲しがった。時代がそうさせたのだった。

昭和三十年代前半は、世にいう砂川闘争や安保改定闘争の時代であり、あたかも政治の季節を謳歌するばかりの激しさだった。けれど、まもなく経済の高度成長政策のもとに、消費革命が浸透し、人々はライフスタイルに関心を払うようになった。時代は一気に変化の様相をみせはじめた。

その頃の開高は頻繁に海外に出かけ、精力的に小説を書きながらも、新聞にエッセイを載せ、雑誌にルポを連載した。世はテレビ文化の隆盛をみただけでなく、文字通りの雑誌の時代だった。とくに出版社系の週刊誌が、雨後の筍のように創刊され、百万部を誇る『週刊朝日』を筆頭とする新聞社系の週刊誌との間で、激しい競争を展開していた。

一九六一年から六二年にかけて、開高が月刊誌『世界』に連載した「過去と未来の国々」と「声の狩人」は好評だった。アルジェリア問題、アイヒマン裁判など、激動の現代史の現場に直面しながら、開高は問題の核心を、ただ分析して論じ、報道するだけではなく、自分の眼で見たその土地の風景を、人間を、街角の空気を、目に映り、肌に感じるままに、ルポルタージュとして書いた。メリハリのきいた新鮮な文体も好評だった。

その文体は、新聞記者や評論家には書けない独特のルポの文章と言われた。個性的なルポルタージュの方法と、そのリーダブルな散文作品としての評価は、開高には確かな手応えとなった。開高は、その勢いをかって『週刊朝日』の依頼にこたえ、一九六三年から六五年にかけて三篇のルポを集中的に連載した。すべて単行本にまとめられベストセラーとなった。『日本人の遊び場』『ずばり東京』、そして運命の従軍記『ベトナム戦記』である。

忘れてならないのは、ここに開高健の文学におけるノンフィクションの位置づけが、決定的に明確になったことだった。ベトナム体験を背景において、『輝ける闇』をフィクションとして成功させ、つづいて手法を変えて『夏の闇』として深化させた。しかし、根底にはノンフィクションの手法があった。自分の体験と、同時進行でフィクションをさえ書いたのだ。

＊

とはいえ開高は、必ずしもノンフィクションが「実」で、フィクションが「虚」であるとは言わない。むろん、フランス流のルポルタージュ論を振りかざすこともない。一つの素材をフィクションとして書くか、ノンフィクションとして書くか、開高は、「言葉、文字でやっている限り、すべてフィクションだと思う」とも語っている。これは本音であり、むしろ達観であろう。そしてさらに心のうちを開陳しながら、「ノンフィクションの素材を要求する歌が聞こえてくる」という、やや謎めいた言い方で、本音を付け加えてもいるのだ（江藤淳との対談『文人狼疾ス』）。

開高は西鶴の『生玉《いくたま》万句』で知られる大阪の生国魂神社近くで生まれ育った。だから旧制天王寺中学時代から、西鶴に親しみ、また、芭蕉、近松門左衛門を熱中して読んだという。開高は大阪の風土の中から生まれた作家なのだ。一面では、西鶴や近松の影響をうけた同郷の作家・織田作之助とも似たところがあった。

むろん各務支考が芭蕉の言葉として残した「虚に居て実を行ふべし、実に居て虚に遊ぶべからず」や、有名な近松の虚実論「芸は虚と実との皮膜の間にあり」（『難波土産』）を、開高は自家薬籠中の信条として、生涯、忘れることはなかったであろう。『ベトナム戦記』を書いた開高健をジャーナリストの仕事だと指摘する、あたかも小説家としての開高を否定するような批判が、その当時あった。これは明らかに間違いである。ジャーナリストの鋭い目をもった小説家だったと言い直さなければならない。開高は事実に寄り添って、大きなフィクションを構築したのである。『日本三文オペラ』も

『輝ける闇』も、事実上の処女作「パニック」も、事実が根底にあって小説世界をつくっている。

だから開高のエッセイからは、フィクションとノンフィクションの間《はざま》にある不思議な〝揺れ〟が見え隠れするのだ。それらのエッセイの鉱脈は広くて、奥が深い。

本文庫のために選び抜いた文章からは、開高健の「虚」と「実」の世界の在処《ありか》を、まるで〝秘術〟を窺い知るかのように辿ることができるだろう。そしてなお、開高のエッセイの魅力が、水面《みなも》に反映する真夏の太陽の光のように輝いてみえるに違いない。

なお、表紙カバーの開高健ポートレートは、『早稲田大学新聞』時代からカメラマンとして活躍した桐山隆明氏の作品である。桐山氏は、開高と親しかった文筆家・菊谷匡祐氏と同窓で同学年だった。わたしの三年先輩にあたるが、すでに二人とも鬼籍の人である。あまりに若き開高健の表情が生き生きと捉えられているので、公益財団法人「開高健記念会」にお願いして、ご遺族から使用許可をいただいた。お礼を申し上げたい。

末尾になったが、本文庫へのテキスト収録に際しては、初出を確認するとともに、以後の刊本を参照した。

初出一覧

＊作成に当たっては、『開高健書誌』（浦西和彦編、1990年10月、和泉書院）を参照した。

1 わが天王寺——始まりの言葉

・曲球と直球その他——大阪弁と東京弁　（『言語生活』1959年9月、筑摩書房）
・消えた“私の大阪”（『読売新聞』1971年7月22日）
・才覚の人 西鶴　（『カラー版現代語訳 日本の古典17　井原西鶴』解説、1971年10月、河出書房新社）
・大阪の“アパッチ族”（『日本読書新聞』1959年6月8日、日本出版協会）
・故郷喪失者の故郷　（『サンデー毎日』1976年3月7/14日、毎日新聞社）
・飲みたくなる映画　（『The drinks』1956年1月、日本バーテンダー協会）

2 青春の匂い——私生活の発見

・私の青春前記　（『もうひとつの青春——作家の若き自画像』1974年10月、ペップ出版）
・焼跡闇市の唄　（『別冊文藝春秋』第118号、1971年12月）
・わが青春記 第二の青春　（『アサヒ芸能 問題小説』1969年2月、徳間書店）
・ナイター映画　（『週刊朝日』1963年8月30日、朝日新聞社）
・困る　（『潮』1971年4月、潮出版社）
・四十にして……　（『オール讀物』1971年8月、文藝春秋）

3 レトリックの魔——活字が立ってくる

・アンダスン「冒険」についてのノート　（『現在』13号、1955年8月）
・自戒の弁——「芥川賞」をもらって　（『朝日新聞』1958年1月22日）
・トレーニング時代　（『文藝春秋』1958年3月）
・私の小説作法　（『毎日新聞』1965年6月6日）
・記録・事実・真実　（『新潮』1964年9月）
・夫婦の対話「トルコ風呂」（『週刊朝日』1964年3月27日）
・小説を書く病い　（『文藝』1973年1月、河出書房新社）
・空も水も詩もない日本橋　（『週刊朝日』1963年10月4日）

・笑えない時代——抱腹絶倒の傑作なし　(『朝日新聞』1971年4月3日)

4 書物の罪／文学の毒——未知の兆し
・流亡と籠城——島尾敏雄　(『文藝』1968年5月)
・小説の処方箋　(『文學界』1959年12月、文藝春秋)
・心はさびしき狩人　(『図書』1960年3月、岩波書店)
・告白的文学論——現代文学の停滞と可能性にふれて　(『岩波講座 現代10』1964年2月、岩波書店)
・私の創作衛生法　(『東京新聞』1966年11月17〜18日)
・貴重な道化 貴重な阿呆　(『古典日本文学全集』第29巻付録、1961年5月、筑摩書房)

5 裸のリアリスト——「ヴェトナム戦争」始末
・こんな女　(『風景』1967年4月)
・解放戦線との交渉を　(『世界』1966年3月、岩波書店)
・南の墓標　(『産経新聞』1968年12月21日)
・見ること　(『現代世界ノンフィクション全集18』解説、1966年7月、筑摩書房)
・私にとってのユダヤ人問題　(『わが内と外なるヒトラー』所収、1974年5月、講談社)
・ソルボンヌの壁新聞　(『文藝春秋』1968年9月)
・さらばヴェトナム——この混沌にして不可解な国との十年半　(『週刊朝日』1975年5月16日)
・民主主義何デモ暮シヨイガヨイ　(『サンデー毎日』1975年8月3日)

6『オーパ!』の周辺——“鬱”と並走した行動者
・脱獄囚の遊び　(『世界』1971年3月)
・荒地を求める旅心　(『旅』1970年1月、JTB)
・飛びもどるブーメラン　(『文藝』1972年1月)
・毒蛇はいそがない　(『ミセス』1974年4月、文化出版局)
・心に通ずる道は胃を通る　(谷口博之『関西風おかず——日本料理のコツ』解説、1987年5月、新潮文庫)
・秋の奇蹟　(『高知新聞』1981年10月2日)
・河は眠らない　(『サントリークォータリー』第35号、1990年8月、TBSブリタニカ)

7 美味求真プラス——飲食と性をめぐる
・越前ガニ　（『サントリー・グルメ』1972年1月、サントリー）
・ワイセツの終焉　（『文藝』1970年1月）
・救われたあの国、あの町 正露丸、梅肉エキス　（『月刊 PLAYBOY』1983年8月、集英社）
・酒の王様たち　（『サンデー毎日』1975年9月7/14日）
・正月　歓声と銃声の記憶　（『日本経済新聞』1976年1月5日）
・最後の晩餐 i　（『諸君！』1978年12月、文藝春秋）

＊本書は文庫オリジナルです。
＊＊本書のなかには今日の人権意識に照らして不当・不適切な語句や表現がありますが、時代的背景と作品の価値にかんがみ、また、著者が故人であるためそのままとしました。

人とこの世界　開高健
開高健が、自ら選んだ強烈な個性の持ち主たちと相対する。対話や作品論、人物描写を混和して描き出した「文章による肖像画集」。（佐野眞一）

書斎のポ・ト・フ　開高健／谷沢永一／向井敏
博覧強記の幼馴染三人が、古今東西の文学を料理しつくす。談論風発・快刀乱麻の驚きの文学鼎談。（山崎正和）

酒呑みの自己弁護　山口瞳
酒場で起こった出来事、出会った人々を通して、世態風俗の中に垣間見える人生の真実をスケッチする。イラスト＝山藤章二。（大村彦次郎）

江分利満氏の優雅な生活　山口瞳
卓抜な人物描写と世態風俗の鋭い観察によって昭和一桁世代の悲喜劇を鮮やかに描き、高度経済成長期前後の一時代をくっきりと刻む。（小玉武）

増補版　誤植読本　高橋輝次編著
本と誤植は切っても切れない⁉　恥ずかしい打ち明け話や、校正をめぐるあれこれなど、作家たちが本音を語り出す。作品42篇収録。（堀江敏幸）

書斎の宇宙　高橋輝次編
机や原稿用紙、万年筆などにまつわる身近な思い出話を通して、文学者たちの執筆活動の裏側を垣間見せてくれるアンソロジー。59篇収録。文庫オリジナル。

銀座の酒場を歩く　太田和彦
当代きっての居酒屋の達人がゆかりの街・銀座を呑み歩き。老舗のバーから蕎麦屋まで、銀座の酒場の粋と懐の深さに酔いしれた73軒。（村松友視）

酔客万来　酒とつまみ編集部編
中島らも、井崎脩五郎、蝶野正洋、みうらじゅん、高田渡という酒飲み個性派5人各々に、『酒とつまみ』編集部が面白話を聞きまくる。抱腹絶倒トーク。

半身棺桶　山田風太郎
「最大の滑稽事は自分の死」――人間の死に方に思いを馳せ、世相を眺め、麻雀を楽しみ、チーズの肉トロに舌鼓を打つ。絶品エッセイ集。（荒山徹）

中島らもエッセイ・コレクション　中島らも　小堀純編
小説家、戯曲家、ミュージシャンなど幅広い活躍で没後なお人気の中島らもの魅力を凝縮！　酒と文学とエンターテインメント。（いとうせいこう）

田中小実昌ベスト・エッセイ　田中小実昌　大庭萱朗 編

東大哲学科を中退し、バーテン、香具師などを転々とし、飄々とした作風とミステリー翻訳で知られるコミさんの厳選されたエッセイ集。（片岡義男）

色川武大・阿佐田哲也ベスト・エッセイ　色川武大／阿佐田哲也　大庭萱朗 編

二つの名前を持つ作家のベスト。文学論、落語からタモリまでの芸能論、ジャズ、作家たちとの交流も。もちろん阿佐田哲也名の博打論も収録。（木村紅美）

吉行淳之介ベスト・エッセイ　吉行淳之介　荻原魚雷 編

創作の秘密から、ダンディズムの条件まで。「文学」「男と女」「紳士」「人物」のテーマごとに厳選した、吉行淳之介の入門書にして決定版。（大竹聡）

山口瞳ベスト・エッセイ　小玉武 編

サラリーマン処世術から飲食、幸福と死まで。——幅広い話題の中に普遍的な人間観察眼が光る山口瞳の豊饒なエッセイ世界を一冊に凝縮した決定版。

酒呑まれ　大竹聡

酒に淫した男、『酒とつまみ』編集長・大竹聡が、酒とともに出会った忘れられない人々との思い出を自らの半生とともに語る。（石田千）

文壇挽歌物語　大村彦次郎

太陽族の登場で幕をあけた昭和三十年代。編集者の目から見た戦後文壇史の舞台裏。『文壇うたかた物語』『文壇栄華物語』に続く〈文壇三部作〉完結編。

動物農場　ジョージ・オーウェル　開高健 訳

自由と平等を旗印に、いつのまにか全体主義や恐怖政治が社会を覆っていく様を痛烈に描き出す。『一九八四年』と並ぶG・オーウェルの代表作。

『洋酒天国』とその時代　小玉武

開高健、山口瞳、柳原良平……個性的な社員たちが創ったサントリーのPR誌の歴史とエピソードを自ら編集に携わった著者が描き尽くす。（鹿島茂）

呑めば、都　マイク・モラスキー

赤羽、立石、西荻窪……ハシゴ酒から見えてくるのは、その街の歴史。古きよき居酒屋を通して戦後東京の変遷に思いを馳せた、情熱あふれる体験記。

増補 遅読のすすめ　山村修

読書は速度か？　分量か？　ゆっくりでなければ得られない「効能」が読書にはある。名書評家「狐」による読書術。単行本未収録書評を増補。（佐久間文子）

ちくま文庫

開高健《かいこうたけし》ベスト・エッセイ

二〇一八年五月十日　第一刷発行
二〇二一年二月二十日　第六刷発行

著者　開高健（かいこう・たけし）
編者　小玉武（こだま・たけし）
発行者　喜入冬子
発行所　株式会社　筑摩書房
東京都台東区蔵前二―五―三　〒一一一―八七五五
電話番号　〇三―五六八七―二六〇一（代表）
装幀者　安野光雅
印刷所　中央精版印刷株式会社
製本所　中央精版印刷株式会社

ISBN978-4-480-43512-5 C0195